MINGUO TONGSU XIAOSHUO
DIANCANG WENKU

民国通俗小说典藏文库·冯玉奇卷

春残梦断·秋水红蕉

冯玉奇◎著

中国文史出版社

目　录

春残梦断

第一回　秋灯夜雨滴碎子女心 ………………………… 3

第二回　惊涛骇浪卷入奈何天 ………………………… 13

第三回　盈盈粉泪夜莺啼红树 ………………………… 31

第四回　寸寸柔肠流水惜暮春 ………………………… 46

第五回　千般缠绵柔情话东厢 ………………………… 62

第六回　万种惆怅血泪洒西风 ………………………… 84

第七回　青衫泪湿小玉飘零日 ………………………… 95

第八回　红粉香消仲明断肠时 ………………………… 106

秋水红蕉

第一回　游泳池无意逢萍水

　　　　诊治室含羞约雪园 ………………………… 123

第二回　试芳心小园垂青眼

　　　　打电话大陆种情根 ………………………… 134

第三回　回首前尘有怀莫诉

　　　　感慨身世同病相怜 ………………………… 146

1

第 四 回 安乐宫中红蕉伴舞

　　　　　救济社里秋水献技 ·············· 157

第 五 回 甜姐姐有意秋波送

　　　　　表哥哥含酸背地猜 ·············· 167

第 六 回 角情场四心滋疑窦

　　　　　赋绝句一雨又病秋 ·············· 178

第 七 回 意蜜情深频添爱叶

　　　　　灯红酒绿怒放心花 ·············· 190

第 八 回 嗟失恋情甘千日醉

　　　　　睹偕行防有两条心 ·············· 202

第 九 回 有女怀春爱成三角

　　　　　抱君逃火奋不顾身 ·············· 213

第 十 回 寝食难安受恩莫报

　　　　　踌躇满志止水不波 ·············· 225

第十一回 踏雪探春悲酸世界

　　　　　留书作别菩萨心肠 ·············· 236

第十二回 秋水姻缘若离若合

　　　　　春冰心事亦苦亦甜 ·············· 249

附　　录 从鸳鸯蝴蝶派谈到冯玉奇小说 ············ 裴效维 263

春残梦断

第一回

秋灯夜雨滴碎子女心

没有春意荡漾，也没有热情充溢；夜，是一个多么平凡的夜。

天空是黑漆漆的可怕，月儿姑娘的娇羞的面庞已不知在什么时候躲进在似絮的密云里，大地上是笼罩着一阵阴沉惨淡的暗雾，风儿不时地激发起怒吼的声浪，洒洒的雨点受了它的怂恿，也不住地凄凉地落下来。愁风惨雨，仿佛在替一切忍辱吞声的众生愤懑地做那不平的悲鸣。

这是一间阴沉湫隘的茅屋里，一盏豆油灯惨淡地发出了微弱的光芒。灯芯上结着一朵大灯花，垂下来，被烧得发出绝望的惨叫，使这贫穷的屋子里更显得黑魆魆的可怕。因为光线的暗淡，所以四周那些破旧简单的陈设也愈是呈出悲凉无助的意味。左边靠壁的木板床上是躺着一个垂死的病妇，从她的惨白的嘴唇皮边断续地发出那脆弱无力的呻吟声，薄薄的棉被掩盖了她的枯槁的身躯，黄瘦的脸颊也益发显出憔悴的可怜。床沿边坐着她的女儿罗小玉——一个十七岁的妙龄姑娘，在富有天然美的脸上已盖上了阴暗的愁云，眼角边涌现着一颗颗晶莹的像蓝宝石一般的泪珠。她有时抬起头来，把几瞥抑郁的目光投在不住在床边打旋的哥哥大虎的脸上，她希望从大虎那儿得着一线光明的希望，去拨散她脸上的愁云。但是当她的目光偶然和大虎的阴抑的目光相接触时，她感到失望了。她知道哥哥也和她一样是个世界上的无能的弱者，单从他满长着胡子的脸上以及那团团打转的状态看来，显然他也是显出多么绝望无助的意味。哥哥他已是二十一岁了，可是为了没有学问，只是在一家工厂里当了一名小工，仗着他用汗血换来的工资，才勉强地糊过我们娘儿三个每日三餐的粥饭。本来像我们这样的穷人在这种米珠薪桂的时候，能够不饿死也已是不容易的了，哪儿还有余资积蓄呢？现在妈又病了，病得那么厉害，可怜家中竟连给妈请个大夫瞧的钱都没有。唉！世界上既然生长了我们人类，为什么又要分出这样不平等的阶级来呢？小玉默默地想到这里，心中真觉无限辛酸，忍不住俯下身子，伏在妈的枕旁失声哭了。

凄凉的饮泣声无力地向四处撞击，仿佛要从哭声中诉述一段哀怨的心曲来。这时大虎在旁听见，恐她惊扰了妈，忙走过拍着小玉的肩头，带着苦涩的声音说："妹妹，你怎……妈睡着呢！唉……"大虎的脸色变得更阴沉了，声音中带着哽咽的成分。

"哥哥，妈病得这样，唉，我们为什么生得这样穷呢？家中又……"小玉听大虎这样说，只得重新坐正身子，抬起头来，泪眼模糊地向大虎盈盈地望了一眼。随着呜咽的余音，口中便搬出这几句断续而没有次序的话来。待说到末了，心中更觉酸楚，忍不住站起身来，猛可地抱住大虎的身子，又低声儿地啜泣起来。"妹妹，你别伤心，这都是我不好，我没有力量，赚不来大钱，唉，我对不起妈，并且也对不起你……"大虎一手抚摩着小玉的美发，一手环抱着她的纤腰，望着妹妹着雨海棠般的脸儿，心中也觉非常难受。虽然他竭力装出平静的样子，柔声儿向小玉安慰着，但是总抵不住内心无限的悲愤。说到后来，终于把他熬忍了许久的一满眶的热泪，也像雨点一般地纷纷地滚下了两颗。

"哥哥，你别这样说，这都是我们的命苦，我们又能怪得了谁呢？"小玉呜咽地说着，泪花在她的眼眶子里是开得更灿烂了。

"孩子，苦命的孩子，你们别哭了，妈也许不会死哩。"

他们的话声与哭声通过空气轻轻地送入罗母的耳里，她微微地睁开眼来，看见这兄妹互抱饮泣的一幕，心中也觉无限凄楚，摇了摇头，带着哽咽的成分吃力地说出这几句话来。话声在屋中无力地飘荡，把四周的空气也搅成了悲哀。

二人骤然听见这话，慌忙擦干泪痕，回过身来。小玉还勉强装出了笑容，不过这笑容却简直比泣颜还难看。她俯下身子，柔声儿地说道："妈，我们没有哭啊，我在和哥哥说别的话啊，你给我们吵醒了吧?"

"我也没有睡着，老是恍恍惚惚的，不过……你们也别伤心，人……唉……"罗母断续地说着，她把微弱的眼光向着床前的一对子女，爱怜地注视了一下，但后面的话却变成叹息的余音而消散了。

"妈，你别说了，好好地静养吧……现在嘴里干吗? 要不我去拿点茶你喝?"大虎在旁见她说话很吃力，便好意地劝止道。他的声音非常柔和，里面带了感情而颤动着。

罗母摇了摇头，便轻轻地合上两眼，仿佛要睡了的模样。大虎见她这样，也就低低地叹了一口气，顾自独个儿向窗边踱去。

小玉在床边坐了一刻，但终于又懒洋洋地站了起来，走到桌边，举手拨了灯芯，又把灯花去掉，眼前顿时明亮起来。她觉得心情也略为宽弛了一点，一面便在桌边坐下，取过一件仅仅还只完成了三分之一的袄儿，凑着不甚明亮的豆油灯光，开始干她的活计。大约过了五分钟模样，小玉忽然若有心得似的，向着呆呆地站在窗前发怔的大虎的背影抬头望了一眼，但是她经过片刻的踌躇后，终于把手中的活计放下，随意地拍拭了一下衣襟，便站起来，姗姗地向大虎那儿走去。

"哥哥。"小玉轻柔地叫了一声。

"什么事，妹妹?"大虎下意识地回过头来，颊上还沾现着几颗光莹的泪珠。

"哥哥，妈病得这样，我们做子女的总得想法去请个大夫来才是。"

"是的。"大虎两眼依旧望着窗外凄然地说，"不过……请大夫是要钱的。"

"话是不错，可是能不能求大夫发个慈悲心，我想人心都是肉做的，哥哥说得可怜些儿，说不定也会肯的吧?"小玉哀婉地说着，她没有流泪，脸上只是带着凄凉的微笑，她觉得眼前还有一线微弱的光明在闪耀，她要鼓着勇气去抓住它，不愿让它张着翅儿飞去。

大虎呆了一阵，然后回过身来同意地说:"那么就去试试看……不过今晚总来不及了，还是明天一早去吧。"

"明天……"小玉低低地自语了一句。忽然她又走上一步，两手扳住大虎的肩头，明眸中含着无限恳切的目光，柔声儿地劝道:"哥哥，我想你还是现在去好，因为妈的病儿也不轻呀，请大夫当然是愈早愈好。"小玉说到这里，见大虎依旧是那副木然的样子，心中一急，泪水也就夺眶而出，只得连连把他的身子摇撼了一下，说道:"哥哥，可怜妈病得这个样儿，你就去一次吧! 说不定会有好心肠的医生能可怜我们的。"小玉说到这里，几乎要失声哭了。

"好，我去，我去。"大虎感动地说，"那么你好生地看着妈。"他说着便推开小玉的身子，随手找了一件衣服兜在头上，走到床边又向罗母看了一眼，便蹒跚地走出门去。

风又在大声地咆哮了，破旧的窗户被吹打得凄惨地叫，寒气从窗的缝隙里透射进来，灯光也颤抖得暗淡了。小玉呆呆地望着她垂死的母亲，忍不住晶莹的泪珠又涌上了她的眼角。

大虎匆匆地走出家门，迎着密密层层的雨点，踏上了稀湿的烂泥路。稍带寒意的风儿无情地向他脸上、身上进攻，雨点也不住地逗留在他的满是胡子的黑脸上，积成一颗颗晶莹的露珠。寒气从衣袖里侵到他的身上，他忍不住瑟瑟地抖了一下，在他空洞的心田中，顿时激起一阵无限悲凉的情绪。默默地走着，终于走进了一条僻静的用石板铺着的街道，来往只有两三个行人，都是拿着雨伞，显出了畏缩的样子，低着头儿急匆匆地走着。四周很静寂，暗淡的街灯在风吹雨打下已显得没有了颜色，此外就一点光亮也没有，几家公馆的大门就像几个黑魃魃的山洞，风在空中发出了凄厉的怒吼声，和大虎在泞湿的石板路上彳亍着的脚步声混合起来，交织成一种异样的刺人耳朵的音乐，使大虎在困苦中还感到一阵莫名的恐怖。他的脑海中澎湃着像骇浪般的思潮，四周空气又很寒冷，他只有一线微弱的希望在温暖着他的心。

在里弄中，黑漆大门的房屋连接地静寂地排立在凛冽的寒风里，大虎拖着沉重的步子一家家地走过去，终于在一家门前有挂着一块招牌的屋前停下。大虎伸着项颈，迎着惨淡的灯光向那块死板的招牌贪婪地望了一眼，于是"七世儒医刘大成"七个正楷大字便不可避免地映进了他的被雨水沾湿了的模糊的眼帘，他似识非识地低低念了一下，接着一道微光掠过他的黑脸，他惨然地笑了笑，他看见希望已在眼前了，只差自己伸手去抓住它。他整了整被雨水打得稀湿的衣襟，鼓足着满腔的勇气，伸出一只蒲扇样的大手在板门上笃笃地敲了几下。

"谁呀？这么大的雨……"隔了许久，里面才送出一个苦涩的疲倦的声音来。

"我，谢谢你，开开门。"大虎颤抖的声音开始在夜的空气中荡漾起来。

吱呀一声，木板门开启了，大虎的眼前顿时亮了一下，接着被一副深光度的近视眼镜不自然地装在一张黑瘦而有着几根小胡须的三角脸上的那位刘医生，遮住了里面透射出来的光亮，颤巍巍地立在门口，一手扶着门框，一手握着一卷《京调大全》，眯着一双鼠眼仔细地向着这位胡子大汉上下打量了一下。

"你来干什么的？"经过了一度打量，那位古董式的刘医生便开始冷冷地问出这句话来。

"我妈病得很重，谢谢你，请先生赶快去一趟吧！"大虎装出一副乞怜的表情来，求助的眼光向着他以为是个好心肠的刘医生的脸上努力扫射着。

"你住在什么地方？"刘医生打了一个呵欠，疲倦地说着，他有点不耐烦了。

"不远，就在离这儿三里路的刘村。"大虎起劲地说着，随手又去拉了拉那件兜在头上的湿衣，他的黑脸因内心的激动也被挣得发红了。

"不行，请医生也不拣个时候，这么大的雨，这么远的路，叫我怎么走？不去！"是大虎所想不到的话儿，刘医生说着竟回身想去关门。

大虎见他这样，心中一急，忙走上一步，一手拖住他的衣袖，一手抵住那扇木门，苦苦地哀求道："请你救救我的妈，无论如何总得请你去一次的，不能走，我背着你去也得，慈悲的先生，你就救救我妈的命吧……"大虎说得几乎要哭了。

刘医生斜着两只小眼睛看了他几眼，踌躇了一下，才转身甩掉了大虎的湿手说道："听你说得怪可怜的，那么我就破例走一趟吧。不过医金是要加倍的，这儿请封钱先给我。"说着，他便伸出一只黄瘦的手来。

末了的几句话像一把利刃般地刺破了那大虎的满腔的希望，他禁不住呆呆地愕住了一下，他终于在稀湿的石板地上跪了下来，双手抱拳，哀怜地说道："我们是穷人，别说请封，就是挂号钱也拿不出。先生，请你发个慈悲心，救救我们可怜的穷人吧……古人说：救人一命，胜造……"

刘医生不待他说完，便睁大了眼睛，厌烦地说道："没有钱，还来请医生，哼！"说着便回身走进，把门猛地关上。谁知关得太重了一点，竟把对头墙上一大块的石灰也震了下来，齐巧打在大虎的肩上。他随意地伸手抹了一下，又大声地打起门来。

"简直是存心捣蛋，妈妈的……"里面又送出刘医生咕噜的声音来。

"请你救救命呀！请你救救命呀……"大虎依旧跪在雨里，嘶着声儿喊。

隔了一刻，屋子里却播送出一阵破竹管似的京调声来："杨——延——辉——坐宫——院——"

大虎知道希望是完全飞走了，凭你跪在雨中喊到天亮也是没有用的。他摇了摇头，叹了一口长气，只得没精打采地站起来，走了几步，又在墙边靠了一刻，想起了家中病着的妈及眼巴巴地等着医生来的妹妹，心中真觉说不出的难受。微微地仰起脖子，望着一片浩大无垠的天空，忍不住脱口叫道："妹妹，你死了这条心吧，医生是不认识穷人的，他不过是有钱人的专利品罢了……唉，我好恨，我恨我们为什么会这样穷，为什么也只有我们穷人要受到这种不平等的待遇，难道穷人就不是世界上人类的一分子吗……反了吧！这惨酷的世界，这样没有人道的世界……哈哈哈哈……"失望的悲哀激起了大虎心头无限的痛愤，他握紧了拳头，连连地向空中猛击，说到后来却又发出了一阵凄厉的狂笑，虽然是笑，其实却比流着血泪哭泣还要令人酸鼻。幸亏这时路上没有什么行人，否则人家一定要当他是个疯子看待了。

他痴痴癫癫地闹了一阵，总算才拖起沉重的脚步，缓缓地向归家的路上走去。他一路走，一路暗暗打算，心想妈病得那么厉害，不请医生当然也不是一件事，不过请医生是要钱的，钱一时又到哪儿去办呢？他想到钱的问题，一时又踌躇起来。走了一段，他忽然想起好友刘三来，心想刘三和我感情也不错，如果请他想个法子，或许还有希望。他把主意暗暗打定，一面当即加快脚步，冒着凄风惨雨，急急向刘三的家里走去。穿过几条小街，便转入一条阴暗的穷巷，弄中没有电灯，只有一线微弱的灯光从一二家的玻璃窗上透射出来，模糊地照亮了这条与黄泉路一样冷清的小弄。大虎摸索地走了一刻，终于在一家破旧的小门口停了下来。他探首望了望，见门儿只是轻轻地掩着，他略略地踌躇了一下，总算才大胆地推了进去。只见刘三坐在小凳上正在逗着两个小孩子嬉笑，他的妻子坐在床沿边低着头在补一条裤子。他们见大虎进来，都不由得惊讶地抬起头来。刘三首先丢了小孩子，立起身子含笑招呼道："大虎，你有什么事？冒着这样大的雨来？"他说着，又把好奇的眼光向大虎的上下扫射了一下，只见他的衣服已被雨水淋得稀湿，尤其是两只裤脚管还沾上了不少的泥水。脚上的鞋更是不成样，走一脚，地上都会留着一堆水。脸上须上也被雨点沾得一颗一颗地发亮，并且在眉尖眼角还露出抑郁的斑点，刘三知道今晚大虎一定不会没有原因。

"我……我想跟你商量一件事。"大虎微红着脸儿说。他一面又把头上兜着的湿衣拉下来，凑着痰盂口，绞了一绞，又把脸儿约略地揩拭了一下。

"什么事？我们坐下谈吧。"刘三好意地说，他的脸上依然堆着和蔼的笑。

"喔，我的衣服湿呢，立一会儿吧。"大虎嗫嚅地说，他不肯坐，恐怕自己的衣裤沾污了人家的凳子。这时齐巧刘三的妻子端上一杯热茶来，听他这样说，忍不住笑道："大虎叔，你这句话说得好不有趣，难道这儿的凳子给你坐过就会破的吗？就是你衣裤湿的话，那我们也可以把它揩干的呀。"大虎被她这样一说，也就只得含笑坐下，一面忙接过茶杯，连声地道了谢。

喝了一口热茶，大虎终于把刚才的经过及现在来的目的详细地向刘三诉述了一遍。刘三听他说完，不禁皱着眉儿沉思了一下。大虎在旁却在暗暗地祈祷，心想但愿他能满口答应，不要推辞。谁知正在这时，忽见刘三伸出一只粗笨的手来，捏紧了拳头，在破桌上猛力地击了一下，连大虎摆在桌边的那杯热茶也微微地泼出一些水来。大虎骤然地吃了一惊，只听刘三把大篇牢骚发泄出来："我刘三也是个只要朋友而不在乎钱的人，可是不瞒你老弟说，我实在也跟你一样，连明天的饭米还不知道在哪儿呢。说一句直话吧，谁叫我们是穷人，我们不会去抢人家的钱，自然钱也不会张着翅膀飞上门来。"大虎睁大了眼听他咆哮，他知道又是一个希望被毁灭了。停了一停，又见刘三继续说下去："没饭吃，那是活该，生了病，只好等死，除了这样，还有什么办法？"刘三愈说愈气愤，他的嘴角边已开了唾沫的星花。

大虎是绝望了，他好像是个判决了死刑的囚犯一样，茫然地坐在刘三的面前，觉得好像是做梦。他痴痴地坐了片刻，又把惨淡的眼光向斗室的四周流动了一下，周围是变得模糊了，阴沉沉地没有一线光明，他不怪刘三的无情，却只恨穷人的运蹇。

从刘三家里出来，大虎的脚步是变得更沉重了，他一步挨一步地走着，走出了穷巷，穿过了小街，迎着密密层层的雨点，怀着一颗无限凄怆的心儿，懒洋洋地走到街道的转角。他觉得一阵心痛在开始袭来，他知道自己是不能支持了，在一带垣墙的旁边终于靠住了他的稀湿的身躯。他茫然地向着黑幽幽的天空叹了一口气道："天哪！穷人有了病，难道除了硬挺外，就没有别的办法么……"他的声音里是包含着无限的怅惘，眼角边终于又涌现了晶莹的泪珠。

忽然一阵醉酒的嬉笑声从夜风的吹送中传了来。大虎随意地向那声音的来处望了一眼，只见斜对过的那家酒店里，酒客们正在兴高采烈地猜拳嬉笑。大虎心中觉得不自在，忙气愤地调转视线，忽然一阵银洋声吸引了他，他又把眼光落到那家酒店里，只见隔着小窗的账桌边，酒店主授了一封洋钱给身旁那个衣饰华丽、唇上还蓄着一撮小胡子的男子，一面堆着笑容说："周五爷，请你一点，这是一期本钱，两期利钱。"那个叫周五爷的男子忙把封纸拆开——敲过，银洋声叮叮作响。大虎瞧了这一幕情景，忍不住又想起刚才刘三对他说的两句话来："……我们不会去抢人家的钱，自然钱也不会张着翅膀飞上门来。"他想到这里，忽然一个心念又抓住了他，他踌躇了一下，终于把主意暗暗地打定了。这时又见周五爷把钱点过包好揣在身上，口中连说："不错，不错。"一面携伞告别，店主含笑送到门口。大虎心中一动，只见四下无人，忙拔开脚步，穿过马路，尾随周五爷而去。不一会儿，只见大虎脸儿涨得血红，急匆匆地跑回来，眼光向四周一溜，即转身逃入左边一条小弄中。

"强盗！强盗！"周五爷气咻咻地自后面追来，一面这样大声地呼喊，一会儿已追到酒店门口。

"怎么？怎么？"是酒店主带着惊疑的声音，店门口已拥出了不少的酒客和酒保。

"怎样一个强盗？""强盗在哪里？"都是酒客们的问话。

"一个大胡子的强盗把我的钱都抢去了。"周五爷气得喘不过气来。

"追上去！""报告警察局去！"又是许多不同的主意，寂寞的空气终于因了嘈杂的话声而失却了自持的力量了。

雨儿在凄凉地哭泣，风儿却在高声叹息。

第二回

惊涛骇浪卷入奈何天

　　"芍药——开——牡丹——放——花红——一——片——艳——阳——天——春光——好——百鸟——声——喧——"

　　一阵不堪听闻的京调声疲倦地弥漫在夜的空气中，渗透了这间不甚明亮的斗室，这就见那位古董化的刘大成医生坐在暗淡的电灯光下，一手握着一卷《京调大全》，一手捏紧了自己的鼻子，尖起了喉咙吃力地在挣出那不清脆的女音来。黑瘦的三角脸上，还时时地泛起得意的笑容，两排不整齐的黄牙也在时隐时现，唾沫的星花在他的嘴角唇边开得更绚烂炫目了。

　　"笃！笃！笃！砰！砰！砰！"一阵急促的敲门声迅速地把疲倦的京调声掩盖了。他闭了口憎厌地听了一听，低低地说了一声"讨厌！"才吃力地站起身来，拍了拍衣襟，冒着细密的雨点去开门。谁知吱呀一声，门口站着的却依旧是刚才来过的那个黑胡子大汉。他烦厌地看了一眼，口中骂了一声"浑蛋"，便急急想把门儿关上。谁知那大汉眼快脚快，却早已把他稀湿的身躯挤了进来，一面堆着笑容说道："先生，我现在已把钱带来了，请你快跟我去吧。"他说着，忙伸手把刚才抢来的钱从怀里掏出来，去塞在刘医生的手里，他的黑脸上也忍不住微微地一红。

　　刘医生惊讶地看了他一眼，脸上顿现喜色，忙把银洋一一敲过，又去迎着光儿一块块地端详了一下，这才点头笑道："好，那么我就陪你去一趟吧。现在你且等一等，让我进去拿把伞。"说着当即回身走进。

一会儿，才见刘医生头戴瓜皮帽，一手携伞，一手提着一只小皮箱，步子蹒跚地出来，与大虎走出门外，回身把门反扣，一面低头去找锁眼。这时大虎忽然瞥见远远的墙角边走出一群人，为首的好像就是那个周五爷，后面隐隐地还跟着几个警士，大虎贼胆心虚，乘刘医生还未上锁，急忙把他推进，自己也乘势避入，拼命抵住大门。旁边的刘医生却被他弄得莫名其妙，还急急地问道："怎么啦？你疯啦……"

大虎涨红着脸，只是摇头，一颗心儿兀是跳跃得厉害，他想起了"法网难逃"的这句话，他知道自己将要跌入无底的深渊里去了，病着的妈，柔弱的妹妹，以及许多使他不能随意抛下的事情，这时都来苦恼着他的心。他觉得自己的路途是走错了，虽然他的存心并不如此，但是终身的大错终究已被铸成了呀。这时身后打门的声音已像擂鼓那样地响起来，大虎心中更是惊惶万分，慌忙用目乱找出路。"开门！开门！"警士的粗重的声音开始在门外怒吼了，刘医生站在堂前吓得只是发抖，后来不知被他怎样一来，却被他躲到上首那张披着桌帷的桌肚下面去了。

大虎情急，只见室中写字台挨着一扇玻窗，心中一动，便慌忙离开大门，走入室中，正欲跳上桌来，谁知已有一个警士越窗而入，举枪向大虎喝道："别动！"

这是大虎所意想不到的，他在无法抵抗下，只得投入警士的怀抱。这时已有不少警士自那扇玻窗口跳进来，一个警士去开了大门，门外只剩了周五爷和酒店主二人了，另一个警士发现刘医生躲在桌下，便一手把他拖出，喝问他是谁。"跟我……不……不相干的，我……我是……这儿的……医生……"刘医生惊骇得变为口吃了，许久才说了这些话。

"那么你深更半夜，为什么和那个大胡子大汉处在一块儿？"警士还要问他。

"这……这……"刘医生想说下去，另一个警士却走来喝住道："别多说，一同走，来，走!"

"为什么我也要去?"刘医生提出了抗议来。

"你先去一次，没有你的事，就会放你的。"是先前一个警士的答话。

经过了片刻的吵扰，一群人儿终于拥出了黑漆的大门，这时雨点已止住了，但风儿还依旧没有停息，似乎也在替罗大虎偃蹇的命运做那悲懑的呼号。

夜已深沉了，微弱的豆油灯光也变得更暗淡了，屋子里到处都布满着阴影，罗母依旧是昏沉沉地躺在床上，小玉坐在床沿旁，微昂了头儿，呆呆地望着窗外的黑漆的天空。那愁苦连绵的秋雨还在凄凉地落着，不过比刚才似乎已小一点儿了，可是秋风仍在一阵一阵地吹刮，有时把那细碎的雨点都倾斜过来，打在玻璃窗的片子上，嗒嗒的声音无力地流动在这死沉沉的室中的空气中，自然是更显出无限的冷清与凄惶。她忍不住打了一个寒噤，浑身也感到一阵瑟瑟的滋味，在她空虚的心房中也不期然地增添了一阵说不出的悲凉。她想起自己是个三岁就没了爸的孩子，全仗母亲的十指操作才辛辛苦苦把我们兄妹俩抚育成人。谁知十余年后母亲终因不堪生活的折磨而病倒了，唉，万一这次真的不救的话，那我可怜的身世，不是就和风中的落红一样飘零无定吗?虽然还有一个哥哥，但是一个女孩儿家没有了娘，她的心中该又是何等痛楚呢!小玉默默地想到这里，两颊上早已沾满了像露珠般的泪水，她深深地叹了一口气，懒洋洋地站起身子，在室中踱了一圈，忽然又想起哥哥出去请医生，为什么已经这许多时候还没有回来?莫非他在路上出了乱子吗?抑是医生不肯，他在硬求他?不过即使医生不肯，他也该早已回来了，何况妈是病得这么厉害，早晚起变化又是说不定的，心想哥哥也是机警的人，当然也不会糊涂到这样吧。她想到这一点，也不禁愁肠百转，焦虑万状，一时又深悔自己不该叫他这个时候去请医生，况且雨又这么大，家中也没有一把雨伞，他只是兜了一件布衣踉跄地出去，到了现在他浑身当然是早已淋得稀湿了，如果寒气入了骨髓，明天生起病来，那又可怎么办？这还不是我害了他吗？虽然替妈请医生也是要紧的事，不过医生请得着请不着还是一个问题呀。况且他又没有带钱去，天下究竟能有几个好心肠的医生肯分文不取地冒着夜雨来替你诊病呢？就是他答应的话，难道连撮药的钱也是他的吗？唉，像这样的好人，在今日的世界中也许已不会存在了吧？她经过这样一考虑，觉得今晚哥哥去请医生的希望是非常渺小，刚才自己也不免太冒失一点了。正在这时，忽然听见罗母已在吁气了，心中一惊，不觉"哟"地叫了一声，慌忙奔到床边，俯下身子，两手摇撼着她的肩头，急得双泪直流，颤抖着声儿问道："妈！你怎么了？你怎么了……"

"嗯！我……我难过，心……中难过……唉！"小玉叫了好久，罗母才吃力地微微地睁开眼来，爱怜地看了她的满脸泪痕的女儿一眼，摇了摇头，才断续地说出这几句话来，可是已哽咽得有些儿听不出了。

小玉见她两眼已失去了光芒，眼眶也愈是凹进得可怕了，气是只有叹出没有吸进，显然病象是凶多吉少，恐怕今夜就要起变化了。可是哥哥又不在家，四周的邻居也许已经睡熟了，自己是一个柔弱的女孩儿，万一今晚妈真的……那又叫我如何是好呢？她想到这里，一时心乱如麻，眼瞧着妈这个状态，又觉万分悲酸，忍住了哭声，一面伸手替她轻轻地抚着胸口，一面偷偷去揩拭自己脸上的泪痕。

"小玉，我的……好孩子……我的……苦命的……孩子……妈这个病怕不会好了，可是……丢下你……那叫我心中怎样放得……下呢？大虎……你……你到哪儿去了？你怎的不来看我呀？唉……"好一会儿，罗母又掀起嘴儿，勉强地挣扎出这许多断断续续的话来，她知道自己是一步步地向幻灭之路逼近了，她觉得有一阵说不出的难受来袭击她的已经枯干了的心房，她的一生中从没感到过像这时那样凄凉的。虽然她并不留恋这个世界，但是总有点舍不得就这样丢下了两个被她用汗血来抚养长大的孩子。

"妈，你别这样说，你只要宽心静养，那病是没有不会好的……哥哥现在替你找医生去了，一会儿就要来的。"小玉秀丽的娇靥上已整个被泪水占了去，她的心真像刀割一样疼痛，她很想放声大哭一场，但是事实上她不能这样做。她只得竭力抑压住内心无限的创痛，脸上勉强地装出一丝惨然的笑容，柔声儿地向妈这样安慰着，但是泪水却依旧不受她节制地从眼眶子里像泉水一般地涌出来。罗母没有应她，依旧是睁着眼儿吁气，小玉在旁只是默默地祈祷着哥哥早点回来。这样又过了好一刻时候，窗外的雨点已经止住了，但罗母惨白的脸上却是泛起红光来，小玉知道这不是个好现象，心中一急，泪水又像雨点那样落下来。一会儿，忽见罗母嘴儿一掀一掀的，好像要说话又说不出的模样，小玉含泪叫了一声妈，但是她并不答应，只把头儿点了点，后来她似乎经过了一度竭力的挣扎，才哽咽着声儿，遗憾地说了一句："大虎！我……我见不到你了……"说毕，两眼便眨了一眨，喉间霍的一声，一缕幽魂便脱离了躯壳，缥缥缈缈地飞到另一个世界里去了。

小玉见妈果然气绝，心中一阵悲痛，哇的一声，竟是晕厥过去。良久，良久，方才哭出声来，叫道："妈妈！你真的忍心丢下了我吗……妈呀！你慢慢地走，女儿也要跟你一块儿去呀……妈呀！我的妈呀……"

风儿还在不停地狂刮，激发起凄厉的声浪，哀愤地在窗外怒吼，渗和着室中小玉哭娘的悲声，真是惨绝人寰。

小玉哭哭啼啼地在妈的尸边伴了一夜，直到东方发白，大虎依旧没有回来，自己的身子便再也支持不住，只得到下首床上恍恍惚惚地去睡了一刻。醒来时，天是早已大亮了，可是哥哥还是音讯杳然，不见踪影，心想他一定出了乱子了。回顾家中惨况，母亲病死，那叫我一个女孩儿家又怎样料理呢？并且哥哥一去不回，也不知他现在到底怎样了……唉，哥哥呀，那真是妹子害了你了。她默然地想到这里，心中真觉无限酸楚，忍不住倒下身子，把脸儿伏在枕上又嘤嘤地啜泣起来。

"玉姑娘，你妈的病怎么样了？今天可好些儿了吗？"

一个熟悉的声音开始在空气中荡漾起来，小玉回眸望去，只见住在对过的李大嫂笑盈盈地推门进来，一面这样好意地问着。小玉泪眼模糊地向她望了一眼，还没回答，只觉心中一酸，那眼泪又像断线珍珠那样地滚了下来。李大嫂见她这样，心中倒是一怔，忙急急走到上首床边，向罗母望了一眼，见她脸上已经盖上一张白纸，心中猛地一惊，不觉连连跺脚说道："怎的你妈已经死啦？什么时候死的？玉姑娘，你为什么不来关照我……唉，想不到像罗嫂子这样好人也会如此不寿，阎皇老爷真是瞎了眼睛的。"李大嫂大声叹息，她觉得有一股冷风向她脸上吹来，她的心头也感到一阵说不出的怅惘。"昨天晚上……"她只低低地回答了一句，突然一阵悲哀惨痛的情绪又向她猛烈地袭来，她忍受不住终于又放声哭了。

"人既死了，哭也没有用，现在最要紧的还是替你妈料理后事吧……咦！你的哥哥呢？"凄切的哭声在李大嫂的耳边飘来飘去，她的心中也觉得无限酸楚，待了一会儿，只得转身走到小玉的床边，拍着她的因哭泣而颤动了的肩儿，柔声儿地向她这样安慰着。说到后来，忽然发觉她的哥哥大虎不在家里，便又略带惊奇地向她问了一句。

小玉听见她问起哥哥，心中更觉难受，抬起头来，把她的满是泪痕的脸对着李大嫂的眼睛，呜咽着声儿不胜凄怆地回答道："唉，哥哥在昨天晚上替妈出去找医生，到现在还没有回来，不知他在外面出了什么乱子了……唉，妈死了，哥哥又是一去不回，那叫我一个人怎样是好呢？李妈妈，你可怜可怜我，你总得替我想一个法子才好呀！"她把求助的眼光不时地落到李大嫂那张胖胖的圆脸上，她希望李大嫂能把自己这只可怜的小羔羊从绝望的环境中拯救出来。

李大嫂听她说到这里，一时也就理会到小玉所以更加惨痛的原因了。她凄然地叹了两口气，她很同情她，悲惜着她的不幸命运。她待了一刻，又把眼光向四周流动了一下，见屋中用具都已破旧不堪，这样景况，哪里有钱去买棺材。她叫我替她想法子，当然除了这个，还有什么呢？李大嫂心中暗暗地思忖了一下，觉得事情非常为难，只得移身坐到她的床沿上，握着她的柔荑，先问了她一句："玉姑娘，你还有什么亲戚没有……"

小玉听她这样问，摇了摇头，心中又觉一阵悲酸，那晶莹的泪水又像雨点般地从眼眶子里掉下来。李大嫂听她竟连一个亲戚也没有，一时对她可怜的身世也不觉勾引起无限的同情。她抽出手帕，替小玉把脸上的泪痕轻轻地拭去，沉思了一会儿，才柔声儿地说道："玉姑娘，你别哭了，现在也不是伤心的时候，我们应该谈点正经吧。我知道你们一家的生活是全靠十指的操作所得才能维持，对于你妈身后料理的钱当然是没有的了，况且你哥哥又不在家，要办理这事，的确是会感到非常困难。假使我有钱的话，照理数年邻居，也可以帮你一些儿忙，无奈我家现在的景况也是跟你们一样，自从我那口子故世后，就全仗我每日替人家洗衣服所得的钱，来维持我们娘儿俩的生活。不过事到如此，当然也该有个办法，难道就让你妈的尸首一天天地过去吗？现在即使把你妈的事情办妥了，但是比这更困难的问题又来了，万一你的哥哥真的出了乱子，那么你一个年轻的姑娘以后的生活又将如何解决呢？况且你又没有一家亲戚……"

"唉，那可怎么办呢？李妈妈，你救救我吧……"小玉究竟年轻，她想起将来一个人的生活，心中不觉又害怕起来。不待李大嫂说完，便仰起身子，拼命抱住她的手臂，把脸儿紧紧地倚偎着她的肩头，她觉得这时候只有李大嫂可以救她的，她绝望地在做最后的挣扎。

李大嫂爱怜地看着她，摇了摇头，把手儿轻轻地抚摸着她的美发，凄然说道："我是心有余而力不足，不过现在也就只有这样一个办法……"

"什么办法呢？李妈妈，你说。"小玉迷茫地看见前面有一线光明在向她招手。

"就是替公馆人家做丫头去，现在我有一家王公馆相熟，虽然在目前他们也不需要添买什么丫头，不过我就领你去说说看。真的，在他们家里做丫头，是和小康之家的小姐差不多，只要你做事聪明伶俐一点，那生活是可以过得非常适意的。如果你愿意的话，那么一方面你妈的事情可以了结，一方面你将来的生活问题又可以解决了，就是你哥哥能平安回来，那他维持一个人生活究竟也要容易得多，这个两全其美的办法，不知你的意思以为怎样？"

李大嫂真挚的言语，在小玉被抑郁的表情所掩盖了的脸上，掠过了喜忧的微光，她的面貌稍许开展了一点。她经过了片刻的踌躇后，终于欣然地应了下来："好，那就准定这样吧。为了妈，就是牺牲我的性命，我也情愿的，何况就不过替人家做个丫头呢！"颤抖的话声在岑寂的空气中凄凉地流动，她微微地抬着头儿，让窗外照射进来的柔淡的阳光舒适地抚摸着她的尚有泪痕残迹的脸颊，她的一对美丽的俏眼儿里像有火光在喷出来，她要拿这火光去照亮自己已被暗雾弥漫了的将来。

午后的阳光淡淡地照着王公馆内厅的一角，富丽的陈设更显出了矜持的光辉。这时厅上挤满着一堆人，大家都带着兴味的眼光看着站在主母面前的两个不速客，好像有一件什么新奇的事儿被她们带到这儿来似的。

主母王老太捧着水烟筒端坐在上首的太师椅上，她是这所公馆里的权威人物，年纪虽然已是四十开外，但是为了营养丰富，所以在她的那张无表情的圆脸上还隐约地点缀着青春的光辉。这时她注意地听着站在面前的李大嫂这样说下去："老太太，她叫小玉，昨晚她妈死了，她的哥哥又是一去不回，家中没有钱埋葬，知道你老人

20

家是再慈悲不过的，所以带她来求求你，只要你肯把她妈葬了，她情愿一辈子在这儿侍候你老人家。"

王老太听她说毕，不禁又把眼光调到旁边那个叫小玉的姑娘身上，见她虽是乱头粗服，却是容光焕发，娇艳欲滴，垂了粉颊儿，默不作声，似有无限羞涩之态。王老太把她上下打量了一下，便吹着水烟点头说道："小姑娘倒长得很不错……"接着回头又问她的兄弟周子廉道："阿五，我打算把她留下来，侍候湘屏，你看怎样？"

子廉摸着唇上的一撮小胡子，顺着王老太的口气说道："姊姊，你既然看得中，那么就留下了吧。不过卖身契是一定要写的，免得将来麻烦。"

"妈，你别听舅舅的话，我们何苦专门剥削穷人，别人死了妈，没有钱埋葬，我们贴补她一点，也算不了什么，为什么一定要人家写卖身契呢？"说话的是少爷王仲明，是一个外表俊美内心忠实的好青年。他顾自坐在沙发上看报，听见子廉这样说，心中觉得有点不平，便回头向王老太提出他唯一的人道主义来。

子廉听见向他翻了一个白眼，王老太也不以为然地说："仲明，不许你瞎说，舅舅的话是有经验的，你懂得什么？"

这时子廉便得意地笑了，但仲明却有点生气，就转身看报，做个不理睬。

"小姑娘，卖身契你愿意写吗？"又是王老太的话声。

"老太太，只要你把我妈葬了，我什么都愿意。"小玉勉强地装出一丝微笑来，她知道自己的身子不久就要被一条铁链锁住了，"自由"这个名词对她似乎有点生疏起来，她相信流眼泪、吃打骂也许就会成了她的另一生活里的唯一的点缀。她是一只出谷的乳莺，她受不住命运的打击，她终于就要被关进在这所像鸟笼般的房屋里了，那里她会听不到一句温柔的安慰的话语，终日在她耳边响着的都变成了责骂的命令的声音，在她眼前晃着的也都是些矜持的不同情的斜脸。她觉得这所公馆只是一片迷茫的旷野，在她眼里是不会有一个光明的去处被她找到的。她预测着将来的生活，她的一颗脆弱的心灵又被恐怖的情绪搔痛了，她想不走这条路，但是现实威压地在背后逼着她，她只得抛撇了先前愉快的自由的生活，而步入了另一个苦涩的拘束的阶段里。小玉默默地想到这里，晶莹的泪珠不觉已迷住了她的眼睛，她在开始为自己的偃蹇的命运悲伤了。

"好，那么以后就在这儿侍候这位表小姐吧。"王老太乐意地笑了笑，说着便伸手向旁边站着的那位摩登女子一指。小玉向她看了一眼，便低声地叫了一声："表小姐！"

那个叫表小姐的摩登女子名唤韩湘屏，是一个性情不可捉摸的姑娘。她听小玉这样叫她，也就爱理不理地点了点头，态度依旧是非常矜持，脸上没有笑容。这时王老太似乎要找人似的把眼光向四周流动了一下，口中叫了一声："尤二！"

尤二那个痴肥臃肿的仆人，一双色眯眯的小眼睛兀是贪婪地盯住着小玉出神，刚才王老太的叫唤他并没有听见，直到王老太不耐烦地唤第二声尤二的时候，他才憬然地惊觉过来，红着脸儿应了一声，才吃力地走到王老太的面前听候她的吩咐。

"尤二，你和周五爷陪这位小姑娘到账房间去写卖身契，写好后便拿了钱，去买一口棺材，把她妈葬了，再带她回来。"王老太的话语像珠子一般地滚着，她没有想到这少女替她妈办理后事是不是就是像她所说般的那样简单。

"是，老太太！"尤二恭敬地应了一声，正想回身走出，却意外地被小玉悲惨的呼声阻住了。

"老太太，你能不能答应我请两天假，因为我妈死了，哥哥又是一去不回，家中真是凌乱不堪，我想总得稍许收拾收拾才是。大后天早晨我准定再请李妈妈陪我到这儿来是了。"小玉哀怜地恳求着，她的声音非常凄惨。

"这……"王老太开始呻吟起来，她没有想到小玉会有这一着的。

"妈，你答应了她吧。小玉死了妈心中又是多么伤心，我们也该想想人家的苦楚，况且我们也不等什么人用，何苦和人家这样为难呢？"又是仲明带着善意的话声，他已经许久没有说话了。

小玉感激地看了他几眼，她想不到在这迷茫的旷野里还有一个同情她的人儿呢。她望着仲明的英爽的脸蛋，心版上不觉印上了一个无限美好的印象。

但是仲明的话却是激起了湘屏心中强烈的反感，她想小玉又不是你的什么人，要你这样替她着急干吗？你真是一个人道主义者。其实在她的心中还以为仲明一定是看中了小玉了，况且小玉的脸蛋的确长得比自己要美丽得多，一时又恐怕自己心目中的表哥将来会被这贱丫头夺了去。她多余地顾虑到这一层，因此心中也觉得有点酸溜溜地不受用。对于小玉的美丽，不但不感到怎样可爱，倒反而嫌其非常可憎了。同时也由此可见湘屏又是一个非常好妒的姑娘，无缘无故的，竟和一个新进的丫头暗暗地喝起干醋来，你想多好笑。

"好吧，那就准你请两天假，现在先跟周五爷到账房间里写卖身契去。"王老太的心终于被仲明的话语所打动了。她拿非常温柔的眼光去爱抚小玉被凄哀的表情所掩盖了的美丽的脸蛋，她也在暗暗地悲叹着这个少女的不幸的命运。

"谢谢老太太。"小玉和李大嫂不约而同地向王老太道了谢，然后才转身跟着周子廉走向账房间里去。

自王公馆里出来，小玉知道自己的命运就这样轻易地被决定了，以后她将会尝到另一个阶段里的许多苦辣的滋味，不过她相信有一小主人会同情她，至少会给她一点儿安慰的，但是她也不敢承认将来的事实是不是就会和现在的理想相符。总之她是很盼望不久的将来有那么一天的来临，但是当她想起了家中的惨况时，心中又禁不住感到一阵无限的辛酸，迎着柔淡的阳光，晶莹的泪珠终于不可抑制地涌上了她的眼角。

"玉姑娘，你别伤心了，世间的一切都是由一个万能的神明安排好了的，你的遭遇所以这样不幸，这恐怕也是你命中注定的吧。现在暂时受些儿委屈，说不定将来你也会有好日子过的。玉姑娘，你听我的话，你该好好地把心儿放宽了才是，以后我会常常来看你的，那边不是也很好吗？你只要做事聪明些儿，他们是不会十分来待亏你的。"这是李大嫂的简单的信仰，她见小玉兀是频频拭泪不止，心中还以为她是怕到王公馆里做丫头去，因此拍着她的肩头，柔声儿地向她这样安慰着。

"这我明白……不过我想起了妈，心中总觉得非常难受，可怜妈生了我们养了我们，现在落得这样一个结果，临死竟连儿子的面也见不到……唉，这叫我们做子女的心中怎样对得住她呢？妈呀，你真是枉养了我们一场，你的恩典，我们是只有来生来报答你了……"一阵悲痛的情绪把小玉击倒了，眼泪沿着面颊流下来，她不能再说下去，她只是用力咬着自己的嘴唇皮。

"唉，这都是穷人的命……"一股抑郁的冷风吹上了李大嫂胖胖的面颊，她摇了摇头，叹息地说了一句，当她还想继续说下去时，却被前面一个急促的呼声打岔了。

"小玉姑娘，你到哪儿去了来？我刚才到过你家里，却是找不到你。"一个工人样的青年男子气咻咻地自前面奔过来，一边口中这样嚷着。小玉听见，慌忙擦干泪痕，惊讶地向前面望去，只见来者是哥哥的好友刘三，心想他一定是来找我哥哥来的，心中想着，也就迎上去这样问道："刘三哥，你是不是找我哥哥来的？但是我哥哥昨晚替妈出去找医生后，到现在还没有回来过呢。"

"这我知道，不过我现在是来告诉你哥哥的去处的。"刘三听她这样说，也就故意装作平静的样子向她答道。

"什么？你知道我哥哥的去处？刘三哥，你告诉我，你快告诉我，他现在在哪儿呀？"小玉惊喜地几乎要跳跃起来，她不去顾虑到这个消息是吉是凶。

"但是我告诉了你，你心中千万别伤心呀！"这是刘三的条件。

"好，我就不伤心是了，那么你快告诉我呀！"小玉已知道这一定不会是令人怎样喜悦的消息了，她竭力镇压住心头的颤动，刚才的雀跃的神色现在也在无形中消失了。她看着刘三的欲语还停的意态，她明白这是不幸事儿发生前的预示，脆弱的心房是跳跃得更厉害了。

"……你哥哥昨晚被警察捉到局里去了，他抢了人家的钱，犯了盗罪，并且还要坐一个时期的牢监呢！这个消息我也只有刚才知道，现在我想跟你去看看他，不知你去不去？"刘三踌躇了一下，终于把这个不幸的消息吐露了出来。说到这里，便把脸儿凑到小玉的耳边，低声儿地又说了一句："听说他的名字也改掉了，叫什么刘二雄呢！"

这个消息已经早被小玉所预料得到的，她的眼睛又被泪水迷住了，她的心被痛楚交织着，她觉得一个噩运的影子已爬上了她的心版，哥哥的不幸的遭遇，她明白这完全是自己给他带来的，后悔激起了她良心上的不安。她呆住了多久，才茫然地应道："好，我去！我去！"她觉得今天她所听到、见到、做到的事情全是一个梦，一个可怕的梦，她希望最好梦魔能把她带到另一个世界里，一个与梦一样渺茫的世界里去，她不愿沉浸在现实里，她觉得现实太可怕了。

"玉姑娘，你不能去，你要替你妈料理后事呢。"李大嫂在旁提醒她说，她也觉得这只小羊羔的遭遇真是太不幸了。

"哦，我不能去，我真的不能去，妈的尸首还摊着，我要回去料理呢！刘三哥，承你来关照我，我很感激你，可是……"小玉也是急糊涂了，后来被李大嫂一说，方才清醒过来。她想不到一个才只十七岁的姑娘就会遭到这样不幸的惨遇，她觉得这个打击太大了，她委实有点儿忍受不住，要如在家里，她一定要伏在床上大哭一场，可是现在是街上，她不能这样做。她只得忍着无限的悲痛，哽咽着声儿向刘三絮絮地诉说着，她知道现在要去看哥哥在事实上还是不可能的，但是待她说到这里，却被刘三的惊奇的问话打岔了。

"什么？你妈死了？什么时候死的？是不是在今天早晨？"

"不，在昨天晚上，哥哥走出后，不到几个钟点，她就开始吁气了，唉，真想不到会这样快……"小玉叹息地说着，这余音带了呜咽的成分，无力地在刘三的耳边飘来飘去，把他四周的空气也搅成了悲哀的情调。

"那么你刚才锁着门儿到哪儿去呢？我到你家里来却跑了一回空。"刘三不懂地问道，他把身子去靠在一边的墙壁上。

小玉听他这样问，忍不住心中一酸，泪水又像雨点般地掉下来，微红着脸儿，把一瞥无限哀怨的目光投在刘三的脸上，嗫嚅了一下，但终于没有把话说出来。

刘三见她欲语还停，且又这份伤心的模样，似乎有着难言的隐痛。望着她雨后海棠般的脸儿，心中也觉一阵酸楚，忍不住走上一步，侧着脸儿，柔声儿地向她问道："小玉姑娘，你有什么为难的事儿，你尽管说出来吧，要如我可以帮你忙的地方，我总会帮你忙的。"刘三说到这里，猛可理会到，她也许为着钱的问题吧？照理像大虎连请医生的钱也没有，那么要料理他母亲的后事，其困难自然也可想而知了，不过假使小玉真的要我帮这个忙的话，那叫我可怎么办呢？我自己的境况不是也跟他们一样吗？刘三想着这一点，心中颇觉为难，搓着手儿，一时又懊悔自己不该向小玉说出这句话来了。

小玉感激地看了他一眼，把嘴儿掀动了一下，但终究有点说不出口，回眸望了望李大嫂。李大嫂理会她的意思，总算才把刚才的经过诉述出来。刘三听毕，心中颇觉感动，遂道："小玉姑娘，这虽然是太委屈了你一点，不过要如伯母在天有灵的话，我想她一定也会知道你的一片孝心的……好吧，现在我也得回去了，大虎那儿我明天先去看他一次，待你家中舒齐了后，你便可到我家里来，我再陪你一同去看他得了，我的地址你不是也知道的吗？就在那边同孚当隔壁，在军巷二十八号。"

小玉不答话，只是频频地点着头，她的心被痛楚蚕食着。刘三意欲再向她安慰几句，但后来不知怎的起了一个感觉，也就轻声地叹了一口气，向她俩点一点头，顾自掉身走了。小玉待刘三走远了后，只才懒洋洋地拖起步子，缓缓地向归家的路上走去。风儿依旧是带着寒意地吹拂着，她不时地用手去抚摩被吹乱了的发鬓，这时有一片枯黄的梧桐叶儿轻逸地飘到她的肩上来，她伸手拈住它，又随意地把它丢到地上去。她茫然地向寥廓的秋空望了一眼，忍不住感触地低声说道："唉，又是秋天了，又是飘零的时候了。"她的声音里是包含着无限的怅惘。

这是假期最后一天的一个黄昏，小玉到监狱里终于和大虎见面了。当二人远远地望见了彼此的身影时，那眼泪早就像泉水一般地涌了上来。待小玉走近窗边，没有说话，只叫了一声哥哥，便忍不住呜呜咽咽地哭了。

脸儿偎着脸儿，两人紧紧地抱了一刻，大虎才仰开身子，用手抬起小玉满脸泪痕的粉颊，细细地端详了一下，不胜凄怆地道："妹妹，哥哥对不住你……"说到这里，喉间已经哽住，便再也说不下去，那一满眶的辛酸之泪，忍不住又像断线珍珠似的落了下来。小玉听了这话，心中只觉一阵酸楚，便慌忙伸手去扪住大虎的嘴儿，呜咽着泣道："哥哥，你再这样说……那我的心真要为你片片地碎了，唉，我这人真是太鲁莽了一点，所以会给哥哥带来了这样不幸的遭遇……哥哥呀，不知你现在心中还怪着妹妹吗?"小玉带着求恕的眼光望着大虎的黑脸，沉痛的悲哀在她脆弱的心灵中激起了江潮般的澎湃。

"妹妹，我们为了妈的病，怎么可以这样说呢? 但是……妈……她终于死了，并且像我做儿子的竟连妈的终也送不到……唉，这真是我生平第一件的恨事呀!"

"哥哥，妈死了，你怎么知道的? 是不是刘三哥来告诉给你听的?"

大虎含泪点头道："是的，并且我还是知道你已卖身给王公馆做

27

了丫头了，妹妹呀，这叫我做哥哥的如何能够忍心呢！同时我真也太对不起你了，唉，我真不中用，我真不中用，妹妹，你真枉有了我这个哥哥呀！"

小玉听了这话，心里也不知道为什么要这样伤心，那眼眶子里的泪水又像浪潮一般地涌了出来，纤手伸进了铁档子，紧紧地摇撼着大虎的身子，失声泣道:"哥哥，你不能这样说，唉，我的心真是惨痛极了，我们是穷人，我们生来也只有一条穷人的命，你瞧，恶劣的环境，偃塞的命运，哪一件不是我们穷人唯一的点缀。哥哥呀，这怎么可以怪得了你呢！"小玉说到这里顿了一顿，又继续说下去，"刚才听刘三哥说，你要坐一年零六个月牢监，不知是不是真有这么一回事呢？"

大虎点了点头，叹息地说:"唉，这真是一失足成千古恨，但是……我的心中岂是真的愿意这样做呢？妹妹，我想你终也能谅解我的苦衷吧？"说到这里，大虎便把那天晚上去请医生的经过从头至尾向小玉诉述了一遍。小玉听毕，心中真不知是痛是愤，两手紧紧地环抱着大虎的身子，把脸儿依偎着他的肩头，哽咽着泣道:"哥哥，我谅解你，我知道你是纯洁的，你是可怜的，但是我真想不到医生的真面目原来就是这样的，唉……那我真是错理会了，本来我也曾预料到在今日的世界中那种好心肠的人儿也许已经不会存在了吧，但是我总想让这丝微弱的希望有变为现实的可能，然而我们所得的结果是什么呢？结果只是苦了你呀！哥哥，我想想总觉得非常对不住你，真的要如依了你说明天去的话，那么这种惨事也就不会发生了。"小玉说到这里，心中真是又悔又恨又是痛，忍不住又失声哭了。

大虎也吻着小玉的额角哭道:"妹妹，你说这话，我真心痛极了……总之我不怪谁，我只恨造物在作弄我们，造物拆散了我们的家，剥夺了你我的自由，它是我们的仇人、我们的冤家。我们也不知前世作了什么孽，今生会受到这样凄惨的报应，同时也不知道我

28

们这一对可怜虫要在何年何日才能踏上光明的大道，投入幸福的乐园。"

小玉听了这话，心中也觉得有一阵说不出的难受，过后她忽然仰开身子，用着鼓舞的语调，激动地说："对，造物是我们的仇人，我们的冤家，但是我们要活，我们还得起来反抗，我们不能尽让造物的魔鬼去摧残、压迫。我们应该拿我们的力，充满着丰富的生命的力，去打开那光明康庄的大道，去建筑那锦绣灿烂的前程。哥哥，你的所以失足，这是那偃蹇的命运之神促成你的，行为虽然不清白，但是你的心灵、你的思想总是永远纯洁的，所以我只劝你以后做个好人，好好地干一番事业出来，替我们姓罗的争一口志气，也就是了。"

这一篇真挚的恳切的话语深深地打动了大虎已受创痛的心灵，她给他劈开一个新的眼界来，在那里他已看到他的将来并不是完全被黑暗掩埋了的，至少还有一线光明、一线希望在等待他，他应该伸出手去抓住它，不要让它轻易地飞去。他很了解小玉的话，他知道自己的未来还是值得珍贵的，值得重视的。他欣慰地接受了小玉鼓舞的眼光，一道微光掠过他的黑脸，他终于也挂着晶莹的泪珠笑道："妹妹，你的话说得对，我应该要好好地做人，过去的事就把它当作了一个梦吧……喔，妹妹，我还没有问你，妈的灵柩现在放在哪儿呀？"小玉听他问起了妈，心中只觉一酸，眼泪又扑哧哧地落了下来，哽咽了一下，才说道："李大嫂热心帮忙，不然叫我一个女孩儿家怎……"小玉说到这里，没有继续说下去，顿了一顿，当即转过话题道，"现在我已把房屋退租了，家中的家具有的变卖了钱，有的送给了李大嫂，因为明天一早，我就要进王公馆去。"

大虎点了点头，过后又问："妹妹，妈死的时候说起我些什么？"

"她老人家在临死时，只是遗憾地说了一句：大虎，我是见不到你了。旁的就一句也没有。"

大虎听了，心中只觉一阵疼痛，他用力地咬着自己的嘴唇皮，慢慢地低下头去，一朵朵灿烂的泪花又开始在他的眼眶边繁荣起来。

"喂！你这小姑娘！讲了这许多话，怎么还不出去?"狱警在大声地叱喝了。

两人惊讶地抬起头来，小玉在万分依恋不舍之下，只得含着一满眶的泪水，又把大虎的手儿紧紧地握了握，说道："哥哥，那么我走了，你的心中别难过，以后有机会，我会再来看你的……"说到这里，喉间早已哽住，长叹了一声，那眼泪又像雨点般地落了下来。

"妹妹，你在王公馆里，一切饮食冷热总得自己小心才是，哥哥一待出狱后，总得想法赎你出来的。"大虎的声音颤抖得很厉害，一朵抑郁的愁云把他的黑脸掩盖了。

在无可奈何下，小玉终于走出了这座阴沉的人间地狱，迎着尖锐的晚风，在她空虚脆弱的心灵中，是激起了一阵无限的悲凉。

第三回

盈盈粉泪夜莺啼红树

是一年半后的一个暮春季节里，这天，太阳是早已高高地挂在空中了，艳黄的光轮在强烈地飞射出来，显然时间是已近午饭的时分。在上房里，王老太舒适地躺在安乐椅上抽水烟，小玉坐在一旁替她捶腿，室中温暖得很，窗外浮云四散，柔和的阳光也不时地射进窗来，四周的空气很恬静，但处处都酝酿着春意，氤氲着春香。

"坏了！坏了！"忽然一个粗重的声音自室外飘进来，打破了岑寂之网。王老太惊讶地放下水烟筒，回眸向门口望去，只见周子廉涨红着脸急匆匆地推门进来，王老太心中一跳，忙转身问道："阿五，什么事这样大惊小怪的？"

"姊姊！坏了！姊姊！坏了！"子廉手中握了一卷报纸，走近王老太身边，口中只是张皇地嚷着。

"究竟怎么一回事？你说，你说。"王老太不懂地问道，她的脸色开始紧张起来。

"你瞧！"子廉说着，便把报纸摊开递给王老太，用手指向某则新闻一指。

小玉在旁因见子廉这样惊惶状态，心想一定又有什么事情发生了，为了好奇心的驱动，也就昂首向子廉的指处偷瞧了一眼，谁知不看犹可，看了不禁把她喜上眉梢，险些儿乐得笑出声来。原来那报上的新闻不是别的，却是刊着一张胡子大汉的照片，旁边标题是注着"巨盗刘二雄期满出狱"等字样，小玉见了心想：这还不是我的哥哥罗大虎吗？唉，光阴也真快，哥哥终于是期满出狱了，但愿以后哥哥能好好做人，替死去的爸妈争气才对……小玉正暗暗思忖到这里，忽然又听子廉在旁说道："喏喏，这就是前年抢我钱的强盗，现在已经放出来了。"小玉听着，心想原来哥哥抢的就是他的钱，怪不得他有这样关心。这时又听子廉顾虑地说："假如他要来报仇，那不是糟了吗？"

"这可怎么办？阿五，能不能想个法子，去运动运动再多关他几年？"王老太也张皇了，但这句话却把旁边的小玉吃了一惊，她忙抬头去看子廉，只见子廉沮丧地摇了摇头说："来不及了，已经放出来是不行了。"小玉听了，只才放下心来。

子廉在室中踱了一圈，忽然猛有所得地过来说道："我看只有这么办，多找几个看家院的把式，使他不敢进来报仇。"

王老太也不加思索地点头道："那么你快去办，免得被他先走进来。"

"好，我就去，我就去。"子廉连连应着走出。

小玉见他走了，不觉微微一笑，心想这真是庸人自扰，况我哥哥所以出此下策，也是万不得已的事，现在懊悔尚且来不及，哪还会真的再到这儿来向你报仇呢？

这时王老太吸了一口烟，自言自语地道："强盗真有那么多，杀也杀不完。"说到这里，便移脸向小玉挥了挥手道，"别捶了，表小姐该起来了，你去侍候表小姐吧。"

"是。"小玉恭敬地应了一声，便站起退出。

走出上房，小玉觉得脚步非常轻松，脸上也不时地浮起了笑容，因了心中愉快，口里也就低声地哼起小曲来。待她穿过葡萄棚，走到碧桐轩西厢房附近，只听得表小姐在里面厉声叫喊："小玉！小玉！"

小玉听了，心中猛吃一惊，忙急急奔进去，一面口中连连应道："来了！来了！"

待小玉推开房门，忽然迎面飞来一只茶杯，小玉忙把身子让过，抬起头来，只见湘屏铁青了脸，拍了一下台子，便像疯狗样地直接过来骂道："贱丫头！你死到哪儿去了，还要我来请你是不是？"

"表小姐，你别生气，老太太叫我捶腿，所以来晚了。"小玉忙赔笑道，她对于表小姐这副面相早已司空见惯了。

"哼！小狐狸精倒会花言巧语给老太太捶腿，还当我不晓得，你又到少爷那儿鬼混去了，你还来干什么？我这儿用不着你，你侍候少爷去吧……滚！给我滚！"

这是小玉所意料不到的，她只得忍着气儿申辩道："不是的，表小姐。"

"滚！滚！"湘屏在大声地咆哮，她凶得像一只老虎一样。

"表小姐，你……"小玉急得几乎要哭了。

"走！走！这儿没有你站的地方！"湘屏连连催着，她简直不给小玉有申辩的余地。

小玉见她这样无情，虽然是明明知道她是含着酸素作用，但是这次却是真的冤枉了自己。不过申辩也是不会发生什么效力，她只得暗暗叹了一口气，踌躇了一下，终于是默默地回身退出。

湘屏见她居然走了，心中愈觉生气，便把脚向地上一顿，大声叫道："回来！"

小玉听唤，只得再回身进来。湘屏见她脸上已经沾着丝丝泪痕，不觉得冷笑一声，过后又厉声问道："我问你仗谁的势？地也不扫？"

小玉见问，果见地上是铺满着许多碎瓷器、碎花瓶，显然表小姐刚才曾经大发脾气乱摔东西。她把眼光向四周轮了一圈，只得回身找了一把扫帚，委屈地俯身扫地。

湘屏绷着脸，把两手叉在腰间，走来走去，愈看小玉愈有气，后来忍耐不住，走过来，伸手就是一记耳光。

小玉无故被打，心中不觉一阵悲酸，把手儿抚摩着脸颊，那眼泪就像断线珍珠似的滚下来。湘屏见她这样，愈是气往上冲，瞪她一眼，一面用脚把小玉扫好的碎瓷器重新踢开，一面扭住她像老鹰捉小鸡似的拖出门外，口中骂道："小妖精！我看你一颗心儿早又在少爷身边了……去，去，少爷在房里等着你，成全了你们一对吧！"

小玉被她蛮不讲理地拖出，一颗芳心真是又羞又怨又恨，忍不住靠着墙壁竟是呜咽地啜泣起来。

饭后，小玉独个儿倚着栏杆，远眺着园中一片春色，只见花染深红，柳拖轻翠，柔蕊游蜂两两相携，弄巧黄鹂双双作对。这时在小玉的眼中，仿佛看见在一株碧桃树下，亭亭玉立着一个风流英俊的美少年，他微微地抬起脸颊，只是望着自己很温柔地微笑，她明白他是谁，她的心灵顿时开展了，她欣喜地向他伸出手，但一会儿，忽然有一根神经告诉她说这不过是脑府里的一个幻影罢了，事实上哪里会有这样一回事儿的。她不觉也恍然地笑了，心想在这片寥旷孤寂的沙漠里，只有少爷是可亲爱的，是同情自己的。当我刚刚到这儿来的时候，他对我好像已有好感的样子，常常拉着我手问长问短，问我几岁了，读过书吗。当我回答他没有读过书时，他似乎很替我惋惜，说这样好好的一个姑娘，不念书是太可惜了，后来又问我，你现在还要重新念书吗？起先我觉得好笑，想自己在替人家做丫头，哪儿还有进学校的资格呢？谁知他却愿意亲自教我，唉，少爷待我的恩德，真叫我无法报答了。后来我终于欣喜地到太太那儿去请示，但是太太起先却不答应，事后经少爷再三申说，总算才答应下来。不过就是表小姐心中有点不乐意，因为她是爱少爷的，可是少爷对她没有感情，所以有时见少爷对我亲热些儿，她就气不过，回到房里总是拿我臭骂一顿了事。谁知今天上午她竟无缘无故地打我起来，说我小狐狸、小妖精，唉，少爷虽然待我好，但是有表小姐在当中作梗，那将来总难免会有意外的事情发生。想到这里，觉得自己实在不该再和少爷接近，但是少爷的一片热情，心中又觉得不忍心辜负了他，他辛辛苦苦地教我读书写字唱歌，他为的是什么？他还不是……虽然在去年他也曾隐约地向我表示过一点，不过我总因内心的羞涩而把旁的话支吾开了。但是我相信少爷总是爱我的，他始终以纯洁的态度对待我，正好像老师对待他的学生一样，对于这一点，的确是令人钦佩，显然他的爱我是爱在内心，并不是只从肉麻的动作上表现出来……可是少爷虽然要爱我，然而表小姐又怎肯罢休呢？她岂肯自己理想中的表哥轻易地被一个丫头夺去？虽然少爷并不爱她，但是在我俩爱情的进行中，总难免要发生许多障碍。小玉默默地想到这里，觉得自己将来和少爷的前途恐怕未必光明，说不定少爷还要白费一场心血。因此一颗芳心也就觉得非常难受，好像事实已经这样了的，眼皮儿一红，晶莹的泪珠竟不由她节制地涌了出来。

"小玉，你在想什么心事？"一个温柔的声音突然在小玉的耳边荡漾起来，接着一只熟悉的手开始按到她的肩上。

小玉意识到这一定是仲明，心中一乐，那颊上的笑窝儿也就掀了起来，忙收敛了泪痕，微红着脸儿，转身娇憨地说道："嗯，少爷，你怎么知道我在想心事？"她说着，便抬手把仲明按在她肩上的一只手儿捏住了。

仲明听了，不满意地摇了摇头道："哎！我不是已跟你说过好几次了吗？叫我仲明，怎么又叫我少爷，以后不许，知道吗？"

小玉听他这样说，芳心可可，只觉得甜蜜无比，俏眼儿媚意地斜乜了他一眼，微垂螓首，不胜娇羞地说："这怎么可以呢？你是少爷，我是丫头，我怎么可以叫你的名字呢？"

"你错了，少爷是人，丫头也是人，我能叫你小玉，你就不可以叫我仲明吗？"仲明又在替她解释他唯一的人道主义，他的脸上飘动着恳切的笑。

"总不大好，要是给老太太、表小姐听见了，那还像什么话？"小玉低声地说，她垂着粉头，只是玩弄着仲明的手。

"哎，名字是我的，又不是他们的，你叫，我答应就得了，她们管得着吗？"仲明有点不耐烦了。

"那么以后我就叫你的名字了，你可别见怪。"小玉羞人答答地点点头。

仲明脸现喜色，笑道："我让你叫的，怎么会怪你呢？来，先叫一声我听听。"

小玉见他立刻就要自己叫出来，一时倒又觉不好意思起来，红晕了双颊，瞟他一眼，也不禁嫣然笑了。

仲明见她这样娇羞的意态，便也更觉她的可爱，握了握她的手儿，笑道："叫呀！我要听呢!"

小玉被逼无法，只得张开嘴来，但不知怎的，却又马上闭住了，向仲明羞人地一笑。

仲明见她嘴儿一掀一掀的，却依然没有叫出，这就等得不耐烦了，向她连连催道："叫呀！叫呀!"

小玉无奈，只得娇羞地低声说了一句："那么你先闭上了眼睛，我叫。"

仲明见她花样独多，心中也觉好笑，也就依她闭上眼睛，说道："好，闭上了，你叫吧。"

小玉踌躇了一下，只得含笑移近他的身子，把嘴儿凑到他的耳边，轻声地叫道："听着了，仲明少爷!"叫过便当即挣脱仲明的手返身就逃。

仲明见她有趣，就一把拉住她笑道："你诚心淘气是不是？走，跟我上课去。"

小玉被他拉住，挣不脱，只好站住，听他说上课去，心中不知怎的好像有点委屈，眼皮儿一红，摇了摇头，道："不，我打算不念书了。"

"为什么?"仲明惊奇地问道。

小玉想了想，觉得想不出一个理由来，况且人家一片热情，自己实在也不忍心辜负了他，望着仲明英挺的脸蛋，不觉苦笑了一笑，说道："不为什么。"

"不为什么那么就上课去，今天上音乐课，走！"仲明说着便挽了她的手儿，一同向东厢房那边走去。

"那么我该回去拿歌谱，以及大楷簿，少……仲明，你在那边等我吧。"小玉跟着走了几步，便即停住不前，向仲明这样说着。

仲明听她险些又要叫出少爷来，忍不住露齿一笑，说道："今天教新歌，旧歌谱可以不必带去，既然你要去取大楷簿，那么就快去快来，我在那边等你。"

小玉应了一声，就挣脱仲明的手儿，一跳一跳地去了，走了不多远，又回眸过来向他无限娇媚地一笑。

仲明也含笑向她招了招手，遂顾自慢步地踱到晚春馆东厢房去。待仲明走进坐下不多时，就见小玉高高地扬着一本黄簿面的大楷簿小鸟依人似的跳进来，仲明忙站起迎上去，取下她的大楷簿，回身走到写字台边坐下。小玉也跟着过来，把身子倚在他的肩头，见他翻开簿面，伸手在笔筒里取了一支毛笔，蘸了红墨水，在字边批圈，但这次有几张圈却批得特别多，每张差不多都要占到十圈左右。小玉在背后见了，忍不住扑哧笑道："你干吗把圈批得这样多？给人家见了一定还当我自己批的。"

"这是你自己的字进步了，你瞧写得多么苍劲有力，就是表小姐也及不过你。说句老实话吧，我的字也不见得会比你出色多少，哎！你真聪明，你真聪明，我有了你这么一个好学生，我也心满意足了。"

小玉见他拿了自己的大楷簿，兀是摇头晃脑地赞叹着，一颗芳心真是又欢喜又甜蜜，忍不住伏在他的肩头竟是咯咯地笑了起来，一会儿，才拭着眼睛道："得啦得啦，请你别奉承我了，我可给你说得脸儿都红了。你是大学生，表小姐是中学生，我是什么？我是所谓一个小学生呀。仲明，你想是不是？"

仲明听她说得有趣，也就转身站起，拉了拉她的手儿笑道："小玉，你不能这样说的，虽然你不曾进过学校，但是事实告诉我，你的成绩却要比人家已读过六七年书的人还要高明得多，所以我觉得你是一个聪明的姑娘，同时我总算也不曾白费了一场心血。"

小玉听他这样说，心中一阵感激，忍不住走上一步，把手儿扳住他的肩头，微抬粉颊，颤声地道："仲明，承你这样栽培我，这叫我如何报答你好呢……所以我早已说过，小玉将来如能有光明的一天，这也全是你少爷的恩赐了。"

"小玉，你这句话错了，在我俩之间难道还用得着报答二字吗？你好就是我好，你有光明的一天，也就是我有光明的一天。小玉，我对你的这一片苦心，我想你总也该明白了吧？"仲明诚恳地说，他用温和的眼光，爱怜地在小玉地娇靥上盘旋着。

仲明这一番话真把小玉感激得无可形容，她把身子紧紧地依偎在他的胸前，但心中又不知怎地会感到一阵说不出的伤心，眼皮儿一红，竟已滚下泪来。仲明见她这样，忍不住侧着脸儿惊奇地问道："小玉，你哭了？"他紧紧地捏着小玉的手，一种强烈的爱怜的感情已占有了他整个的心灵。

小玉不答话，只是把她忧郁的目光望着仲明英俊的脸蛋，她让眼泪舒畅地沿着两颊流下来，却并不去揩拭它，过了一刻，她才带了一点悲怆的调子说："仲明，你的心我明白，唉，你真待我太好了，但是只怕我小玉命薄，没有这个福气吧？"说罢，她便低下头去，只顾去抚弄仲明胸前的西装纽扣。

仲明听她说出这种话来，心中也觉一阵凄然，忙从裤袋里抽出手帕给她轻轻地拭去泪痕，柔声地安慰道："小玉，这是你的顾虑了，我知道你是个有福气的人，你一定……好吧，我们来上音乐课吧，时间也已经耽搁了不少了。"仲明说着便伸手去拉小玉。

"不，我不会唱。"小玉扭捏了一下细腰儿，却是赖着不肯走。

"不许躲懒，今天不唱，明天不学，我这先生也要懒坏了，光光面子……来，来……"

小玉被他这样一说，就也忍不住嫣然笑了，俏眼儿斜乜了他一眼，也就默默地跟他走到钢琴边。仲明入座，便低头翻了一张歌谱递给小玉，说道："这支歌是我亲自替你作的，整整花了三个钟点才把它作成，调子也还动听，现在你先瞧瞧这首歌词。"

小玉含笑接过，展开歌谱瞧道：

我们永远不分离

——献给小玉

车是我，轮是你，我们永远在一起。

车是我，轮是你，车轮常转不分离。

车和轮，我和你，海角天涯到处宜。

有了你，弓配矢，利兵坚甲尽如泥。

离开你，谁绾系，天地无春万事非。

不分离，在一起，我们永远在一起。

小玉看完歌词，心中虽明明知道仲明的这番用意，但是他究竟是属于另一个环境的，自己不过是一个低贱的小丫头罢了，在身份上讲，我们自然是永远也相配不上，况且还有表小姐在当中作梗，老太太答应不答应又是一个问题。因此她对于仲明的这一片热情，一半果然是欢喜，但一半还是感到非常忧虑。她抬起头来偷偷地向仲明望了一眼，只见他老是对着自己会心地微笑，因为心中觉得不自在，就忙把脸儿掉开，避去他的眼光。仲明还当她是怕羞，心中非常得意，笑道："小玉，你先听我弹一遍琴，然后再唱。"

小玉移过脸来，向他微微地点一点头，只见仲明把琴起劲地弹起来，待琴弹毕，仲明含笑说了一句："一！二！三！唱！"说着又把琴重新弹起来，但是小玉却依然是木然地立着，没有开口。仲明觉得奇怪，向她惊讶地望了一眼，问道："干吗不唱？是不是唱不来？"

小玉摇了摇头，却是答不出一个所以然来，迟疑了一下，终于是曼声地唱起来。本来这是一支热烈的情歌，但是小玉唱来却是哀怨凄惶，阳关三叠，令人不忍卒听，余音袅袅，更觉触鼻心酸。一曲歌罢，小玉几至失声饮泣，仲明见她泪光盈盈，心中非常不解，忙站起握了她的手儿问道："小玉，你怎么又哭了？"

小玉被他这样一问，也觉得非常不好意思，心想无缘无故地哭什么呢，那女孩儿家的眼泪真也是太多了。因此两颊就不觉微微一红，抬手向眼眶边揉擦了一下，为了避免内心的羞涩，就故意扬着眉儿，向他似嗔非嗔地逗了一个白眼，扭捏了一下细腰儿，撒娇地笑道："嗯！你怎么老是说我哭，我不依你，你瞧我的眼泪在哪儿？我几时哭过了呀？"

仲明见她忽又改变了这副态度，心想女孩儿家的心理真也不可捉摸，不过她既然自己不承认，那我又何必一定要说她哭呢？便就微微一笑，点头说道："好，不哭就不哭，算我刚才冤枉了你，不过你歌声为什么要唱得这样凄凉呀？"

"……请你原谅我，这我自己也说不出一个理由来……"小玉说着便低下头去。

"那么你对于这支歌的意思可明白吗？"仲明恳切地问，他的声音非常柔和，里面带了感情而颤动着。

小玉又抬起头来，向他羞意地瞟了一眼，故意含笑摇了摇头。

"你别装傻，你是聪明人，怎么会不明白？"仲明不信，他好像已看出了小玉的破绽来似的。

"我真的不明白，请你自己说出来吧。"小玉羞涩中迸出这几句话来，她的脸儿是变得更娇红了。

仲明知道她有意放刁，无奈只得转身取了一支铅笔，在歌谱上写了"我爱你"三个字，写毕就递到小玉面前，用手点给她看。小玉斜着眼儿看了一眼，不觉羞得红云满面，她想仲明居然会对自己这样明显地表示，显然他是真的爱上我了，虽然她知道自己一定不会拒绝他，不过将来的问题可多着啦。她觉得一个黑影在向她的头顶压下来，她的脸儿又被忧虑的表情所笼罩了，她默默走到窗边，微抬粉颊，注视着寥廓的天海，不觉木然地出了一会子神。

"小玉，难道你不……"仲明见她脸上并无喜色，心中颇觉奇怪，只得跟着她走到窗边，拍了拍她的肩膀，带着微微抖动的声音温柔向她问着，但是他没有把话说完。

过了一刻，小玉才回转身来，向他无限怨抑地望了一眼，接着便低下头去，不胜凄然地说道："少爷，请你别这么说，这话要如给老太太、表小姐听见了，那我又该死了。再说你是少爷，我是下人，我们压根儿也不配。"她的声音夹杂了一点痛苦与怅惘。

"你这种顾虑是多余的，恋爱是我们的自由，谁能管得着？至于少爷丫头更是封建的见解，早就应该打倒了……"仲明说到这里，顿了一顿，又继续说下去，"我对于这事已经有很详细的计划，我知道我家的环境是非常不好，不过你只要答应我，我就可以到外面想法儿，找个事情，等到位置找好，那时我们就可以远走高飞，完全自由，谁也管不着了。"仲明说毕，又走上一步，握着小玉的手儿恳切地道，"小玉，请你答应我吧！"这句话他说得很轻，他把他的因爱的渴望而颤动着的眼光投在小玉的脸上。

仲明这一番话语，把小玉阴抑的脸儿也略微照亮了一下，她觉得心中堆积着的许多黑影都被仲明的眸子里燃着的爱情的烈焰所赶走了，她顿时感到宽弛了许多，明眸脉脉凝望着仲明，终于是羞人答答地向他点一点头。

仲明见她已经答应，一时真乐得不知所云，忙急急回转身子，走到衣橱边，打开抽屉，取出一枚赤金戒指，端详了一下，就笑盈盈地走到小玉身旁，提起她的左手，将戒指给她套上，柔声地说道："小玉，你从此便是我的人了，我一定要用尽力量使你感到幸福，使你永远微笑。"

小玉见他这样，一颗芳心只觉甜蜜无比，秋波盈盈地向他瞟了一眼，但一时又觉得非常不好意思，羞红着脸儿又慢慢地垂了下去。

仲明见她这样娇羞不胜情的意态，心中也就更觉她的可爱，一手半抱着她的细腰，把嘴儿凑到她的耳边，得意地笑道："小玉，现在你可以给我一个 Kiss 了。"

"外国语我不懂。"小玉把头一偏，她的脸儿更娇红了。

"不懂我可以教你，就是跟外国电影里做的一样。"仲明说着便拥之欲吻，但小玉究竟面嫩，一手忙抿住了自己的樱唇，一手就把仲明的身子用力推开，一骨碌地返身就逃。

仲明见她刁得可爱，也就不肯放松，在后面大步追来。小玉边笑边逃，逃到钢琴边，见刚才那张歌谱依旧放在琴上，就随手把它拿了，转身跑到门边，伸手把门拉开，谁知门口却站着表小姐韩湘屏。小玉、仲明见了都不觉呆呆地愕住了一下子，小玉知道势头不对，就一溜烟地穿门走了。湘屏冷笑一声，目送她走远才走进掩门，向仲明望了一眼，故意装作正经地说道："表哥，不是我说你，你成天跟丫头混在一起，也不怕糟蹋了你的身份吗？"

"有什么关系？丫头不也是人吗？并且她还是我的学生，先生跟学生在一起，怎么能算糟蹋身份？"仲明不满意地说。

"先生？学生？说得多么好听，我看你本事再大些，总不能把丫头教成小姐。"湘屏又在冷冷地讥讽起来，说着便骄傲地向沙发上一坐。

"干吗你要这样说我？难道书就只有小姐有资格念，丫头便不能念了吗？小姐怎么样？"仲明把脸色一沉，说罢便顾自踱到窗前去闲眺园中的景色。

湘屏知道他要不高兴了，忙急急地转过话锋，柔声地说道："你肯教她当然是最好也没有了，不过我总觉得奇怪，你为什么只肯教丫头而不肯教我呢？"

"你几时肯学过？况且你又是个中学生。"仲明掉转头来也冷冷地反诘了一句。

"中学生稀罕什么？难道就不能再图上进吗？今天我就是上课来的，我问你到底肯不肯教？"湘屏堆着娇笑，只是向仲明凝望着。

"再欢迎也没有，你要学什么？"仲明把两手插在裤袋里又慢步踱回来。

湘屏把俏眼儿盈盈地向他瞟了一眼，故意卖弄风情地说："你看我可以学什么？"

"英文好吗？"仲明也在有意逗她。

"我不打算到外国去。"湘屏摇了摇头。

"算学怎么样？"仲明忍住了笑又问。

"谁高兴当账房先生？"湘屏向他瞅了一眼说。

"我看还是国文吧。"仲明忍不住要笑了。

"我也不去考女状元。"湘屏依然摇着头。

"那你究竟打算学什么呢？"仲明假意不耐烦地走开了。

湘屏把嘴一撇，娇媚地笑道："我呀……我要学唱歌。"说着又飞来一个媚眼。

仲明顿了顿脚笑道："早不干脆吗？干吗兜这么大一个圈子？来来来，我先来听听你的嗓门儿。"说着便走到钢琴边，坐下弹起音键叫她吊嗓。这时湘屏已跟着过来，音不和谐地拉着喉咙叫了一刻，过后仲明才皱着眉儿问道："你要唱什么，你说。"

"你说。"湘屏又是一副老调。

"《小莲香》好吗？"仲明想了一想，便报出这一支来。

"那是丫头唱的，我不唱。"湘屏不满意地摇摇头。

"好了！小姐你别再兜圈子，还是你自己说吧！"仲明央求地说。

"那么……我要唱《哥哥我爱你》。"湘屏妖里妖气地说，接着媚眼儿又是一五一十地送过来，她把身子慢慢向仲明身边挨近，一手去按在他的肩上，侧着脸儿，逗给他一个不甚美观的娇笑。

仲明打了一个寒噤，但又连忙转过笑脸，点头弹起琴来。

湘屏引吭高歌，怪声怪气，令人作呕。唱毕，犹觉得意万分，俯下身子，偎着仲明的脸儿，笑道："哥哥，你也欢喜听这一支歌吗？"湘屏娇笑盈盈地跟着过来，说毕，便转身一屁股地坐在仲明的膝踝上，一手还要去环他的脖子。

仲明见她居然做出这副轻佻的态度来，也不觉勃然作色道："表妹，你不能这样对我，你应该要尊重你自己的人格，你可是一个有身份的小姐呀！"说着便把湘屏推开，自己也站起身来。

湘屏想不到被他讨了一个没趣，一时也就恼羞成怒，冷笑一声，嘲笑地说："哼，我看你被小玉这只小狐狸迷也迷昏了，还要在我面前做假正经呢！你当我是没有眼睛的吗？"

"湘屏！你不该破坏我的名誉，我几时和小玉有过越礼的举动来？我之所以教她念书，我完全是可怜她的遭遇，她也是个很好的姑娘，就不过命运偃蹇点罢了。念了书，她也许还有光明的前途，难道我们希望她在这儿做一世的丫头吗？湘屏，你不能这样看轻人家，老实说一句，你小姐还及不来她用功呢！"仲明理直气壮地说着，他的眼睛里发出了暗绿的光芒，努力地在湘屏那张冷冷的粉脸上扫射着。

湘屏听他竟然直呼自己的名字，并且又说出这样的话来，一时真是气得浑身发抖，咬了咬牙齿，铁青了脸儿，大声地顿脚说道："什么？你说得好听点，小玉是我的丫头，可不是你的妻子，我不准她念书，你敢拿她怎样？今后她如果再到这儿来一步，我就得打断她的狗腿。"

"好！你敢打她，我就来打你！我问你当初小玉是不是你出钱买来的？这儿可是不是就是你的老家？请你自己先去想一想，然后再来对我说话。"仲明声色俱厉地说着，为的是怕湘屏真的打了小玉。

"哼！你真的要打我是不是，那么你就打吧！打死了我也得，反正我是一个没有爸妈的孩子，我也知道这儿不是我的久住之地，我想我总有那么一天会脱离此地的，让你和小玉俩过着快乐的生活吧，免得你们都这样讨厌我……"湘屏说到这里，一时又想起了寄人篱下的苦楚，心中则就感到无限悲酸，忍不住走上一步倒在沙发上竟是呜咽地啜泣起来。的确，她是做梦也想不到自己一向倾心的表哥今天会和她这样决裂。

仲明见她忽然哭起来，心中忍不住好笑，也就不去理她，顾自走到写字台边，去翻看小玉的那本大楷簿。那边湘屏伏在沙发背上抽抽噎噎地泣了一刻，后来又不知怎的起了一个感觉，忽然收束了泪痕，站起身来，向仲明恨恨地啐了一口，便转身发狂似的奔出门去。

第四回

寸寸柔肠流水惜暮春

小玉自东厢房里溜出来，一颗心儿真像小鹿一般地乱撞，便急急回到自己卧室里，推开房门，走到近窗的那张旧式书桌边坐下，竭力抑制心头的跳动，一面又把刚才拿来的一张歌谱摊在桌边，从头至尾低声地哼了一遍，觉得仲明这首歌里，差不多每一行每一句都是藏着柔情，嵌着蜜意。想起方才他向自己求婚的一幕，一颗芳心真是又欢喜又羞涩，因此两颊也就立刻热辣辣地红晕起来。大概是为了兴奋过了度吧，她竟情不自禁地捧起那张歌谱，凑到自己的樱唇边喷喷地吻了两下，吻后又带着梦幻的眼睛望着上面的天花板，轻声地自语道："仲明，你真是一个多情的人儿呀！"但是既然说了，一时倒又觉得不好意思起来，娇红着脸儿，忍不住独个儿也哧哧地笑了。

乒乓一声门响，把小玉从甜蜜的旋涡中惊觉过来。她忙转过身来横眸望去，只见尤二那个胖胖的男佣贼秃嘻嘻地推门进来。小玉心中一惊，忙随手把那张歌谱塞在抽屉里。这时尤二已经走近，堆着蠢然的笑容，轻声地叫了一声"小玉"，便鬼鬼祟祟回头向背后张了一张，接着就从口袋里掏出一瓶明星牌的花露水、两包擦面牙粉、一双中筒人造丝袜。小玉知道他又来这一套了，不觉冷笑一声，漠然地问道："你这算什么？"

"这是我送给你的。"尤二恳切地说，笑容把他的胖脸点缀得更难看了。

"谢谢你,我用不着,你拿回去吧!"小玉说着便顾自走开。

尤二见她依然不收,只就急得满头是汗,气吁吁地捧着礼物跟过来,哀恳道:"请你收了吧!你干吗这样对待我?我送你的东西,你一趟也没有收过……唉,我真难过极了,今天这几样东西还是我特地到百货公司里去买来的,物薄情重,无论怎样,总请你赏一个脸儿。"

小玉不理,又避开走到床边,尤二再跟上,小玉却把身子扭了过去,脸儿向着房门。尤二见她这样,心中非常难过,皱着眉儿,哭出胡拉地道:"小玉!你真叫我太伤心了,老实告诉你,自从我见到了你,我就觉得你这人儿非常可爱,我很希望你能做我生命中的一个灵魂儿。可是你却对我非常淡漠,因此我也会为你做过梦、害过病,而我只是不敢对人家讲。小玉,你假使能可怜我这一片痴心的话,那么就请你收了这点儿东西吧!"尤二说得几乎要哭了,他的声音很哽咽。

小玉憎厌地看了他一眼,依旧回身走到桌边,眼光无目的地望着窗外。尤二见她还是不理,一颗心儿真是急得什么似的,胖脸上搐动着痛苦的痉挛,只得再转身钉到她的身边,伤心地道:"小玉,你是一个慈悲的姑娘,想不到竟也有这样狠心呀。你要知道,我和你的认识也不是一个短时间的事,凭良心说,我对待你的情分总也不算怎样差吧,只不过你不肯常常理我罢了,唉,这真是落花有意,流水无情。小玉,难道你就真的不肯可怜我吗?"

"不收就是不收,老是啰唆什么?不爱脸的。"小玉有点不耐烦了,她的脸依然向着窗外。

"唉,本来我也知道你是已经有了少爷,就像我这等蠢笨的人儿哪里还会给你瞧得上眼呢?不过我的良心很好,我对你可没有一点儿恶意,小玉,请你相信我,就收下吧!"尤二沮丧地说,一面从怀里摸出手帕来揩拭眼睛。

"呸!你再胡说八道,我要喊了!"小玉回过身来,勃然作色道。

尤二见她这样，心中吃了一惊，忙走上一步，哀怜地道："你别叫喊，你再不收，我就跪下来求你了。"说着就真的跪了下去。

"好！你们干的好事，今天可被我老娘撞着了！"正在这时，忽然一个粗重的声音自后面飘了过来。二人惊讶地移脸望去，这就见房间娘姨周妈凶神似的站在门口，两眼闪闪地发光，好像是一只吞人的老虎似的。尤二一见，吓得慌忙站起身来。而一边小玉也被窘得满面血红，两手摸着桌沿，不知如何是好。周妈见了，便凶狠狠地过来，顿了一脚，指着小玉骂道："妈妈的，你这只死不要脸的狐狸精，却又在勾引人家男人了。"说着又回身扭住了尤二一只耳朵，一把将他拖出，鼻中哼了一股冷气，说道："没有出息的东西，快点给我滚出去！"

尤二被她连跌带冲地攥出门外，一时吓得魂不附体，连忙抱头逃去。周妈待他走远，依旧回身走进，只见小玉垂首而立，脸儿娇红，似有不胜羞涩之态，则就冷笑一声，把两手向腰间一叉，睥睨着道："哼！好个正经人儿，青天白日，居然拖了男人在自己房间里干出这等丑人的把戏来，真是笑话！"

"周妈，你不能这样含血喷人，这是他自己进来的，又不是我去拉他，他要送东西给我，我不要，他就跪下来。"小玉竭力申辩，她的眼睛里已有泪光在发光。

"好！推得真干净……我问你，他为什么一定要送东西给你？干吗不去送给人家？这还不是你这只贱狐狸精会迷人吗？"周妈依旧绷着脸说，她的声音很尖厉。

小玉听她竟然会说出这样话来，不觉气得双泪直流，连连跺脚道："周妈，我和你无冤无仇，你怎可以这样破坏我的名誉？我小玉虽然身为丫头，但也知'廉耻'二字，想自前年来到这儿，又何尝做过一件丢脸的事来？你这样口口声声说我贱狐狸精，那你究竟是存的什么心呀？"

小玉抗辩，激起了周妈心头的愤怒，她仗着在这儿已有六七年的历史，便大胆走上前去，撩起手来就在小玉的粉颊上打了一掌，接着瞪着眼珠说道："什么？难道老娘的话说错了吗？"

周妈这一记辣手是小玉所意想不到的，她用手抚着被打的一面，真是气得花容失色，半晌说不出话来。经过了一度挣扎，才用着颤抖的语调问道："周妈！你仗谁的势，竟敢动手打我？"

"打你便怎样？哼！老实告诉你，在这儿不论大小仆人见了我也都要让我三分，何况就是你这个贱丫头，现在不先给你一点儿手段瞧瞧，谅你也不会知道我老娘的厉害。"周妈说着，便是一阵奸笑。

小玉知道她是有意欺人，也就不再和她分辩，但是心中却是愈想愈悲酸，忍不住倒在床上竟呜咽地哭起来。哭声在室中凄凉地流动，这里面是含着无可申诉的悲哀。

周妈鄙夷地看了她一眼，便想回身走出，谁知走了几步，却被地上一件东西绊了一下，身子往前一冲，险些儿跌了一跤，便就连忙立定，低头看去，原来就是刚才尤二剩下的花露水、袜子等物品。周妈心中一气，便俯身将它们拾起，先将花露水瓶及两包擦面牙粉一件件地丢出窗去，待丢到一双丝袜，不免仔细翻看了一下，觉得光滑滑的非常可爱，穿在脚上谅也不错，一时倒觉得舍不得起来。回头向小玉望了一眼，见她脸儿朝里，没有看见，便很快地把它揣在怀里，笑了一笑，即贼手贼脚地走出房去。

小玉自周妈走后，也就仰起身来，收束了泪痕，懒洋洋地站起，一颗芳心觉得非常不自在。闷闷地在斗室中踱了一圈，忽然想起表小姐要找人，找不着我，不是又要挨骂了吗？虽然去了也不会有什么事情干，不过自己究竟也不是小姐呀。因此她就洗了一把面，急匆匆地到碧桐轩去。走到西厢房，一脚跨进房门，觉得里面非常静悄，四周一瞧，却不见表小姐的踪影，心想：她也许还在少爷的房里吧？因为湘屏不在，小玉也觉得自由得多，一颗心儿已不再像进来时那般地跳跃了。她缓缓地走到书桌边，忽然瞥见地上还有几片碎瓷器不曾扫去，便就俯身把它拾起，乘手丢入桌边那只痰盂里。

但当她把眼光落到痰盂上的一霎那时，却又给她发现在痰盂旁边也掉着一张白纸，因为上面画着图画，小玉也就好奇地把它拾起瞧了瞧。谁知不瞧犹可，瞧了倒不由她扑哧一声地笑了出来。原来这上面是画着一个西装男子和一个摩登女郎，二人紧紧地依偎着，样子很亲热，旁边却写着许多"表哥我爱你""表哥我爱你"的小字。小玉心想这一定又是表小姐画的了，想不到她倒也有着一片痴心，不过落花有意，流水无情，少爷的一缕情丝是早已萦绕在我的身上了。想到这里，不觉微微一笑，一会儿又想：怪不得表小姐对我总恨得像眼中钉一样，从来没有给我一副好的嘴脸瞧过，原来她是怕我来夺去他的表哥呢。其实少爷也不是没有眼睛的，像表小姐性情又不好，容貌也不见怎样美丽，这如何会叫少爷来爱你呢？本来要两人相爱，才可称得是恋爱，他不爱你，你却偏爱他，虽然是勉强地结合了，但是结果总不能美满的。譬如说你要爱他，你当然也得窥测对方的心理，他是不是也爱你，一旦对方另有了女友，在你自己想却以为失恋了，然而在他的心里，却根本也不知道是怎么一回事呢。况且少爷虽然是你的表哥，但总不能就像是专门属于你一个人的呀。小玉经过这一阵呆想，觉得"恋爱"二字，的确应该想得透彻一点儿，单恋是最危险的事，而且单恋的人也就根本谈不到爱。

不过想起自己固然幸福，但是将来的问题可也多着啦，少爷能不能真心爱我到底，这当然也成问题，同时老太太是否肯允许我和少爷结合？万一他临时生起变卦来，或又去结识了一个美貌的贵族小姐，那么他当然会把我丢在脑后了。况且像今天的私订婚姻，又没有第三个人知道，将来他要推赖起来，自然也很可能的。照理说像他这么一个有身份的公子哥儿，如何真愿讨一个下贱的丫头做妻子呢？难道他不怕被人笑话的吗？小玉想到这里，觉得四周好像有一阵暗雾在把她包围起来，这暗雾窒闷了她的心，夺去了她的明亮光，同时又把她的感想也慢慢地赶走了，她发觉有一阵冷风飘上了她的脸颊，她的脸儿又被忧虑的表情所笼罩了，刚才那个甜蜜的幻梦现在已开始模糊起来，美妙的希望好像也将张着翅膀飞去了。过后忽然有一个思念抓住了她，她觉得少爷绝对不是一个像她理想中那样的人，她知道少爷的观念是不分阶级的，他不赞成人家叫他少爷。他常常说谁生成的就是少爷、小姐，谁生成的就是丫头、仆妇，所谓"贵"和"贱"的分别，无非是几个臭铜钿在当中作祟罢了。况且他和她的认识也不是一星期两星期的事，在长长一年多的时间中，彼此当然都已留着一个非常深刻的印象。他肯不辞辛劳地教她读书认字，他的目的为着何来？他之所以会特别钟情她，他当然已不当她是一个丫头看待了，现在的目光既然如此，难道将来就能轻易地更改了吗？小玉经过这样一番考虑，觉得一颗心儿顿时也就宽弛了许多，她不禁欣慰地笑了笑，低下头来看见手中那张纸头，倒也替表小姐感到难受。不过爱情本是一件极小气的东西，它不容第三者来参加，所谓有了我没有了你，有了你也就没有了我，小玉为着自己的幸福，当然是顾不到表小姐内心的痛苦了。

　　自西厢房里出来，小玉心想：还是到老太太那儿去一次吧，或许会有什么事情要做。因此她就移身向上房里走去，走上扶梯，转了两个弯，便推开那扇白漆的室门，跨步进去。只见王老太独个儿坐在太湖石桌旁，抹着骨牌打五关玩，遂含笑上前叫了一声老太太。王老太看了她一眼，便似理不理地点一点头。小玉过去，见她桌上的一杯茶已喝去了一半，就转身捧了一只热水瓶把它倒满了，一面随意问道："老太太，你可曾睡过了午觉吗？"王老太抬起头来，带笑答道："刚才睡过一会儿。"说着又低头去抹骨牌，待小玉去放了热水瓶回来，又问了她一句："表小姐没有出去吗？"小玉应道："没有出去，她在和少爷谈天呢。老太太，你要抽水烟不？"王老太点了点头，小玉便在桌上取过水烟筒，燃了火，替她装烟。王老太吸了一口，说道："小玉，这几天倒是苦了你了，累你跑上跑落地忙个不息。"小玉摇了摇头，笑道："老太太，你别这么说，本来像我们做婢子的，不是也应该一样要服侍你太太的吗？不过佩秋姊姊不在这儿，太太总觉得有点不方便吧?"王老太道:"不方便倒也不去说它，不过就是寂寞点儿……唉，佩秋这孩子倒还听话，现在她回家奔丧去，差不多也有一星期了，我想她在明后天总也该回来了吧。"说着又掉头吸了一口烟。小玉听了，也点了点头，说道:"这不要说老太太会感到寂寞，就是我也何尝不是这样呢，本来她和我睡在一张床上，晚上总是有说有笑的，但是现在却只剩我一个人了。"

王老太吸了七八口烟，便摇了摇头，叫她停止再装，一面指着那边琴桌下的两篓蜜橘，说道:"小玉，你给我把这两篓蜜橘拿下去，一篓给少爷吃，一篓给表小姐吃，这是刚才张太太差人送来的。"

小玉答应了一声，便把水烟筒收拾好，过去提了两篓蜜橘，回身走出房去。先到碧桐轩西厢房，推门走进，却仍不见表小姐的身影，叫了两声，也不见应，心想少爷现在倒和表小姐好起来了，怎么谈到现在还不回来呢?莫非少爷也……说也奇怪，小玉想到这里，心中也会感到酸溜溜地不受用，遂也无心逗留，依旧提着两篓蜜橘返身走出。

柔淡的春阳拖着它细长的光辉慢慢地向着西方沉沦下去，四周的景物已披上一层黄昏的面纱，树上的叶儿跟着一阵微风在飒飒地摇曳不定，瑟瑟的声浪调剂着四周的静寂，细微花香弥漫在整个空气中。这时小玉默默地踏在细碎的石子路上，向着晚春馆边走去，但是一颗芳心却兀是在怦怦地跳跃不定，杂乱的思潮错综在她的脑海。她一会儿想表小姐在少爷的面前一定要说自己的坏话，而不知少爷会不会相信她;但一会儿又想起少爷和表小姐是不是真会亲热起来;过后却又想到自己若长此以往地服侍表小姐下去，那么将来受到的苦楚一定还要不堪设想了。小玉这一阵子呆想，早已到了晚春馆的面前，她怀着一颗颤抖的心，终于跨上了三步石阶，穿过一条走廊，走到仲明的书房门口，只见门儿是微微地掩着，里面非常静悄，并没有谈话的声音。小玉觉得奇怪，便伸手在门上笃笃地敲了两下。一会儿，只听仲明在里面应了一声："进来！"小玉便提起两篓蜜橘推门走进，目光先向四周一扫，却并没见表小姐在这里面，而只有少爷一个人背着自己，坐在写字台边，伏案正在写字。因此一颗芳心也就更觉稀奇，心想：表小姐到哪儿去了？正在这时，仲明已回过身来，小玉遂低声地叫了声："少爷。"

仲明见进来的是小玉，忙放了钢笔站起身来，但听她仍喊少爷，便不满意地摇了摇头说道："不许再喊少爷，你怎么又忘了？因为……你现在已是我的……"说到这里，也不觉脸儿微微一红，遂不再说下去，代替它们的只是一个甜蜜的微笑。

小玉听他这样说，一颗心儿自然觉得甜蜜无比，刚才的顾虑现在都在无形中打破了。想起午后的一幕，一时真觉好生羞涩，红晕着粉颊儿，不禁含情脉脉地向他瞟了一眼，微扭着细腰儿，无限娇媚地笑道："人家喊惯了，一时可改不来口呀。"说着便把两篓蜜橘放在地上。

仲明见她带来两篓蜜橘，一时也觉奇怪，便走到她身边问道："咦，你送这许多橘子来干吗？是不是老太太叫你送来的？"

小玉点一点头，瞅他一眼，天真地笑道："你放心点儿，这不是都送给你吃的。"

"不是都送给我吃，那还有谁呢？"

"还有呀……还有便是你的表妹妹了……咦，她刚才不是在你这儿吗？"小玉的话声清脆得与天外流莺一样。

仲明听她问起湘屏，不觉鼓起了脸腮，冷笑一声道："你问她干吗？她早已走了。"

"什么？她走了？她到哪儿去了呢？我在西厢房里已经去过两次，却没有见到她的身影。仲明，你告诉我，这究竟是怎么一回事呀？看你的神气，好像已经和她吵过嘴了。"小玉惊奇地问着，她把一只纤手紧紧地摇撼着仲明的手臂。

仲明微微一笑，便拉着她到沙发边一同坐下，把她的纤手轻轻地抚摩了一会儿，不介意地说道："其实事情也没有什么大不了，不过和她这种人儿多缠却也会感到乏味。"说到这里便把刚才的经过约略地向小玉告诉了一遍。小玉听他说到湘屏要坐到他的膝踝上去时，忍不住也扑哧一声地笑了出来。待他说毕，心中颇觉痛快，她想少爷心里不爱你，就是靠你使尽了浑身的风流解数，他还是不会来爱你的，倒反而被人见了笑话。但一会儿不免也想着了造成自己被她打骂的苦楚，因此心里犹觉怒气未平的模样，噘着小嘴儿，哼了一声道："表小姐这人儿说也好笑，她把你完全当作了她的专有物一样。她见你教我念书，常常和我厮混在一块儿，因此心里就老是气不过，每天在房里总拿我无缘无故地臭骂一顿的，说我什么小妖精呀、狐狸精呀。像今天早上，我给老太太捶了腿回去，她便在房里像疯狗样地乱掷东西发脾气，还动手打我一记耳光，说我又到你这儿来鬼混了……唉，仲明，你想，这叫我又怎的过得下去呢？"小玉气呼呼地说着，说到后来便移过脸来，把一瞥怨抑的目光投在仲明的脸上，忍不住心中一酸，眼眶边竟已展现了一颗晶莹莹的泪珠。

　　"什么？她敢打你？哼，她真也不想想自己的本来面目，现在倒是像煞有介事地摆出一副小姐架子来了。其实大家都是女孩儿家，又何必要施用这种虐待的手段呢？"仲明生气地说。他的心中也感到一阵疼痛，过后又安慰小玉道，"小玉，你别难受，这都是我不好，累你受苦，不过现在算来，为时也不长了，将来一待我有了位置，我们便可以远走高飞，脱离这所牢笼，度其自由天地的生活了。所以我劝你眼前只得稍许忍耐点儿，她骂你，你就把它当作耳边风，老实说，像她这种没有见识的人，还要理她做什么呢？"

　　小玉含着泪水点了点头，但想起了未来的甜蜜，一时倒也不禁为之破涕嫣然了。仲明见她这一笑，真是妩媚已极，忍不住扳过她的肩胛，把嘴儿凑到她的耳边，低声央求道："小玉，你刚才还欠着我一个 Kiss 呢，那么现在就偿了我吧！"

小玉听他又说到这上面去，一颗芳心禁不住别别一跳，红晕着脸儿，忙推开他的手站起身来，俏眼儿瞅他一眼，似嗔非嗔地笑道："嗯，你又来这一套了，我不要，你再胡闹，我可就要走了。"说着，便装作回身要走的模样。

　　仲明见她这样，这就慌得连忙站起身来，拉住她的手臂，笑求道："别忙，别忙，我不吻你是了，你急什么？来，我们再谈一会儿吧，反正表小姐出去了。"

　　小玉被他这样一说，也就只得重新坐下。仲明捏着她的手儿，憨憨地笑道："小玉，现在我们已成了夫妻啦，接一个吻算得了什么？像你这样怕羞，那么到了新婚的那夜，你将怎么办呢？"

　　"嗯！你又说了！"小玉白了他一眼，她的脸儿更加娇红了。

　　"喔，不说就不说，现在我们来谈正经吧。小玉，你上星期拿去的那本托尔斯泰的《复活》，现在可看完了没有？"仲明温和地说。

　　"还剩七八张，本来早就可看完了，就是因为佩秋姊姊回家去，已请了一星期假，所以我的工作就此比较忙了一点。"小玉轻柔地说，她把明亮的眼光不时地去瞟仲明的脸颊。

　　"那么新的你现在还打算再带一本去吗？"

　　"也好，不过这次译本小说我可不要瞧了，因为已经瞧过不少，现在应该调调口味才对。"

　　仲明点了点头，说道："好吧，现在就去带本茅盾的《子夜》去瞧瞧，这本书写得很不错，真是情文并茂。"

　　"那么你就快去拿来吧。现在天色也已渐渐黑起来，我也该走了，恐怕外面还有事呢。"小玉央求道，她连连推着仲明的身子。

　　仲明笑着站起身来，转身去扭亮了电灯，便移步走到书架边，翻了一刻，才抽出一本书来。过后又走到门边的两篓蜜橘旁，俯下身子，解开其中一篓的绳子，伸手挖出四只橘子来，站起再到写字台边，拿了一张报纸，连同小说还有桌上摆着的一本大楷簿一同包起来。小玉见他要把橘子送给自己，心中一阵感激，忙站起三脚两步地奔过去，扳住他的肩头，笑盈盈地问道："仲明，你把橘子送给谁呀？"

"除了你还有哪个？"仲明回过脸来向她笑了笑说。

"我不要，你自己不好吃吗？"小玉瞟了他一眼说。

"我一个人也吃不了这许多，反正你吃和我吃也是一样。"仲明已把纸包好，转身交到她手里。

小玉感激地望了他一眼，也就不得不接了下来，雪白的牙齿微咬着殷红的嘴唇皮子，良久，方轻声地笑道："谢谢你，那么我就不客气了。"

"小玉，你又这么说了，在我俩之间难道还用得着这些虚伪的字眼吗？"仲明瞅了她一眼说，但脸上还依旧浮现着柔和的笑容。

小玉听他这样说，一颗芳心也不觉微微地荡漾了一下，这就掀起了笑窝儿，拍了他一下膀子，天真地道："好，下次不说是了，不过照理也应客气一点的，所谓夫……相敬如宾呀！"说到这里，倒又感到难为情起来，娇面上飞起了朵朵桃花，俏眼儿瞟了他一下，便回身一跳一跳地走。走到房门口，俯身提起一篓蜜橘，正欲跨门出去，忽听仲明在背后大声地叫喊起来，小玉只得立定脚步，回眸望去，只见仲明一手揉擦着眼睛，一手拼命招着自己，愁苦着脸说道："小玉，你来，我的眼睛里吹进了一颗灰沙，你快来给我吹一吹呀！"

"风也没有，怎么会吹进灰沙呢？来，走到电灯光下来，我给你吹吹吧。"小玉瞧他这副样儿，只得重新放下橘子和一个纸包，移步走到他的身边，一面略带惊奇地向他这样问着。

仲明被她拉着走到电灯光下站住，小玉便抬起粉颊，正待伸手去拉他的眼皮，而仲明却乘其不备，猛可地挽住了她的脖子，低下头去，对准着她的小嘴儿竟是紧紧地吻住了。

小玉冷不防被他这么一来，一颗芳心倒是别别地一跳，方知自己是上了他的大当。待要避开，已经来不及，但是既被吻了，那全

56

身顿时就像起了异样的感觉，整个身子软绵下来，她完全已失却了自主的力量，而柔顺得好像是一只已被驯服了的羔羊一样。

经过了良久的吮吻，仲明方才放开了手，明眸中含着无限的柔情蜜意，凝望着小玉，一手轻轻地抚摩她的美发，柔声地笑道："小玉，我的甜心，恕我这样冒昧……今晚这一吻，我们便把它当作个定情吻吧，以后你的身子就是属于我的，我的身子也同样属于你的了。"

小玉听他这样说，一颗心儿真是又羞涩又喜悦，俏眼儿向他睃了一眼，也不禁低头嫣然笑了。

仲明见她这样娇羞万状，心中也就更觉她的可爱，情不自禁地又抱住她的身子，低下头去，把脸颊去偎在她的额角上，两人又这样默默地温存了一会儿。

晚饭后，小玉在厨房里帮着洗清了碗筷，因为一心记惦着哥哥大虎，便拿下了一炷线香偷偷地溜到花园里来，把它燃着，插在假山石缝内，两眼凝望着黑漆漆的天空，双手合十，轻声地祈道："爸爸，妈妈，你二位老人家在天有灵，总要保佑哥哥平安，将来好好地成一份人家，替我们姓罗的争一口气。"说到末了，小玉的声音里已带了点颤抖的成分，晶莹的泪珠也开始在她的眼眶子里发出亮闪闪的光芒来了。迷蒙的月儿无力地吐着细柔的光芒，园中的一切景物都默默地躺在半明半暗里，半清晰半模糊，不像在白画里那样具体了。淡淡的月光在假山上面涂抹了几处银色，树上的叶儿跟着一阵微风在阴暗中摇动。小玉祷毕，心中觉得有点不自在，就情不自禁地拖起脚步，踏着细碎的石子无目的地向前移动，走到路的尽头，前面横着一条小溪，溪上架了一道木桥，小玉下意识地走上桥去，只见眼前是横着一片白亮的溪水，水面尽是月光，成了光闪闪的一片。小玉立在桥头，凭着卐字形的栏杆，凝眸含颦地向下望了一刻，觉得头脑十分轻快，心中的尘垢也慢慢地被淙淙的溪水洗涤干净了。

无意中小玉抬起头来，忽然瞥见对面有一个黑影从围墙上跃身而下，这就把她骇得毛发悚然了，一颗心儿顿时像小鹿般地乱撞起来，定了定神，总算才放胆大声地问了一句："谁呀？"

但问后却好久不见动静，小玉还以为自己眼花瞧错了，正待转身回去，忽然一个比较熟悉的声音开始在夜的空气中震荡起来："妹妹，是我，你别怕。"这温柔的话语真把小玉听得又怀疑又恐慌，凝眸望去，只见那黑影已渐渐地向自己桥边逼近过来。

"谁是你妹妹，你是谁？快说！"小玉竭力抑制纷乱的心曲，厉声地问。

"妹妹，我是大虎。"这个声音稍许低了一点。

"什么？大虎？"小玉惊喜地自语了一句，她几乎疑惑自己是在梦中。

"妹妹！"说这句话时，那个胡子大汉的身影已模糊地显现在小玉的眼前。

小玉熟视半晌，觉得果然是自己的哥哥大虎，一时真是惊喜欲狂，嘴里逼出了一句："哥哥！"便慌忙三脚两步地奔过去，扑向大虎的怀里，脸上浮现着笑，但眼泪却像明珠般地从一对秋水样的眼睛里滚下来。

大虎紧紧地拥抱着小玉的娇躯，手儿不住地抚摩着她的背脊，也是含着泪笑。

二人亲热地互抱了一刻，小玉才仰开身来，拉着大虎走到假山背后，找了一块山石一同坐下。大虎带着一双迷糊的泪眼，也不免向她上下仔细打量了一下，见她脸儿果真比从前丰腴了许多，在月光的笼映下，尤觉白里透红，娇艳得仿佛像一朵含苞初放的牡丹一样。身上穿着一套湖色绸绲花边的袄裤，脚下是一双半新不旧的黑漆平底皮鞋，头发梳得很光，因为长的缘故，所以还是打成了两条小辫子，在辫子上面，又系着两朵墨绿色软缎的蝴蝶结，因了这样一打扮，于是她的身材也更显出轻盈娇小了。这瞧在大虎的眼中，心中也就宽慰了不少，不觉握着她的柔荑，带笑问道："妹妹，你在这儿还好吧？不过我总觉得太委屈了你一点。"

"哥哥，你别这么说，唉，你的脸儿也瘦削得多了。"小玉坐下后，也曾向大虎打量过一会儿，见他依旧是那张粗黑的胡子脸，不过两颊的颧骨却是高耸得怕人，这是从前所没有见到的，显然他在牢狱里曾吃过不少苦楚，以致被磨折得成了这样子。因此心中只觉一阵疼痛，抬起一只纤手轻轻地去抚摩着他的脸颊，待说了这几句话后，止不住眼泪又像泉水一般地涌了出来。

大虎并没答话，只是低头淌泪不止。

小玉见他这样，心中更觉难受，一会儿，只得自己先收敛了泪痕，把身子贴近了一点，脸儿依偎着他的肩头，故意装出一个笑容来，柔声地安慰道："哥哥，你别伤心呀。过去的种种譬如昨日死，未来的一切犹若今日生，今天是你新生的一天，我们应该快乐才是，怎可以老是淌泪呢？只要你以后能做个好人，努力地干一番事业出来，那么妈虽然死得苦，但她要如有灵的话，我想她一定也很高兴的。"

"是的，妹妹。"大虎拭了泪痕，感动地说，"我做一次强盗，便吃了一年半官司，心里已经难过极了，以后我就是饿死也不再做强盗了，从今天后我要重新做一个好人，所以我就预备明天到别的地方做小生意去，不过身上一个钱也没有，现在还得去想法子。"

小玉听他说到钱的问题，倒也不觉呆呆地怔住了一下，忙坐正身子，心想哥哥要重新做人，当然非钱不行，又叫他到哪儿过活去呢？况且他的名誉又不好，向人家借钱，纵然说得口出莲花，还有谁肯相信他呢？至于我，现在身为人家丫头，在经济上的帮助当然更是谈不到，那么……想到这里，觉得实在没有办法，垂着粉颊，搓了搓手，显出了那份儿为难的样子。但就是因了这一搓手，不免被她发现了手指上套着的那只赤金戒指，这便心中一动，抬起手来，抚摸了一下，心想这是仲明送给我的订婚戒指，如果将它变卖了，倒也值不少钱，要如把这送给了哥哥，那么做点小本生意总也够了。

心中想着，便伸手毅然把它脱下来，虽然有点肉疼，但也顾不得这许多了，遂转过身子，将这枚戒指塞到大虎的手里，恳切地道："向人家借钱是渺茫不过的事，像你这样，还有哪个肯借给你……这个你先拿去吧，换了钱做小本生意总够了。"

"你比我还苦，我怎么能够拿你的东西？"大虎感激地流下泪来。

小玉摇了摇头道："这东西我也不好常戴，你拿去好了，只要你能好好地做人，这点儿东西又算得了什么？这里还有两块钱，你也拿去做了零用吧。"说着便伸手从衣袋掏出仅有的两元钱来，一并塞到大虎的手里。

"妹妹，你太好了，我一定要好好地去干一下，替妈争气，替你争气。"大虎太感动了，他一把抱住小玉的身子，止不住那满眶子的热泪竟像雨点般地掉下来。

小玉被他这样一抱，心里也不晓得究竟为了什么缘故，只觉得有股心酸冲上鼻端，忍不住把脸儿伏在他的肩头上，也呜呜咽咽地啜泣起来。

月光吮吻着二人颊上泪水，是闪出了亮晶晶的光芒。这凄凉的饮泣声无力地荡漾在静夜的空气中，似乎更觉悲酸欲绝，甚至连整个的花园也要被他引得低声哭了。

"小玉，表小姐有事叫你……"突然一个尖厉的女子的声音在距离很远的地方响了起来，迅速地把刚才这凄切的哭泣声驱散了。这声音像飞箭般地送到小玉的耳里，一颗心儿顿时就像小鹿般地乱撞起来。她知道这喊的是周妈，便忙收束泪痕，推开了大虎的身子，低声说道："有人在喊了，哥哥你快去吧！"

大虎点了点头，正待匍匐而去，却又被小玉叫住，仔细叮嘱道："哥哥，以后你没有必要的事，这儿千万少来，因为这儿的舅老爷便是你上次抢他钱的那个呀，现在他已叫了许多把式守家院，他还防你要进来报仇呢！"

大虎只"哦哦"地响了两声，也无心再说别的，握了握小玉的手，便毅然掉头去了。

小玉依恋地看他走远，遂匆匆走出假山，惊惶地向碧桐轩奔去。

当她一脚跨进房门，只见湘屏绷紧着粉脸，烦躁地在室中来回踱步，一见小玉走进，便瞪了她一眼，冷笑道："我的少奶奶！我当你今夜要宿在少爷房里了，想不到还会来！"

小玉被她这样没头没脑的一句，倒是吓得倒退了两步，涨红着脸，竟是呆呆地怔住了。

第五回

千般缠绵柔情话东厢

　　湘屏失神似的奔出晚春馆，她的心头是只觉得空洞洞的难受，一种无可申诉的怨愤的情绪也不时地来袭击她，她几乎要被它击倒。她苦痛地走到碧桐轩附近，忽然一个念头一闪，却掉身向着大厅那边走去。走完了长长的一段路，终于走出了公馆的大门，她茫然地在人行道上立了一刻，便情不自禁地拖起沉重的步子无目的地向前走去，也不知走过了多少路，却给她走到一家高大的洋房面前，她抬头望了一眼，原来便是本城最大的旅社皇宫饭店，楼下开的是餐室，所以食客进进出出，非常忙碌。湘屏心想自己受了这一重刺激，实在非进去喝些儿酒不可，要如不然，一定会被悲痛郁闷死的。因此她就毫不迟疑地跨步走进，当由女招待招待入座，她便喊了一斤花雕，点了几个菜，独个儿自斟自喝起来。她一面喝酒，一面心里只是暗暗地想：自己是个孤苦伶仃的女子，自小就没了爸妈，多蒙舅母见怜，当我像亲女儿一般地抚育我长大。记得在七岁那年，就与表哥仲明同校读书，那时表哥也只九岁，青梅竹马，两小无猜，友爱之情胜于手足，有时亲戚们见了，也常常取笑我们是一对小夫妻。不过我那时还年幼，不知小夫妻究竟是一个什么名称，所以也并不觉得羞涩，倒反而愈和表哥亲爱了。后来我们年事日长，表哥进中学住读，自己也要和他略避嫌疑，因此二人就慢慢地疏远起来。不过我还依旧是一片痴心待他，但是他却对我非常淡漠，并不像幼时亲热了，故而我也时时悲叹自己薄命。但是我的性情又是非常骄

62

傲而多疑，起先心中总是暗暗猜他一定另有爱人，所以有时也觉心灰意懒，觉得涉足情场总是恋多欢少。可是后来直到舅爸故世，表哥也将大学毕业，而仍旧没有给我发现什么秘密，显然他在外面并无女友，因此我这一颗已经枯槁了的心田，也不觉慢慢地润泽起来。然而谁知在去年的秋天，小玉这只贱货竟会像送宝般地送了进来，同时说也奇怪，表哥这人却独独会对小玉表示特别好感，居然放弃自己少爷的身份，教她念书认字，日日厮混在一块儿，虽然我曾数度阻止，但是总无效验……湘屏想到这里，不免轻轻地叹了一口气，一会儿又想起今天表哥竟然会对自己这样无情，这真是做梦也意想不到的事，她觉得以前有过的种种美丽的梦境，现在都完全被毁灭了，从此之后，她和他之间将永远被一堵墙隔离着。她不能拉住他、亲近他，从前和他有过的感情如今被一阵无情的罡风吹散了，想起幼时和他在一起读书的时候，那时的快乐真令人心醉呀！但是又哪儿会想到有今天这样的结局呢？唉，眼瞧着自己心目中的情哥，现在竟被一个无知无识的贱丫头夺去了……湘屏胡思乱忖地想着，真是愈想愈气，愈气愈恨，起先酒是一口一口地喝着，后来竟索性一杯一杯地对准着嘴直倒下去。

湘屏本来是点酒不喝的人，只要一杯下肚，那脸儿立刻就会红晕起来；现在居然把酒当作茶喝，一口气地喝了一斤，显然她的神志也有点儿模糊了。于是她就觉得头晕目眩，心中有些翻漾漾地不受用，总算勉强地吃了一些，但终于低下头儿，把嘴一张，哇的一声就把吃下的东西呕吐了一地。这突如其来的一刹那，倒把身旁站着的一个女侍者吃了一惊，忙走过来急声地问道："你怎么啦？吃了不受用吗？"

"没关系，你快去给我拿点水来！"

女侍者听了，急转身去斟了一杯白开水递给她。湘屏接过漱了口，只觉头重脚轻，心中仍旧闷得厉害，知道自己是不便回去了，踌躇了一下，便抬头问女侍者道："楼上空的房间有吗？我想睡一忽儿，你替我去开一间吧。"

女侍者听她派头很大，知道她一定是个有钱人家的小姐，便点头应道："有，有。"说着即回身去了。

待欧仆把地上的污迹收拾清净后，那个女侍者已笑盈盈地过来说道："小姐，房间已开好了，就在二楼二十六号。"

"好的，那么劳驾你，请你扶我上去吧，回头一并谢你。"湘屏说着，便把手巾抹了一下嘴，摇晃地立起身来。

女侍者含笑应了一声，便扶着她身子向楼上走。

从下午三时三刻睡起，直到晚上八时敲过，湘屏方始悠悠醉醒，揉擦了一下眼皮，觉得脑子也已清爽了许多，抬手瞧了瞧手表，便急急坐起身来，穿上皮鞋，走到面汤台边梳洗了一回，即把旗袍穿上。正在这时，那个扶她上来的女侍者已推门进来，湘屏便叫她快把账单结出，女侍者应着遂回身退出。一会儿把账单拿上，湘屏接过，见连酒菜房金共计洋九元五角，正欲回身拿钱，忽然猛可记得自己出来并没有把钱袋带来，心中这一焦急，这就把她脸儿窘得血红，两眼望着女侍者，竟是呆呆地怔住了。

女侍者瞧她这副样儿，心中也觉得奇怪，一会儿只得开口问道："小姐，你怎么啦?"

湘屏被她这样一问，那两颊也就愈加红晕了，急得全身是怪热燥的，几乎连眼泪和汗点也要滴了下来，搓着手儿，支吾了半响才羞涩地道："对不起，今天我是和家中赌气出来的，所以身边并没带钱，不知能不能让我先回去，回头立刻差人送来。"

女侍者听她说出这个原因来，心中虽然并不完全相信，不过瞧她的人样，似乎也不像什么不规矩的女人，况且照她刚才的情形看来，显然她的确是因赌气而到这里来买醉的。但是自己究竟不是这旅馆里的老板经理，要答应她的要求当然也没有这样的胆量，就是照旅馆的章程上，也不允许自己可以这样做的。因此只得摇了摇头，柔和地笑道："这怎么使得呢? 万一你一走不来了，那不是要我吃赔账了吗？况且我也没有这个权限啊。"

湘屏听她也说得不错，心想：这可怎么办呢？一个女孩儿家在外面会被窘得这样，那究竟也太不好意思了吧。一时又深悔自己不该这样鲁莽出来，因了这一懊悔，心中不免又恨起仲明与小玉来，要如仲明不对自己反目，那当然也不会发生这种事情了。这时湘屏真是又急又羞又是恨，低着头儿在室中踱了一圈，忽然倒又想着一个主意，便抬头走到女侍者身边说道："那么这样吧，现在先打个电话到家里去，叫他们差人送了钱来，然后再一同回去，你看怎样？"

"也好。"女侍者点头同意道，说着便领湘屏到电话间里去打了一个电话。

电话打后，约莫过了十五分钟，才见男仆王寿推门进来。湘屏见了真好像遇见了救兵一样，忙叫女侍者上来，付了她十五元钱，说余多做小账。女侍者道了谢，湘屏又叫她代喊了一辆汽车，方才和王寿一同走下楼去，坐车回家了。

湘屏到家，因恐舅妈等得性急，便先到上房里去。王老太见她回来，忙问她这究竟是怎么一回事儿。而湘屏当然是不好意思说自己和表哥吵嘴而到酒馆里去找刺激，所以只得圆了个谎，说钱袋被扒手扒去了，另外且又加油加酱地说了一阵，王老太听了当然深信不疑。在上房里坐了一刻，湘屏便告辞出来，走到碧桐轩卧房门口，推门走进，只见里面一片漆黑，扭亮了电灯，就在旁边席梦思上坐下，过了一刻，心想小玉怎么还不来，难道她见我不在，又到表哥那儿去鬼混了吗？想到鬼混二字，眼前好像出现了仲明与小玉拥抱、偎脸、贴身、接吻……许多肉麻的动作来。湘屏愈想愈气，忍不住恨恨地骂了声不要脸的贱货；但一会儿又想小玉现在已是自己的情敌了，若每日与情敌相处在一块儿，这是何等难堪的事，既然她和表哥有缘，那我何不做个好人，成全了他们？况且表哥心中并不爱我，纵然我和他勉强地结合了，但是结果总是不会美满的，想起了将来的痛苦，还不如现在趁早绝了这个妄念好。湘屏心中打定主意，便站起身来，正欲亲自出去，谁知周妈凑巧捧着一条新棉被进来，湘屏待她放进橱中，便对她说道："周妈，你替我把小玉喊来，说我这儿有事。"

周妈应着退出，湘屏待她走后，心中觉得非常不自在，好像有一股气闷着似的，所以把两手叉在腰间，兀是烦躁地在室中踱步不息。

这样又过了好一会儿，才见小玉低着头畏怯地走进来。湘屏见了她，不知怎的只觉得气往上冲，瞪她一眼，忍不住冷笑道："我的少奶奶！我当你今夜要宿在少爷房里了，想不到还会来！"

"表小姐，我并没有在少爷房里呀……"小玉怔住了一会儿，终于是颤声地辩道。

"现在我不管你在少爷房里不在少爷房里，总之我只问你一句，你到底情不情愿服侍我？"湘屏说完这几句话，便顾自在沙发上坐下。

小玉听她这样问，又瞧她这副样儿，只道她在少爷那儿受了屈来，又要在自己身上出气了。一时心中颇为惊惶，只好勉强镇静了态度，低声答道："你是主子，我是丫头，主子派我服侍谁便服侍谁，哪里有问丫头情不情愿呢？"

湘屏听她说话这样刁，心中愈恨，顿了一脚道："哼！说得多好听，我看你一颗心儿早已不在这里了。"

"表小姐，你这句话怎么说……"小玉惊讶地问，但是她的心里却并不觉得惊讶。

"别管我这句话怎么说，这是你自己的事，还要我来替你解释吗？"湘屏白了她一眼说。

小玉默然了，她的脸儿娇红得厉害。

"小玉，从明天起，你不必再到这儿来了，反正少爷欢喜你，你就去服侍少爷吧。"湘屏说这句话时，态度比较温和了一点。

这是小玉所意想不到的，她忍不住又怔怔地愕住了一下，良久，

66

才颤抖着柔声儿说了一句："表小姐……这怎么使得呢？"

"好了！别说好听话了，我看你喜欢还来不及呢！"湘屏冷冷地笑了一声，过后便把手儿向小玉挥了挥，继续说下去道，"去吧，好在今晚我也不要你来侍候了，你还是早点服侍少爷睡去是正经。"

小玉听她这样挖苦自己，一颗芳心真是又羞又恨，忍不住竟已流下泪来。

"咦，哭什么？是不是不愿意去？"

小玉不答，只是低头抽泣不止。

"不愿意去也要你去，走！快点给我走！我不要瞧你这种人！"湘屏说着，早就站起身来，走到小玉身边，用手推她身子，这次湘屏的脸色又变得难看起来。

"表小姐，那么你这儿叫谁来侍候呢？"小玉被她推得走了几步，又回过身来，带着一双模糊的泪眼，向湘屏这样问着。

"谢谢你，我这儿自然会有人的，你可以不必替我担心。"又是湘屏冷冷的话语。

"表小姐，难道你真的……"小玉的声音哽咽得厉害，她已经不能再说下去。

"别啰唆，快点走吧！"湘屏有点不耐烦了，她依旧向她连连挥手。

小玉知道事实是不能再有挽回的余地了，她留恋地又站了一刻，后来心想她既然自己不要我侍候了，那我又何必一定要赖着不肯走呢？况且服侍她又没有什么好处，每天吃她打骂，受她闲气，还不是一走干净得多吗？小玉心中经过这样一想，也就觉得表小姐这人并没有值得自己怎么样依恋的价值了，便就收束了泪痕，低着头儿，转身一步一步地走出门去。

这是一条曲曲折折的小路，路边种着一棵棵高大的法国梧桐，但种得很稀，淡淡的月光从那边缝隙里透射下来，被枝叶遮去了一部分，只剩下一些大的白斑点，在某处一块大斑点上，还破碎地印着一个正在迅速移动的黑影。这黑影是谁？不用说的，当然是那个正从碧桐轩出来的小玉了。这时小玉已经想定现在先去和仲明谈一次话，把这次经过告诉他，看他有什么意见。

走进晚春馆，经过仲明的窗下，见两扇玻璃窗都被白纱的窗帷遮住了，灯光从细孔里透出来，投了美丽的花纹在地上。小玉屏息着呼吸，情不自禁地踮起了脚儿，把眼睛凑到窗帷的孔洞边向里望去，见仲明还没有睡，却俯着头在电灯光下面写文章。小玉望了一会儿，便转身大胆地走进房去。

小玉怀着一颗颤抖的心儿轻步进去，见仲明并不抬起头来，好像没有察觉似的，这就走到他的身边，温柔地叫了一声："仲明。"

"小玉，是你？"仲明抬起头来惊讶地说，他没有想到小玉这时候会来，过后便放了钢笔站起身来，"什么事？表小姐没有回来吗？"

"回来了，不过她……她不要我侍候了……"小玉低着头说，她的声音很苦涩。

"什么？她不要你侍候了？这是怎么一回事？是不是你冲撞了她，她恼了？"仲明惊得呆了，他把小玉的手紧紧捏住。

"不是的，她说，她不要瞧我……"小玉抬起头来，明眸中含着无限怨抑的目光，贪婪地望着仲明被惊奇的表情所掩盖了的脸。说到这里，便拉着他的手在沙发上坐下，一面又把刚才的情形向他告诉了一遍。

仲明听她说事，心中早已完全明白，忍不住对着小玉竟是哈哈地笑了起来。

"仲明，你笑什么？"小玉瞅了他一眼，不解地问。

"小玉，你可知道她不要瞧你的原因吗？"

小玉想了想，不觉微红着脸，低声说道："是不是为了你……爱我的缘故？"

"当然啰！哈哈，因为你现在已是她的情敌了，她还要你服侍干吗？"仲明拍着她的肩胛笑起来。

小玉被他这样一说，真是羞得连耳根子都通红起来，偏昂了脸儿，向他似恨非恨地啐了一口，忍不住别转身子也嫣然笑了。

仲明见她这样娇羞不胜的意态，心中也不觉微微地荡漾了一下，一会儿便伸手扳过她的身子，把嘴儿凑到她的耳边，轻声问道："小玉，表小姐叫你来服侍我，那么你的心中，到底愿意不愿意呢？"

"干吗要服侍你？你是什么了不起的人儿呀？"小玉瞟了他一眼说，那天真的表情给她展示了青春的美丽。

仲明见她这样刁得可爱，也就情不自禁地在她的脸颊上吻了一下。小玉被他吻得痒丝丝地难受，忙把他的嘴儿推开，一个翻身，却是逃到窗前去了。仲明站起身子，也笑盈盈地跟到她的背后，一手搭到她的肩上，说道："怎么啦？你这样小气。"

小玉听他说出这句话来，心中真觉无限羞涩，娇红着脸儿，回眸过来向他盈盈地瞟了一眼，但又立刻垂下粉颊，露齿羞人地一笑。

"好，你愈小气，我就愈要吻你……"仲明涎皮笑脸地说到这里，也就不征求小玉心中愿意与否，便走过一步，挽住了她的脖子，低下头去，在她殷红的小嘴上吻住了。这次小玉竟也没有勇气拒绝，柔顺地让他甜情蜜意地温存了一会儿。良久，仲明才仰起头来，望着小玉红晕的两颊，也不觉得意地笑了。

"你得了便宜，可就乐了……"小玉白了他一眼说，但既然说了，倒又感到万分不好意思，别转身子，摔脱了他的手，又姗姗地走到原来的那只沙发边坐下。

"小玉，你不甘心是不是？那么干脆点，你就吻还了吧……来，我这儿等着。"仲明跟过来，但并不坐下，只是略俯了身子，脸儿向着小玉，说完了话，便索性把自己嘴巴送过去。

"要死了，亏你会装出这副嘴脸来。"小玉也忍不住嫣然笑了，说着还抬起一只纤手向他扬了扬，做个要打的姿势，但后来又不知怎的缩了回去。

"我也晓得你一定舍不得打我。"仲明又涎着脸说。

"偏打你，又待怎样？"小玉被他这么一说，就不得不再伸出手来，在他的肩头轻轻地打了一下。

"干吗打得这样轻？你心中也肉疼吗？"仲明还要逗她，他已在小玉身边坐下来。

"仲明，你真是个淘气精，我不和你说了。"小玉见他这样厚皮，便啐他一口，说了这句话，当即笑着转过身去，把脸儿朝着另一方向。

"小玉，你别转了身子，难道就永远不要看我了吗？"仲明见她已好一会儿不曾回过身来，便忍不住把手搭在她的肩胛上，带着苦涩的调子问。

小玉忍着了笑，只是默然不答。

仲明把手移到她的小辫子上，抚摩了一会儿，又问："表小姐不要看你是有原因的，但是你不要看我，却是为了什么呢？"

小玉听他这样说，也就忍不住扑哧一声地笑了出来，转过身子，横眸向他睃了一眼，又把纤指在他的额角上一点，娇媚地笑道："谁叫你这样会涎脸呀！"

仲明见她果然回过身来，这就伸开手臂，环住了她的上身，嘴儿又在她的颊上喷地吻了一下，笑道："好妹妹，你别生气，我下次不敢是了。"

小玉听他居然说出这句话来，一颗芳心真是又喜又羞，扁着小嘴儿，向他轻轻地啐了一口，扭捏了一下身子，笑道："嗯，你又涎脸了……"

"什么？这也叫涎脸吗？这是向你赔不是呀！小玉，你的脾气太怪，对你这又不是，那又不是，真叫人难煞了。"

"哧！我有这福气敢叫你赔不是吗？"小玉向他白了一眼，一会儿又说，"好吧，仲明。我们来谈点正经的吧。"

"谈什么正经呢？你说呀。"仲明故意装作淡然地说。

"仲明，你究竟该把我怎样安排呀？"小玉凝眸含颦地望着仲明道。

"我知道吗?"仲明逃避地说。

"仲明,你不能这样说,你到底要不要我来服侍你呀?"小玉又装出笑容来。

"我没有这福气,你自己说的,我不是什么了不得的人儿。"仲明摇了摇头说。

"噢,仲明,你就别刁难我了,刚才我和你开玩笑的呀。"小玉把脸儿去偎在他的胸前,柔媚地道。

"但是现在来不及了,你还是去侍候别人吧。"仲明说着,便故意把脸儿回过去。

小玉见他这样为难自己,心中只觉一阵悲酸,忍不住眼皮儿一红,那晶莹莹的泪珠就在眼眶子里闪出光来,后来忽然起了一个感觉,便索性站起身子,悄悄地走了。

在仲明的意思,以为小玉一定还有许多话儿会对自己说的,谁知偶一回过头来,却见小玉垂着粉颊很可怜地向着房门走去。这就把他急得连忙站起,抢上几步,把她身子拉住,笑道:"小玉,你到哪儿去呀?我和你说着玩的,你怎么就当真了?"

"你管我到哪儿去?反正你又用不着我。"小玉愤然地说,她把身子扭捏着,用力挣脱仲明的手。

仲明见她这样,便不管三七二十一,把她连推带抱地拥到附近一只长沙发上坐下,抽出手帕给她轻轻拭去泪痕,柔声地道:"小玉,你心中一定恨着我吧?"

小玉把一瞥无限怨抑的目光投在仲明的脸上,良久,才低声地说:"我恨你干吗?我只怨自己命苦……"她的眼睛里还有泪光在发亮。

仲明听她这样说,一时也深悔自己不该给她过分难堪,只得拥着她的娇躯,再三告饶道:"好妹妹,你就别生气了,是我的错,请你看昔日的情分,恕了我吧!"

小玉听他向自己这样求恕，那难道还好和他老是赌气吗？因此只好扬着眉儿，微微笑道："好，我不生气是了，你放心吧。"但既然说了出来，倒又觉得非常羞涩，俏眼儿向他瞟了一眼，又立刻别过脸去。

仲明瞧她这副样儿，心中也就放下一块大石，抬起手来看了看手表，见已十一点半，便伸手扳过小玉的身子，央求道："现在时间也不早了，小玉，你就服侍我睡吧。"

小玉听了，一时又想起表小姐刚才对自己说的话来，心中就觉好生羞涩，瞅了他一眼道："嗯，你要搭少爷架子了。"

"唉，小玉，你这句话错了，这应该叫丈夫架子呀！"仲明含笑说着，便站起身来，走到写字台边，去收拾摊着的文件。

小玉红着脸儿啐了他一口，便也站起跟了过来，帮着他收拾些零星物件。一会儿，忽又想着了一件事儿，遂侧着脸儿问道："仲明，那么在老太太那儿，你该去说一声吧？"

"这我理会得。"仲明说着，已经把桌上收拾清楚，熄了台灯，便拉着小玉走到房门口，又伸手把电灯熄了，这才一同跨出门槛，把房门关上。走到距离不远的卧室里，小玉先走进，点了电灯，仲明也跟着进来，打了个呵欠，便把上褂脱下丢在沙发上，又对着镜子解掉了领带。

这时小玉已把床上棉皮捆好，仲明就坐在床沿上，把皮鞋、西裤、衬衫都脱了，掀开被儿，钻身进去。小玉遂略俯身子，把他四角被儿塞了塞紧，又回身将脱下的西裤、上衣，挂在床口的衣架上，一面伸手把床边的那盏小台灯扭亮，再移步走到窗前去，将绿纱的窗幔也拉拢了。这时仲明见她这样一阵忙碌，也忍不住笑道："小玉，你给我料理得真好，你真不愧是我的爱妻呀！"

"别胡说了，快点闭着眼睡吧！"小玉红着脸向他啐了一声，说完话，又含笑对他一招手，便匆匆奔出去，伸手熄了电灯，接着只听砰的一声，把房门也关上了。

次晨，小玉服侍了王老太起身后，便急急走到晚春馆来，一脚跨进房门，见仲明也已起来了，背着身子却坐在百灵桌边看报。小玉抿嘴笑了笑，便蹑手蹑脚地走到他的身后，伸出两手，猛可地把他的眼睛紧紧地扣住了。仲明因为是冷不防之间，倒也吃了一惊，但立刻脑中有了个感觉，这就笑道："小玉，你不用吓我，我早已猜着你来了。"说着便扳下她的两手，凑着鼻子闻了一个香。

小玉红着脸忙缩回了手，向他轻轻地啐了一口道："你既然知道我来，为什么早点不回过身来呀？"

"为什么一定要回过身来呢？你又不是客人。"仲明侧着脸，坚持地笑道。

小玉将信将疑地笑了笑，也就不再和他多辩，眼光向着四周一扫，只见床上棉皮还是凌乱地摊着，便伸手打了他一记肩胛道："早晨起来，干吗连棉皮都不叠好？"

"我知道你会替我叠的，所以我就乐得不动手了。"仲明把报纸折好，站起身来。

"不动手……你真是一只懒狗，我知道以前棉皮也是周妈替你叠的。"小玉瞅了他一眼道，笑容在她的脸上添加了光彩的装饰。

"好！你这小妮子，现在愈不成样了，竟敢骂我懒狗，看我不来捶你……"仲明说着，便把手儿扬起向小玉身上打来。但小玉机警，却早已返身就逃，仲明不肯放松，就抢上几步，一把将她拖住，拥在怀里，敲了她一下小嘴，笑道："小玉，你下次说不说了？"

小玉被他抱住，挣不脱，只得含笑告饶道："不说了，不说了，你放了我吧！"

"要放你可以，那么你先得跟我亲个嘴。"仲明把条件提了出来。

"嗯！你又来这一套了，我不要……"小玉扭动着身子不肯答应。

"干吗不要？现在你已是我的妻子了，接个吻难道不可以吗？"仲明理由充足地道，他的眼睛亮得像有光要射出来。

小玉没有话说，只得红着脸让他吻了一回。

吻后，小玉才脱得身来，俏眼儿向他似恨非恨地白了一眼，便哧哧地笑着替他折被去了。

待她折被回过身来，见仲明低着头正在开牛奶罐头，小玉便姗姗地过去问道："什么？你早点还没有用过吗？"

"我是等着你呀。"仲明抬头笑了笑，便把牛奶倒在两只玻璃杯里。

"你自己用吧，我会到灶间里去吃粥的。"小玉推辞着说。她见仲明这样多情，一颗小心儿真是充满了无限的甜蜜，笑容在她的脸上也许是不会有平复的机会。

"我和你客气什么？在这儿用不是一样的吗？喏，你快去把热水冲了来。"仲明说着便把两只已倒了牛奶的玻璃杯递给小玉，一面回身把牛奶罐头藏在食物橱里，又从里面取出一袋威忌士饼干，装了两盆，放在桌上。

这时小玉已经去冲了水来，把两杯牛奶一并向仲明递去。

仲明伸手接了一杯，把眼睛斜乜着她，笑道："干吗都递给我？"

小玉笑了笑，只得把剩下的一杯凑着嘴沿喝了一口。

"吃饼干呀。"仲明又把一盆子饼干向小玉身边推了推。

小玉见少爷待自己这样殷勤，一颗芳心也不免有点受宠若惊，俏眼儿凝望着他，竟忍不住露齿嫣然笑了。

"小玉，你以后早点都在这儿用吧。"过了一会儿，仲明又好意地说。

小玉含笑点点头，她知道自己从今天起已步入了另一阶段里了。

早点用毕，小玉玻杯、盆子收拾清楚，二人便一同走出卧房，仲明说道："小玉，你去拿书来，现在该上课了。"

小玉笑着点点头，便独个儿一跳一跳地走出晚春馆去。

仲明走进书房，先把窗帷拉开，打开一扇玻窗，让一片富有朝气的和煦的阳光充分地照射进来。室中很温暖，他在书桌边坐下，随意地翻看了一会儿书，约莫过了五分钟的光景，才听一声门响。仲明忙回眸望去，只见小玉拿了一本书，已笑盈盈地走进来，一面嘴里说道："仲明，我和周妈二人刚巧对调了一下。"

"什么对调……是不是周妈去服侍表小姐了？"仲明站起身来，凝眸问道。

小玉走到写字台边，把书本放在桌上，点头说道："是的，刚才我出去，看见周妈在替表小姐搬早点进去呢。"

仲明"哦"了一声，便转身把小玉的书本拿在手中，翻了一下说道："现在该上第廿四课了，来，坐着吧，我教你。"

小玉笑了笑，便移身在桌边坐下。仲明站在背后，略俯了身子，把手指点着书上的字句先读了一遍，小玉仔细地听着。接着仲明又把每句话的意义解释出来。这样大概花了半小时模样，才把这课书讲毕，而小玉也已完全懂了。过后仲明亦叫她自己讲了一遍，听没有什么错处，方始满意地笑了笑。

"仲明，这课需要背吗？"小玉抬起头来，乌圆的眸珠一转，向他笑着问道。

"这课书……文笔倒很不错，你多读它几遍吧，明天能背得出就背给我听。"仲明沉思了一下道。

小玉应了一声，便低着头顾自诵读起来。

仲明因在室中无聊，就独个儿走到花园里来，沿着小溪兜了个圈子，后来忽然想着小玉的事儿应该去对妈妈说一声的，便又转身向上房里走去。经过内厅，在扶梯旁，却见湘屏正从楼上匆匆下来，彼此一见，不免微微一怔，但也不招呼，各自走过。仲明走进上房，见母亲坐在席梦思上抽水烟，便含笑叫了声妈。王老太抬起头来见是仲明，遂含笑说道："仲明，你来得正好，我刚要差人来叫你呢。"

"妈，你有什么事呀？"仲明在一旁坐下，不懂地问。

王老太吐了口烟雾说道："刚才湘屏到这儿来过，说她今后不要小玉侍候了，问她原因，她也说不出什么。不过在言语中听来，她好像是很气着你似的，不知你有没有和她吵过嘴呀？"

仲明听了，心想她方才原来就为了这事来的，不过对于吵嘴的事实在也没有告诉妈妈的必要，便就摇头笑道："我干吗和她吵嘴呢？不过她的脾气很怪，小玉平时也常受她打骂的。"

王老太没有回答，只顾自吸烟。

仲明静默了一会儿，终于鼓着勇气说出他的要求来："妈，我很喜欢小玉，我想叫她来侍候我，不知你答应吗？"

"你喜欢小玉？"王老太也跟着问了一句。

"是的。"仲明笑着点点头，"妈，你难道还不知道所以教她念书的原因吗？"

王老太听了这话，心中也已明白，沉思了一下，便摇头说道："这怎么使得呢？你是主子，她是下人，你讨了她，难道不怕被人笑话吗？"

"那有什么关系？丫头不也是人吗？只要人儿好，丫头和小姐又有什么分别？"仲明急急辩道，他的脸儿也微微挣红了一些，他知道妈的封建思想很深，他在担心自己会尝到失望的苦味。

"唉，小玉这人儿倒的确长得很不错，但是就可惜是个丫头……"王老太也叹息地自语了一句，过后便轻声地对仲明说道，"明儿，本来我是想把湘屏许配给你的……"

仲明不待王老太说完，便急得连连摇手道："我不要表妹，我和她性情合不来，妈，这你自己也知道的。"

"也就是为此呀，所以我只是迟迟不曾启口。"王老太见他这副急法，也忍不住笑了。

仲明听妈这样说了，这才心中放下一块大石，一会儿又开口笑道："妈，你既然说小玉人儿长得很不错，那么把她好好地打扮起来，难道怕还不是一位小姐吗？况且她的天资又聪敏，写来的字真比表妹要好得多呢！"

"人样虽可以改变，但是身份总改不掉呀，人家说起来，她总是

76

个丫头出身的。"王老太吸了一口烟，不满意地说。

仲明知道妈的封建基础打得很牢，并不是靠自己这几句话所能轻易摇动的，不过自己本来原有预定的计划，即使妈坚持不答应，但是将来总也有办法可想的，况且我已和小玉订了婚，难道为了妈的梗阻，也就随便地推赖了不成？要是真的这样无信，那我还成其为人类的一分子吗？

王老太见他这样出神，心中恐他不乐，遂温和地道："仲明，这事情将来再慢慢地商量吧。现在我先答应小玉来侍候你，不过你须对她绝对纯洁，不能有越礼的举动……本来的周妈现在叫她侍候表小姐去，这句话刚才湘屏也曾对我亲口说起过，不过我没有完全答应她，现在既然如此，你们就对调了一下吧。"

仲明一一点头答应，心想这次成绩虽非十分圆满，但总还算勉强及格。至于妈第一句说的慢慢商量的话，当然是不可全信，她无非是宽宽我的心罢了。便也不再多说什么。母子俩又谈了些家常琐事，仲明便告辞出来。回到晚春馆，见小玉还在埋首勤读，仲明不觉欣慰地笑了笑，便假意咳嗽了一声。小玉听见，即回过脸来，见是仲明，这就掀起了笑窝儿，把书本拿起向他扬了扬，得意地说道："仲明，这课书我已经背得出了，你来，我先背给你听。"

"背得出了？"仲明惊喜地问了一句，便走近桌边，过后又摇头笑道，"你吹牛，我不信。"

"谁吹牛？不信，我立刻就可背给你听。"小玉急红着脸辩道，一会儿，忽又把眸珠一转，笑着问道，"不过背得出怎么样？背不出怎么样？"

"背得出，我给你亲个嘴；背不出，你给我亲个嘴。"仲明调皮地说。

"嗯！你总是那么一套！"小玉红晕着脸儿，白了他一眼说。过后，忽把书本摊在一旁，装作赌气地道："不背了，随你去说吧！"

仲明见她这样认真，便故意激她道："我原知道你背不出的。"

说着便转身把脸儿向着窗外，不去看她。

仲明这句话真把小玉急得跳起脚来，忙站起身子，走到他背后，举起了小拳儿，恨恨地在他的手臂上打了一下，嗔道："你怎么知道我背不出？我偏背给你听。"

"背得出最好，来，拿书本过来，我就听你背。"仲明笑着回过身来，他原知道小玉一定有那么一着的。

小玉瞅了他一眼，不作答，便抬手把书本拿来，塞在他手里，一面侧转身子，顾自朗朗背去。仲明听她背到一半，忍不住笑着自语了一句："请将不如激将。"小玉听了，移脸逗给他一个白眼。仲明忙将书本遮住了脸，不去看她。这瞧在小玉眼里，真是又好气又好笑，也就不去理他，顾自把书背完。仲明听她果然一句错也没有，心中不觉暗暗佩服，乘其不备，便猛可地捧住了她的脸儿，啧啧地偷吻了两下，笑道："我的灵魂儿！你真聪敏，将来一定是个女状元，哈哈……"

小玉冷不防被他这么一来，一颗芳心倒是别别一跳，后又听他这样赞她，这也忍不住扑哧一声笑了出来，忙推开他身子，向他瞟了一眼，故意问道："我谎你吗？我吹牛吗？"

仲明听她这样问，忙握了她的柔荑，赔笑道："没有没有，刚才算我瞎了眼睛看错了你。来来，我给你亲个嘴吧。"说完话，便把自己嘴儿噘起送过去。

小玉见他做出这副样子，倒也引得咯咯地笑了起来，俏眼儿瞅他一眼，一面伸出手去，在他嘴上拧了一把，说道："又是那副丑态，谁稀罕你这只嘴儿呀……"

仲明被她这一把拧，倒是痛得"喔哟"一声地叫了出来，把手儿抚摩了一下，笑骂道："你这小妮子！倒看不出来你会下这一记辣手……好，等着吧，回头给你尝滋味。"

小玉心虚，本来存心想逃，后又听他这样说，这才放心地走到窗边，把他手中的书拿来丢在桌上，但心中还有点担心，看了他一眼，只得伸出纤手讨好地给他在嘴上揉了一会儿，柔媚地笑道："仲明，你饶了我吧，回头就别给我尝滋味了，我觉得你这人很可怕。"

仲明见她这样可怜地向自己告饶，心中倒又不忍起来，握了她的手儿，忍不住噗地笑道："小玉，你这话有趣，我这人可怕在哪儿呀？你倒替我说说看。"

小玉听他要自己说出原因来，一时支吾了一下，倒又觉得说不出口，好一会儿，才微红着脸，轻声地说了一句："你总老是爱闹那一套……玩意儿……"说着又向他瞅了一眼。

仲明听她说了这话，心中也就明白，拍了她一下肩胛，禁不住咯咯地笑道："小玉，你真脸嫩，这是亲热亲热的表示，又算得了什么？现在我们已是夫妻啦，以前我向你闹过这个玩意儿吗？"

小玉被他说得不好意思，红晕着脸儿，故意转过身去，把眼光无目的地去扫射窗外的景物。一会儿，又移脸向仲明搭讪地问了一句："刚才你打哪儿去了来？"

"上房里。"仲明简短地答了一句，又顾自用审美的眼光去欣赏小玉的苗条的背影。

小玉听他说在上房里，遂又把身子回过，重复对着仲明，凝眸含颦地问道："是不是为了这事？"

"当然。"仲明笑了笑回答。

"老太太怎么说？"

"她答应了，并且我还向她提起我要讨你的事。"仲明把眼光柔和地抚着小玉带着青春色彩的脸。

"她同意吗？"小玉微红着脸又问。

仲明的脸儿暗了一下，他微微地摇了摇头。这瞧在小玉的眼中，心里自然觉得一阵怅惘，她看见眼前依旧横着一片黑暗，光明之神还在远远地踯躅，她颓丧地低下头去。

"小玉，你放心，妈虽然不同意你我的结合，但是我总是始终爱你的，我绝不会因了外界的障碍而改变爱的方针。小玉，这一点，你总可以相信我吧？我们只要能不变初衷，始终如一，我相信将来理想中的甜蜜的生活，一定会顺利地降临在我俩的身上。等着吧，这个希望一定会变为现实的。"

小玉听他这样恳切地向自己安慰，一颗芳心也就好像涂了一层蜜似的。她觉得刚才有过的许多不愉快的思想，现在都在悄悄地溜走了，笑容驱散了脸上的阴影，这就像在蓝色的天幕上涌现了一轮金光灿烂的太阳一样。她知道自己又从黑暗的深渊里跳了出来，她不再为未来的结局而感到彷徨了。

仲明见小玉已没有了愁容，心中也很宽慰，脸上开出了笑的花朵，情不自禁地走上一步，把手臂环住了她的肩胛，带着他的因激动的余火儿颤抖得很厉害的声音，诚挚地说道："小玉，我和你在天愿做比翼鸟，在地愿为连理枝。"

小玉听了这话，芳心可可，真觉甜蜜无比，把脸儿偎在他的胸前，只是无限娇媚地笑。

晚上，是一个非常美丽的月夜。仲明与小玉同在园中闲步，二人并着肩儿默默地向着假山那儿走去，彼此都不说话，让各人清晰的步伐声夹杂在风吹树叶的瑟瑟的音调里，一同奏出美妙的含有音乐成分的声浪来。花草的幽香缓慢地从斜坡那面飘过来，一缕缕地沁入了两人的肺腑，彼此都感到一阵无限愉快的感觉。

"小玉，你瞧，这月儿是多么光圆呀！它好像象征着我俩未来的生命，也有像这样团圆的一天哩！"在静悄悄的空气中，悠扬地飘动着仲明柔和的话声，他带着梦幻的眼睛望着蓝色的天幕，他觉得有一阵清辉凉爽地洒在他的脸上，他有点陶醉了。

小玉又喜又羞地笑了笑，也情不自禁地抬起俏眼儿向那轮圆得像银盘样的满月望了一眼，她觉得心里很甜蜜。

"小玉，你现在可以自由得多了，也不会再听到人家的骂声了。"两人又默默地走了一截路，仲明觉得一阵寂寞在包围着他，他感到心中有点室闷，便随意找了一句无聊的话儿来打破它。

"你不会骂我吗？"小玉侧着脸儿看了他一眼，天真地说，她的笑容宛如璎珞一般明璨。

"你是我的谁？我敢骂你吗？"仲明瞅了她一眼说。

小玉欣慰地一笑，一会儿又故意装作淡漠地道："现在说得这样好听，将来恐怕就……"

仲明不待她说完，急得连连跺脚道："小玉，你说这句话该不该打嘴……唉，你真把我看得太不值钱了，我可就是这种人吗？要是我正像你所说的那样的话，那我又何必费了这许多心血来教你读书认字呢？"说到这里，不免深深地叹了一口气，接着又说了一句，"小玉，你说这话，真太使我灰心了。"

小玉听他这样说，一颗心儿真是感动得了不得，一时又深悔自己不该说出这句话来，俏眼儿凝望着他，情不自禁地伸开两手，把他身子紧紧抱住，脸儿偎在他的胸前，流泪道："仲明，你别见气，我说错了，我知道你不是这种人，我相信你的爱我是真挚的……仲明，你原谅我吧！"

小玉这番话把仲明脸上的愁云吹散了，他的眼睛顿时明亮起来，他抚着小玉的美发，嘴儿吻了她一下额角，温和地道："小玉，只要你能知道我的心，也就是了。"说着又给她轻轻拭去泪水。

小玉点点头，微微笑道："仲明，你的心就是我的心，我怎么会不知道呢？"

仲明也满意地笑了，于是二人又开始向前踱去。

"小玉，在这样清静的凉夜中，我们来唱支歌儿听听吧。"两人默默地静寂了一会儿，仲明忽又这样提议着。

"也好，那么你要唱哪一支呢？"

"我想还是《夜恋曲》吧，因为这支歌比较切合我们现在的情景。"

小玉频频地点点头，她的脸儿有点红晕。

"现在我们就边走边唱吧。来，预备起，一二三！"仲明说完这话，便开口唱起来。

夜 恋 曲

夜已阑，春已深，月已明，偎脸依身；（仲明唱）

肩相并，手相携，心相印，讲爱谈情。（小玉唱）

我和你，意又真，情又热，比翼双飞；（仲明唱）

我和你，形不分，影不离，鸾鸟和鸣。（小玉唱）

我希望，我的灵，我的魂，得你温润；（仲明唱）

我希望，我的身，我的心，投你胸口。（小玉唱）

相亲爱，不愿两分开；相亲爱，同苦又同难。

相亲爱，不愿两分开；相亲爱，同苦又同难。（合唱）

唱毕，二人相顾而笑，仲明赞道："小玉，你的歌喉真不错，仿佛像一只出谷的黄莺一样，声声动听。"

"你也不弱呀。"小玉绕过无限媚意的俏眼儿向他瞟了一眼说。

仲明不答，只是望着她笑，一会儿忽又想着了一件什么事儿似的，拉着小玉的纤手说道："小玉，我今天又替你作好了一支歌，刚才忘了拿给你看，现在我想乘着兴致就去拿来，大家先唱唱看，你以为怎样？"

小玉见他兴浓，也不忍拂他，遂点头说道："也好，那么你就快去拿来，我在这儿等你。"

仲明应了一声，便回身连走带跑地去了。

小玉待他走后，便无聊地在旁边一块山石上坐下，随手折了一朵花儿玩弄着。

"妹妹！妹妹！"不一会儿，忽然一个熟悉的声音开始在夜的空气中飘荡起来。小玉惊觉地抬起头来，凝眸望去，只见一个胡子大汉在向自己身边渐渐逼近，心想：哥哥怎么又来了？昨晚我不是关照他这儿千万少来吗？莫非他有着什么要紧事故吧？小玉这样想着，一颗心儿顿时就怦怦地跳动起来，忙站起身子，口中叫了一声"哥哥"，便急急地向大虎那儿奔去。

第六回

万种惆怅血泪洒西风

那天晚上，大虎和小玉在王公馆的花园中分别出来，便在附近一家小客栈里开了一间房间，作为暂时安身之所。这时他孤独地坐在暗淡的电灯光下，因为菜饭还没有送进来，一时也觉无聊，便从怀里取出刚才小玉送他的那只赤金戒指来，放在桌上随意地拨弄着玩。一面只是暗暗地思忖，心想我把这只戒指换了钱来，先去买两只鸡，鸡生了蛋，蛋孵出了，将来又是一群鸡，这群鸡再生一堆的蛋来，那时我可以开一家蛋行，自己坐在当中，四围都是鸡……大虎呆呆地想到得意的时候，不觉开心得叫了起来："着呀！着呀！哈哈哈……不发财是没有日子了……哈哈哈哈……"

这时窗外正有一个老妇走过，听了这话，也就好奇地偷视了一下，只见桌上一只焦黄仗亮的金戒指被一个衣衫褴褛的胡子大汉不住地滚弄着，看样子似乎有点靠不住，心中想了想，忽然有了一个主意，不觉狡猾地笑了笑，便迅速地溜开。

一会儿，店小二搬着饭菜推门进来，大虎见了，就停住了笑，想着了戒指，忙把它揣在怀里。店小二看他这样局促不安的神气，不免有点怀疑了，但也无所谓，放下了饭菜后，他顾自出去。

那个老妇想定了主意，便从大虎窗边溜开，走到了自己房门口，一会儿，见店小二过来，便大叫大闹起来，说道："我一个金戒指，好好的不见了，不知谁把我偷去了呀？"

店小二听她这样说，心中更觉疑惑起来，忙走上去问道："什么？戒指？什么戒指？"

"小小圆圆的一个戒指不见了。"老妇装模作样地说。

"在什么地方丢的？我们客寓虽小，但从来没有丢过东西。"店主也走过来了，他似乎不相信有这么一回事。

"你们这里一定有歹人……"老妇故意这样说。

小二点了点头，心想一定不错，便在店主耳边低低地说了几句。

"真的吗？你可别弄错，那么快去搜。"店主睁大了眼，诧异地问。

"这是我亲眼看见的。"小二肯定地说。

"什么？有了着落吗？那么快去呀！快替我去查呀！"老妇心中暗暗欢喜，她眯了一双贼眼，几乎要笑出声来。

"你别吵，否则我们反而难查了。"店主警告了她一句，便叫了一批家人，和小二、老妇一同向大虎房里走来。

推进门，大虎正在低头吃饭，小二抢着便要上去，店主忙把他一手扯住，咳了一声，又装出一副笑脸来，才慢步地向大虎桌边走去。

大虎抬头见房门口拥进这一群人来，倒是弄得莫名其妙，两眼定住地望着他们，竟是呆呆地怔住了。

"对不起，刚才小二说你有一只金戒指，可否请你拿出来看看？"店主软声地笑着说。

大虎想不到他会说出这句话来，心中非常愤恨，便站起身子，勃然作色道："胡说，我凭什么要拿给你们看？"

"不是的，因为这位老太太方才丢了一个戒指，刚巧你也有一个戒指，所以请你拿出来看看，让她也死了这条心。"店主假赔笑脸。

大虎瞪了他一眼，怒道："浑蛋，这算什么话？你们当我是贼吗？"

"谁说你是贼？拿出来看看，不就完了吗？"

"好！看就看吧！不过是的怎么样？不是的又怎么样？"大虎气

85

得黑脸也变红脸了，他的眼睛里发出了暗绿的光芒，起劲地在店主的脸上扫射着。

"当然不是的，不过既出了事情，大家总得表表心迹，看了之后，我给你点红蜡烛，放鞭炮赔礼是了。"店主冷冷地一笑。

大虎听他这样说，便干脆地将戒指取出向桌上一放，说道："看吧，是这个吗？"

店主把戒指拿过，递给身后的老妇。老妇看也不看，便点头道："正是这个，正是这个。"她相信自己是会胜利的。

大虎见她居然冒认自己的戒指，这真把他气得一佛转世二佛升天，圆睁了环眼，把脚向地上猛地一顿，大声说道："什么？你别老瞎了眼，这是我妹妹送给我的。"他做梦也想不到会有这么一回事的。

老妇听了这话，不觉一愕。店主忙问道："你妹妹叫什么名字？住在什么地方？"

"我妹妹叫……"大虎说到这里，忽又想着自己名誉不好，不能连累妹妹，遂改口道，"你别管……你管得着吗？"

店主知道他的虚伪，便冷笑一声道："哼！看你就不像个好人……来，把他给我吊起来打！"

店主一声吩咐，许多家人便一拥上前，不由分说把大虎牢牢捉住。大虎欲待挣扎，已经不能，只得大声骂道："他妈的，你们这帮奸奴，竟敢这样无法无天吗？你……"

店小二不待他说完，便走过去，抬手就是一掌，还吐了他一口唾沫，骂道："呸！你这不要脸的浑蛋，偷了人家东西，一只嘴儿还要这样硬。好吧，回头可要你的好看。来，把他拖出去！"

大虎被众人拖出去，接着老妇也带着胜利的奸笑走出。

受了一顿饱打，大虎就被逐出门外，仰望着茫茫无知的天海，一种无限怨愤的情绪已经充满在他整个凄怆的心灵。

在第二天晚上，大虎在无法可想之余，只得再冒险到小玉那儿

86

来，偷偷地爬过花园的围墙，跳落在花坞的背后，方欲移步，忽听在恬静的空气中，低低地发出一阵清脆悦耳的女子的歌声来，听这喉音好像正是妹妹小玉。大虎不觉暗暗说巧，正想大步过去，忽然又有一阵高亢的男子的歌声继之而起，这就把他吓得连连倒退几步，躲在一棵大树后面，定了定神，才探头向歌声的来处望去。只见在假山旁边，有着一对青年男女在慢慢蹀步，女的正是自己的妹妹小玉，男的却是一个西服少年，手臂半环着小玉的纤腰，样子显得非常亲热。大虎心想这男子不知是谁，莫非就是这儿的少爷吗？看情景他好像很爱我妹妹似的，不过有钱人家的哥儿总是靠不住的多，爱你时他会用甜言蜜语来温存你，不爱你时就干脆地像牛粪样一样一丢了事。况且我妹妹年纪轻，意志力当然非常薄弱，恐怕将来就会上他的大当，那我做哥哥的现在总得先劝劝她，免得后来发生意外变故。大虎暗暗地思忖了一会儿，这时歌声已经停止，凝眸望去，只见那个西服男子在和小玉低低说话，一会儿便顾自回身去了，剩下小玉却坐在假山石上折着花儿玩。大虎待那个男子走远，才敢轻手轻脚地走过去，走到相近，便开口喊了两声"妹妹"。小玉骤然听见这呼唤，却惊得抬起头来呆了一下，一会儿才站起身子，叫了一声"哥哥"便急急地奔过来。

"妹妹，哥哥今晚又来，你觉得奇怪吗？但是……我……我真不幸极了。唉!"大虎迎上去，紧紧地拥住了小玉的身子，望着她的略带惊奇的脸儿，便用着苦涩的调子说出这段话来，说到末了，忍不住又深深地叹了一口气。

"哥哥，你这句话怎么说?"小玉扳住大虎的肩头，急得连连跳了跳脚，她的一颗心儿顿时被紧张的情绪包围了。

"唉，穷人总不是人……"大虎叹息地说了一句，便拉着小玉的手儿到假山洞边的石块上坐下，抚着她的美发，终于是把昨晚的一段经过细细地叙述出来。

小玉听他说毕，心中真不知是酸是苦，忍不住俯下身子，把脸儿贴在他的腿上，竟是嘤嘤地哭泣起来。

大虎呆了半晌，也觉不胜凄楚，摇了摇头，一会儿，只得拍着小玉的肩胛，柔声劝道："妹妹，你也别伤心，这还有什么话说？总之，只怪我自己命苦，但是我恨，我恨那些势利的王八蛋，竟然硬说我是贼，叫我有口难辩。唉，这个世界难道穷人就不该有值钱的东西吗？"大虎说到这里，真是又愤又恨，他觉得自己将会像火山一样地爆裂起来。

小玉泣了一会儿，才抬起头来，把一瞥无限怨抑的眼光投在大虎的黑脸上，呜咽了一下，才道："哥哥，我不是伤心别的，我只想我们兄妹俩的命为什么都这样苦。你被人家冤枉是贼，我在这儿，你也丫头，我也丫头，好像丫头就不是人，要不是少爷待我好，也恐怕活不下去了。"

大虎听她说起少爷，便忍不住问道："你说少爷，是不是就是刚才站在你身边的那个西服男子？"

小玉听了这话，不觉惊奇地坐正身子，明眸凝望着他，侧着脸儿问道："哥哥，你怎么看见？是不是你已经来了一会儿了？"

"是的。"大虎点头道，"不过有钱人家子弟总是不可靠的多。现在他虽然待你好，但是将来恐怕就会把你忘了的，所以我劝妹妹总得自己谨慎一点，免得以后上他的当。"

小玉听了大虎这番话，心中当然明白他的好意，但一时又觉非常羞涩，点了一下头，才低声地道："哥哥，你这句话不错。不过少爷这人对我倒还诚挚，没有一点虚伪的样子，他还教我读书认字，这一点我倒非常感激他。"

大虎欣慰地一笑，一会儿也不禁羡慕地道："妹妹，那你可比我幸福得多了。"

小玉听他这样说，心中也不知怎的只觉一阵心酸，止不住竟已流下泪来，摇了摇头，悲声地劝道："哥哥，你别这么说，只要你能好好地做人，你不也是很幸福的人吗？如果你将来发达了，那妹妹的心中又是多么安慰呀，就是泉下的爸妈一定也会含笑瞑目了。"

大虎听了这话，心中真把小玉感激得无可形容，猛可伸开两手，把她身子紧紧抱住，吻了她一下额角笑道："但是身边……唉！"过后忽又决然地道，"好吧，反正是一条命，那我一个人就去闯闯看，闯得好便好，闯得不好也就完了，现在我走了，妹妹，你好好地保重吧！"

大虎说着，便顾自站起身来。

小玉瞧他这样，这就急得连连把他衣袖扯住，哭着劝道："哥哥，你不能这样，你应该做好人，你明晚再来，我跟少爷说明白了，他也许会帮助你的。"

大虎看了她一眼，不觉冷笑了一声道："笑话，有钱的人会瞧得起我们穷人吗？况且我又跟他不认识，这怎么能让人家来帮助我呢？再见吧。"说着，便扳开小玉的手，回身要走。小玉不肯，忙走上一步，又把他的手臂拉住，哭着叫道："哥哥，你这样走，你是逼我死！哥哥，你可怜我，就听从了我的话吧！"

"快别这样！"正在这时，忽然一个温和的声音在夜的空气中荡漾起来，这就把二人惊得回过脸来，凝眸望去，只见仲明已拨开花丛向这儿走过来，脸上微微地带着笑容。小玉猛可记得他刚才是拿歌谱去的，自己为了和哥哥谈话，倒把这事忘了，但是现在这秘密竟被他撞穿了，虽然看他神情不会有什么恶意，不过心中总觉得有点着慌。同时一边的大虎也是吓得脸儿一阵红一阵白，两眼定住着，竟是呆呆地怔住了。仲明见二人这副木然的神情，便走近他们的身边，柔和地笑道："你们别怕，你们的事情，我都听明白了，我可以帮你的忙。"

原来仲明进去拿了歌谱便急急到花园里来，走到原处却不见小玉的人影，心中不觉奇怪起来。正待开口要喊，忽然听得假山边有人在说话，仲明好奇地走到花丛背后，凝眸望去，只见小玉在山洞边和一个褴褛的胡子大汉并坐在一起，样子很亲热。

这瞧在仲明的眼里，心中就更觉稀奇起来。这时大虎正在叙述戒指被骗的一段事情，仲明便作兴躲在花丛背后静静地听他们说下去，待他说完，心中也觉不平，后又听了小玉的话，才知道他们原是兄妹。不过那个胡子大汉好像有点面熟，但一时也记不起在哪儿见过。仲明立了好一刻时候，直到大虎起身要走，小玉拉住求他的当儿，才挺身走出。

这时小玉听了这话，不觉转惊为喜，俏眼儿瞟了他一眼，嫣然一笑，一面便移脸对大虎道："哥哥，这就是我们的少爷。"

"少爷。"大虎也宽心地叫了一声，他的黑脸上掠过一道微光，他觉得有钱的人并不是个个都像他想象中那样的，他已看见一线光明在向他招手了。

"用不着这样称呼，你就叫我王仲明好了。"仲明摇了摇头说。小玉在旁听了，也忍不住扑哧一声笑了。大虎心中自然更觉佩服。

这时仲明已从衣袋里取出一张名片，用自来水笔簌簌地在上面写了几行字，便交给大虎说道："我现在给你一张名片，你明天到宝兴路大达工厂去见他们管工的张先生，他一定会想法子安插你的。"说到这里，又摸出十元钱来，一并塞在他的手里，说道，"这几个钱，你先拿去用吧。"

大虎把手一缩，不肯接受，两眼含着无限感激的目光，凝望着仲明，摇头说道："少爷，你已经荐我的生意，怎么还可以拿你的钱呢？"

"你别这样说，人类有互助的义务，这几个钱，在我算不了什么，在你却有很大的用处，你收下吧。"仲明说着又要把钱给他，但大虎还是推着不敢收。

小玉见仲明肯这样仗义，一颗芳心真是又喜悦又感激，见哥哥不敢受，便走过劝道："哥哥，少爷给你，就收了吧。"

大虎见妹妹这样说，才只得红着脸儿，接了过来，向仲明弯了弯腰，谢道："谢谢少爷——王仲明少爷。"

"不必说谢。"仲明摇头道,"现在你先去栖栖身,以后有好的生意,我再会介绍你的……喔,我还没问你叫什么名字?"

"我叫罗大虎。"大虎恭敬地答道,他对于今天的遭遇是感到意外惊奇。

"哦,那么你去吧。"仲明向他挥了挥手。

大虎应了一声,又再三道了谢,一面向小玉说了一声再见,才转身穿花而去。

小玉待他走远,便情不自禁地移过身来,把仲明的身子紧紧抱住,明眸脉脉地凝望着他,感激地道:"仲明,你真是太好了,我可不知要怎样感谢你才是。"

仲明用手抚着她的面颊,笑道:"小玉,你怎的又这么说了?我刚才不是已经说过了吗?人类本有互助的义务,况且你的哥哥又是我的……"

小玉听他说到这里,便红着脸儿向他啐了一口,但忍不住自己也哧哧地笑了。

"小玉,你干吗啐我?你可知道我说些什么呀?"仲明故意问道。

小玉推开他身子,秋波向他睃了一眼,娇羞地道:"你还有什么好话吗?"

"你怎么知道我没有好话呢?那么你以为我要说什么呀?"

小玉怕羞说不出口,只得向他逗了一个白眼,回了声:"不知道。"便顾自转过身去,把眼光投向别处。

"小玉,你的良心倒好,我替你帮了忙,你却给我瞧嘴脸。唉,好人总做不得,好吧,我先走了,留在这里,免得再惹你生气。"仲明说着,便有意装作回身要走的模样。

小玉听他这样说,这就急得连连回过身来,一把将他拖住,柔声地道:"仲明,你又多心了,我和你生气什么?你待我这样好,我感激你都来不及呢……仲明,你要走,我们一块儿走吧,现在时间也不早了,明天还要一早起来。"

"哎，这才像话。"仲明点了点头，移脸对她一笑。

小玉含笑不答，低头见他手中握着一卷白纸，便问道："这张就是歌谱吗？"

"是的，现在我们进去瞧吧。"仲明说着，便挽着小玉的手儿踏着原路回去。

在迷茫的夜色中，一忽儿，两人只剩了一点模糊的黑影。

是一个阴云的早晨，周子廉因为大达工厂今天要开董事会，便不得不在九点钟模样坐车前去，走进厂门，看见一群工人在拥着老虎车搬运货物。子廉也随意地逗了一瞥，忽然若有所见，便立定身子特别注视了一下，原来前年抢自己钱的那个大胡子强盗也杂在工人当中搬货，这瞧在他的眼里，就不由得惊愕失措，一颗心儿顿时就像吊水桶般地七上八下起来，便急急转身，踏上走廊。走了没有几步，只见经理施以康迎面走来，子廉便伸手一把将他拖住，涨红着脸，劈头就说："施先生，今天董事会不能开了，就是要开，我先缺席。"

"为什么？"经理站住，不懂地问。

子廉把眼光向四周一溜，便凑近身子，低低地向他耳语几句。

经理睁大了眼，也有点愕然了，就差人去叫工头。一会儿，工头唤到，恭敬地叫了声："经理先生，周先生。"

经理点点头，便近前向他低低地吩咐了几句。工头向大虎望了一眼，遂应着，回身退去，走到管筹处，检点了大虎的工筹，又拿了几毛钱，走向大虎的身边，叫了一声："罗大虎！"

大虎正在卸笨重的货物，听见唤呼，忙抬起头来，满脸都是汗珠，工头就把钱给他，说道："你现在可以回去，明天不必来了。"

大虎听了这话，倒是弄得莫名其妙，一种无限惶恐的情绪开始在他的心里茁长起来。他放掉了手中的货物，不免呆呆地怔住了一下，好一会儿才颤声地问道："先生，是不是我做错了事？"他觉得自己的心已被不幸的命运的巨指搔痛了。

"那倒不是。"工头迟疑了一下说。

"那么为什么不要我做呢?"大虎绝望地说。他看见一种莫名的恐怖张着翅儿在他的四周飞翔,他知道又是一条生路被堵塞了。

工头也很同情他,悲惜着他的乖舛的命运,他摇了摇头,带着苦涩的调子答道:"这是经理的命令,说你以前做过坏事,我也没有办法帮你的忙。"说到这里,就轻轻地叹了一口气,顾自走开了。

这几句话好像一瓢冷水样地对着大虎当头泼下来,一下子把他心上的余火全浇熄了。他做梦也想不到,才工作了三天,就会发生这样不幸的事。他更想不到一个不得已而失足的人,社会竟会像这样恶意地遗弃他,而不容他有改过的机会,宁愿把他掷入在黑暗的深渊里,让他永远在一条堕落的路径上彷徨,在无价值的牺牲下,去了他的一条值得珍贵的青年的生命。

一朵朵惨淡的愁云是填满了这片奄奄一息的天空,胆怯的太阳已不知躲到哪儿去了,剩下的只有一阵尖锐而带有寒意的晨风,在沉默的宇宙中行使着它的霸权,大地上没有光,被笼罩着的就是一阵阴沉凄凉的色彩。这时大虎已绝望地走出大达工厂的大门,孤寂地踯躅在这条冷清的街头。一阵阵的悲哀渗入了他那颗空虚的心灵,失望和愤恨激起他心中无限的惨痛,沉重的步子踏在那高低不平的石子路上,不免带有一点摇晃的姿势。他觉得自己已进入了一个黑暗的世界,许多狞笑的歪脸恶狠狠地在向他逼来,他畏怯地用手遮住了脸,好像在和什么可怖的幻象挣扎似的。

前途是那样渺茫,青年之火是早被无情的冷水所浇灭了,眼前横着一片无边际的黑暗,周围很是静寂,好像一切生物都已消灭了似的,在这茫茫的天地间,他究竟走向什么地方去?他徘徊着,永远地徘徊着。

也不知走过了多少路,却给他转入了一条稍微热闹点的街道,他也觉得四周是温暖了不少。经过一家小酒店,突然一个主意把他抓住了,他就毫不迟疑地跨了进去,拣了一只座位坐下,便喊了半斤黄酒，买了一包花生米，独个儿自斟自喝起来。

一会儿，门外走进一个蓝布短衫的青年男子来，眼光向四周一扫，忽然看见大虎，便急急走上，拍了他一下肩膀，笑道："大虎，你还认识我吗？"

大虎一愕，忙抬起头来，定睛一瞧，不觉哈哈地笑了起来，站起身子，和那男子紧紧地握了一阵手，笑道："哦，我当谁？原来是刘三哥，来来，这儿吃酒。"说着，便拉着他在旁边一条长凳上坐下，又去添了一副杯筷，替他斟了酒。

刘三握着酒杯，向他打量了一下，问道："你出了事情，我们多么替你难过，但一眨眼已是一年多了，现在好吗？"

大虎喝了一口酒，淡淡地笑道："好，无家可归，你看好吗？你呢？"

刘三把眉儿一皱，剥了一颗花生米放在嘴里嚼着，说道："还不是穷混？现在总算在一家戏院子里做个小事情，凑合凑合。"

"你还好，我连住的地方都没有。"大虎轻轻地叹了一口气，他觉得自己有点彷徨，好像风中的落叶一样。

刘三想了一想，便慷慨地道："那么干脆地就住到我那儿去。"

"这怎么好？我怎能打搅你？"大虎感激得有点不好意思。

"我们都是自己弟兄，我有就是你有，还管得这一套？假使你愿意的话，我还可以替你在戏院子里找点事情做做，你看怎样？"刘三恳切地说，他的声音非常柔和，里面带了感情而颤动着。大虎听了这话，心中真是感激得无可形容，猛可地握住了他的手，几乎要淌下泪来，凝望了半晌，才道："刘三哥，你肯这样帮助我，那叫我该如何报答你才好？"

"大虎，你别这么说，我希望你报答干吗？只要你能好好地做人，那我的心中也是很安慰的。"

大虎没有话说了，他只是呆呆地注视着他，他知道刘三又把一线光明给他带来了，他在虔诚地期待着。

第七回

青衫泪湿小玉飘零日

　　大虎由刘三介绍，进长兴大戏院当茶役已有一星期了。这天晚上，大虎在戏场子里打手巾把子，一会儿又轮到包厢里。大虎正欲打开手巾，忽然瞥见大达工厂里的经理施以康也在携眷观戏，大虎虽然不愿意见他，但为了职务关系，也不得不把手巾挨一排二地递过去，后来因大虎满腮生着胡子，不免又看了他一眼，这一看就被他认出来了，大虎见他注意，忙掉头急急走出包厢。

　　以康坐了一刻，心中总觉惶恐，便站起身来，匆匆走到经理室里去。推进门，见经理丁承显正在排戏单，因为彼此都是好友，承显见以康进来，便站起笑道："怎么不去听戏？"

　　以康点点头，却并不去回答他，顾自走到他身边，放低了声音，正经地道："老丁，我告诉你一件事，你们这儿十三号的那个大胡子茶役可不是好人哪。他以前是做过强盗犯过案的，不久前刚由我厂里开除。老丁，你用这种人，须千万小心才好。"

　　"哦？原来他以前做过这等事，这个我倒不知道。"承显也有点惊愕了，说着，便伸手按铃，不一会儿，另一茶役推门进来，垂手而立。承显吩咐道："你把十三号罗大虎叫来。"茶役应了一声"是"就回身退出。

　　承显摸了一下胡须，点头说道："这事的确关系我们院里的名誉很大。"

　　"当然啰，我们在社会上混，这种事怎能不当心。"

两人说着，不觉相顾大笑。

一会儿，大虎推门走进，一眼看见以康，心中一惊，倒是呆呆地愕住了。

承显向他逗了一瞥，便声色俱厉地问道："你就是罗大虎吗？"

"是的。"大虎的声音有点颤抖。

"你明天不用来了，现在到账房里算钱去。"

大虎听了这话，一颗心儿真是急得什么似的，忙问道："经理先生，这为什么？"他的声音更颤抖了，里面包含着眼泪，他差不多要为自己的前途悲哭了。

"不为什么，你过去做的事情，自己大概很明白。"承显板着脸儿说。

"不，经理先生，请你可怜可怜我，我从前虽然坐过牢，但是现在我要做好人了。"大虎走上一步，哀怜地说。他觉得一种不可抗拒的绝望的痛苦的情绪，已在他失却了现实安慰的心灵中激起了像江湖一般的澎湃。他看见一条条新的生路却被一阵不幸的波涛打得淹没了。

"可怜？我们这儿不是慈善机关，你要做好人，旁的地方去做。"承显冷笑一声道，他不去想大虎内心的痛苦。

"难道做过强盗的人就不许做好人吗？你也不问问我是为什么做强盗的？"大虎这话里是带着不平的悲鸣，他想不到资本家的心肠个个都有这样狠毒，他对于社会的真面目已有深刻的了解了。

承显把雪茄烟点着，吸了一口，说道："这个我管不着，去吧！"说着又移脸向以康一笑。

大虎知道事情是没有挽回的余地了，他失神地立了一下，便恨恨地咬了咬牙齿，回身走出，一路上嘴里只是愤怒地咕噜着："妈的！做了强盗，就不许做好人吗？一辈子地做强盗吗？好！强盗！强盗！"

大虎屡受刺激，真是灰心已极，便索性把心一横，脱离了刘三的家，去加入了盗党，从此以后，他就一变初衷，重新去度他的抢劫生涯了。唉，好好的一个青年，却被这不明的社会所葬送了。

一天午后，小玉独个儿坐在晚春馆书房里看书，见仲明兴冲冲地推门进来，臂下还挟着一个纸包，小玉忙站起身来，把书本一放，笑盈盈地迎上去。仲明见她脸儿被阳光一照，更是白里透红，娇艳得仿佛像一朵雨后的桃花一样，一时也就情不自禁地把她身子拉拢，凑过嘴去，在她的粉颊上喷地吻了一下。小玉待要避开，已经来不及，只得似嗔非嗔地白了他一眼，把纤手抬起在他嘴上打了一记，却垂下了脸儿也忍不住咪咪地笑了。这时眼光在他臂下掠过，便乘手把他挟着的一个纸包抽出，摸了一摸，好像是几本书似的，一时猛可记得，这就喜得连连跳了跳脚，重复抬起头来，把眉毛一扬，掀着酒窝儿笑着问道："仲明，这里面是不是就是我上次托你去买的几本书？"

仲明见她这样雀跃的意态，心中也就更觉她的可人，向她憨憨地笑了笑，便点头说道："当然，小玉，你想我待你这样好，你干吗还要打我的嘴呢？"

"谁叫你这只嘴儿不规矩……"小玉瞟了他一眼，娇羞地说。一面便把报纸透开，显现在她眼前的是两本自己所属意的书本，一本是《作文指导》，一本是《女子尺牍大全》。

小玉便捧着翻看了一下，觉得非常满意，遂移脸问道："这两本书该多少钱？"

"你问它干吗？"仲明不肯告诉她。

小玉感激地望了他一眼，也就含笑不响了。

仲明在旁见她只是翻着细看，似乎有点爱不释手的样子，心想这妮子可真欢喜书本，要是给她从小就念书的话，那么现在倒可以成功一位女作家了。仲明想着，便忍不住，走上一步，问道："小玉，这两本书，你还认为满意吗？"

小玉含笑点点头，一会儿才把书本放下，回转身来，把他手儿握住，柔声地问道："仲明，这……你是不是特地去买来的？"

仲明把她纤手抬起，抚弄了一下，答道："也是乘便的……喔，小玉，我还没有告诉你一个好消息呢！"他说到这句话时，脸上突然掠过一道喜悦的光辉，他的神情很得意，他已看见一片光明的新园地在他眼前摇晃，同时理想中的幻梦也开始在慢慢地变成现实了。

"什么好消息？你说！"小玉的脸儿也被照亮了。

仲明把身子转过，去倚着桌沿，嘴儿凑到她的耳边，轻声地笑道："我告诉你，我的事情已经找成功了。"

"真的？"小玉忘其所以地把仲明的脖子紧紧环住，她喜悦得几乎要跳起来。

"当然真的。"仲明见她这样高兴，心中也很得意，便乘势把她身子抱住，接了一个甜蜜的长吻。这次小玉是不再拒绝了，她柔顺得竟像一头已被驯服了的羔羊一样，二人默默地温存了一会儿，仲明笑了，小玉也无限娇美地笑了。

沉默了一刻，仲明便低头瞧了瞧手表说道："小玉，现在我还得出去一趟，今晚恐怕不回来了，明天我来的时候我们就可以远走高飞，永远脱离这所樊笼似的家庭，去做那自由活泼的小鸟儿了。"说着又忍不住哼起那支"我们永远不分离"的歌来。

"好，那么你快去，明天早点回来。"小玉催促道。

仲明笑着点点头，便边唱边走地出去。小玉陪着一直送到石阶口，才回身进来，走到桌边，见刚才包书来的那张新闻纸还摊着未曾收拾过，因便把它折好。正欲拿起放到书橱下去，忽然无意中见该报下首角上刊着一条紧要启事，上面标题写着："悬赏缉拿巨盗罗大虎（即刘二雄）紧要启事。"旁边还刊着一张"胡子大汉"的照片，这瞧在小玉的眼里，不由得把她惊得目定口呆了，忙一翻日期，却是昨天的，心想怪不得我没有看到，原来昨天那份报纸一早便被周妈拿给表小姐去，连仲明也没有看到。这时小玉已急急地把那条启事看完，心想哥哥好久不来，怎么又去做强盗了？起先我还以为他总在大达工厂里好好地做事，因此我也非常放心，谁知他现在又去重走旧路，度那抢劫生涯，唉，这又如何对得住在地下的爸妈呢？况且当局已在悬赏缉拿，不知也可曾闻风而逃否？这时小玉心中真是一阵欢喜一阵愁，拖着沉重的步子，慢慢地走到窗边，失神地仰望着那蔚蓝醉人的天空，忍不住眼眶边已涌现了一颗颗晶莹莹的泪珠。

这天晚上，小玉怀着一颗无限凄怆的心灵，又偷偷地溜到后花园来，燃了一支线香，默默地对天祈祷了一会儿，但总止不住心中悲波哀涛的澎湃，因此把身子斜倚在假山石上，又低声地啜泣起来。

"妹妹！妹妹！"小玉嘤嘤地泣了一会儿，突然觉得一个熟悉的声音在向自己耳边扑来，一颗芳心不免又惊又喜，便忙抬起粉颊，举目向四处一找，果见在花丛显现了大虎的上半身来，不过腮下的胡子却已剔去了，身上的衣服也体面了许多。小玉起先倒是一怔，后来审视良久，才叫了一声"哥哥"大步地奔过去。

兄妹俩亲热地拥抱了一刻，小玉终于淌泪问道："哥哥，你怎么又做强盗了？"

"妹妹……你不要说它了，总而言之，哥哥对不起你，对不起妈，从此以后，你就把我忘掉，只当我是死过了。唉，我太不争气了。但是这个世界……"大虎用力咬住嘴唇皮，不想落泪，但泪水却像雨点般地掉下来。

"哥哥，你不是好好地在大达工厂里做事的吗？为什么又会去做强盗的呢？"小玉的声音里依旧带着悲怆的调子，她秀丽的脸儿上也整个被泪珠占去了。

大虎听了这话，觉得心中有点酸痛，他抚着小玉的肩头，怨抑地悲声道："唉，我又何尝不想做好人呢？但是社会不允许我做，这叫我还有什么办法？"说到这里，便挽着小玉的手儿，走到假山洞边坐下，于是把过去的事情又详细地叙述了一遍。

小玉听他说毕，心中也觉不胜怨愤，呆了一会儿，只得哀声地劝道："哥哥，强盗总是做不得的，你还是做好人吧。明天我去对少爷说，叫他再替你荐一处好的生意。哥哥，你听我的话，你也该想想妈在生前对你是抱着多大的期望呀！"

大虎低头无语，只是默默地淌泪，一会儿，才带着苦涩的声音道："但是……现在是由不得我了，官府已经出了一万块钱的赏格来捉我，这里当然是不能待了，今晚我特地是来跟你分别的，打算明后天就要动身，不过我这一去，就是不死在那里，恐怕一辈子也不能和你再见面了……"

小玉听他这样说，一颗芳心真像刀割一般地疼痛，猛可地倒向他的怀里，竟是呜咽地哭泣起来。

凄切的哭声不住地在大虎的耳边飘来飘去，他的心中也觉一阵无限的悲酸，摇了摇头，好一会儿，才从袋里摸出一包东西来，一手拍着小玉微微起伏的肩膀，不胜凄怆地劝道："妹妹，你也别伤心了……这里有一副金镯子，你拿去，好好地过活，把我这不成才的哥哥忘掉了吧。"这声音里是蕴藏着一个无可申诉的悲哀，把这静夜的空气也搅成了凄凉的情调。

小玉抬起头来，泪眼模糊地凝望着他，一会儿才呜咽道："哥哥！我的哥哥！我不能忘掉你！我到死都不能忘掉你！我们自小一块儿长大起来的，虽然你现在是走上了这条路，但是这并不是出于你的本意，而是那不明的社会造成的。哥哥，你是可怜的，你是不幸的，想不到偶然的失足就会造成了终身的遗恨了呀！"

小玉的话，一字一句地把大虎那颗空虚脆弱的心灵也打得震动起来。他觉得自己已被一阵无可抗拒的悲哀的情绪所击倒了，他终于把小玉的娇躯紧紧搂住，流泪哭道："唉，我完了，我的一生完了，我现在差不多要靠回忆来生活了。唉，那是多么甜蜜的回忆呀！但是……可惜年光总是不能够倒流了。"

二人对泣了一会儿，大虎才坐正身子，把镯子塞在小玉的手里，恳切地道："妹妹，这副镯子你收着吧，虽然来源有点不名誉，但是总也算哥哥给你的一点纪念，你见了它，就好像见了我一样，从今之后，我们便要各自分飞，恐怕今生今世是不会再有见面的日子了。"

这几句永诀的话语听在小玉的耳里，一颗心儿正像有人在攀摘一样地疼痛，手中接着那副镯子，忍不住眼泪已经像泉水一般地涌上来。

大虎向四面望了望，便站起身来说道："时间差不多啦，我该走了，妹妹，你好好地保重，最后，哥哥祝你未来的新生命当与春花一般地绚烂，与仲明少爷一同踏上那光明的大道吧……"大虎的声音哽咽得很厉害，他已不能再说下去，逗留了一刻，便毅然把心一横，回身欲走。但这时小玉已哭得像泪人儿一个，伸手忙将他衣角牵住，哀哀劝道："哥哥，你到了那里，千万不要再去做强盗了，你可怜妹妹，你就安慰妹妹这一片破碎的心吧！"

大虎伤心已极，只得再回转身来，含泪向她点点头，一会儿又移身要走，但小玉却兀是拉住不放。大虎挣不脱，无奈只得硬着心肠把她推跌了一跤，反身一个箭步跑了。

小玉倒在地上，仍是唤呼不止。大虎心中不忍，三步一回头地跑到墙下，又立停了脚，向她挥了挥手，然后才决然地爬上墙去。

小玉伏地痛哭，忽然尤二堆着满脸的蠢笑，摇晃地走到她的身边，微俯着身子，伸出一只胖手，轻轻地抚着她的背脊，一面柔声地问道："小玉，你哭什么？"

小玉骤然间听了这话，一颗心儿不觉吓得怦怦地一阵乱跳，忙坐起身子，回眸望去，见是尤二，便索性装作镇静的样子，撒谎道："我摔了一跤，腿摔痛了。"

尤二立直了身子，摸了摸下巴，不觉奸笑道："别骗我了，你们的事，我都看见了，不过你要答应我，跟我要好，我可以替你瞒着，不告诉别人。"

小玉听他这样说，心中真是又急又怒，想了想，便愤然立起身子，拭去了泪痕，冷笑一声道："哼！你别吓唬我，我现在什么都不管，什么都不怕，你尽管去说好了！"说着便强硬地走了。

小玉这态度是尤二所意想不到的，他斜着眼睛看她走远，忽然有了一个主意，便狡猾地把手掌一握，笑了笑，也就摇摆地踏着原路回去了。

次日上午，小玉被唤到太太的面前，她怀着一颗颤抖的心儿，畏怯地看着王老太被愤怒的表情所掩盖了的圆脸。她又发觉周围立着一堆人也带着冷冷的眼光睥睨着她，她已预料到今天一定又有什么不幸的事情要发生了。

"死丫头！"王老太把水烟筒一碰，终于开始大声地怒吼起来。小玉心中一跳，她不知道自己做了一件什么错事，她在怀疑着，但是她不敢仔细地想，她觉得自己的一颗心已快要跳出口腔来了。这时只听得王老太又在愤怒地说下去："你这个贱货，看你不声不响，倒瞒了我好几年，原来你是强盗的妹妹，我们清清白白的人家怎么能容下你这下贱的坏子！你给我滚！快给我滚出去！"

这些话却像一盆冷水样地去泼在小玉的心上，她做梦也想不到事情竟会发生得这样快，她明白这是尤二搬的嘴。她恨恨地咬了咬牙齿，但终于急得流下泪来，两眼凝望着王老太怒气未息的脸儿，只得颤声儿地哀怜地辩道："太太，我哥哥虽然做了强盗，但是我……"

王老太不待她说完，便瞪了她一眼，连连挥手道："不必啰唆，你快点去收拾几件衣服给我滚吧！我这儿容不得你！"

小玉是完全绝望了，这时王老太的脸在她眼中看来，似乎和魔鬼一样可怕。她有点担心，她怕魔鬼会把她娇小的身躯吃掉，会把她微细的生命吞灭。她仿佛是一个跌落在魔窟里的小孩，许多巨手都在带着恶意地抚弄她、威胁她，甚至还摧残了那一线被纯洁的爱情带来的光明。同时她觉得，先前有过的许多甜蜜的美丽的梦境，和已经潜伏了多时的渴望，现在也都被这些不同情的面貌和话语所驱散了。猛然间一阵心痛开始袭击她，她有点忍受不住，她轻轻地抚着胸膛，她用孤寂无助的眼光向四周瞟去，映进她眼帘的却是湘屏的冷冷的脸，尤二的狡猾的奸笑，周子廉冷眼的斜睨，周妈的难看的白眼，以及还有许多不同情的面貌。小玉凄怆地走进自己的卧室，止不住那一满眶的泪水竟像雨点般地掉下来，她茫然地望着四周的陈设，一颗心儿更觉无限酸楚，想起自己和仲明恩恩爱爱地亲热了一场，谁知也有今日分离的一天。可怜他不辞辛劳地教我读书写字，并且还这样恳切地对我表白过，说我们在天愿做比翼鸟，在地愿为连理枝，只要大家不变初衷，始终如一，那将来理想中甜蜜的生活一定是会顺利地降临在我俩的身上……唉，当时我听了这话，心中是多么欣慰愉快，可是现在想来，这完全是一场渺茫的春梦呀！像昨日和他这样兴奋的分别，谁知竟成了我俩今生的永诀，过后他回来听到这个不幸的消息时，他不知又要怎样地感到痛苦呢。小玉这时真是柔肠百转，痛定思痛，但总怨自己命苦，这就忍不住呜呜咽咽地哭出声来。

走到桌边，小玉含泪把仲明买给她的书本，一一整理过，放在一旁，又转身在椅上坐下，想到自己走了，也应该留一封信给他。这就抽出一张信笺，提起笔来，一面哭一面写，待信写毕，只见纸上斑斑点点也不知是泪是血。小玉长叹一声，便把它折好，夹在整理好的第一本书内，然后才沮丧地站起身子，走到衣橱边，把橱门拉开，收拾了几件现穿衣服，打好一个包袱。正在这时，忽听门外走进一个人来，小玉回眸望去，见是服侍老太太的丫头佩秋，因为自己和她平日感情极好，这时见了她就仿佛见了亲人一样，便猛可扑过去，把她紧紧抱住，没有说话，竟已嘤嘤地啜泣起来。

佩秋见她这样，也不觉流下泪来，悲声地道："小玉妹妹，你难道真的走了吗？唉，想不到老太太竟有这样狠心呀！本来我在上房里还不知道有这么一回事，后来倒是周妈上来告诉我，当我听到这不幸的消息时，却是惊得呆了。"

小玉不答，兀是饮泣不止。

"唉！少爷也是一场欢喜一场空……"佩秋又悲叹地自语道。

"……这总怨自己命苦，没有这个福气……"小玉声音里充满了遗憾。

"那么你可曾知道你的哥哥住在哪儿？"过了一会儿，佩秋又问。

"这我又如何知道？现在官府已出了赏格捉他，恐怕他早已逃到别处了。唉，可怜我举目无亲，一个孤苦伶仃的弱女子又不知以后安身何处呢。"

佩秋听了这话，心中也替她非常难受，待了一会儿，便情不自禁地从衣袋里摸出五元钱来，塞在小玉的手里，恳切地道："小玉妹妹，这几个钱，你如不嫌少的话，那么就拿去用吧，总算是我的一片心意，也不枉我们姊妹要好了一场。"

小玉见她情义这样深重，也不觉泪如泉涌，忙把手儿向背后一藏，摇头道："佩秋姊姊，你的境况也跟我一样，我怎么可以拿你的钱？你的盛意，我就心领是了。"

"妹妹，你说这话，简直是瞧不起我。唉，我们姊妹今天这一分别也不知要在何年何日才能再见，这几个钱又算得了什么呢？"佩秋说着，便顾自把钱塞在她的衣袋里。小玉心中感念此恩，明眸凝望着她，又忍不住把脸儿伏在她的肩头上低声地哭泣起来。

二人对泣了一会儿，小玉才仰开身来，转身取了包袱，又把书桌上的一叠书捧起，交给佩秋道："姊姊，这几本书请你费神替我拿到晚春馆的书房里去，回头少爷来时，你就关照他一声，这书中还夹着一封信。"

佩秋点头接过，二人便一同走出房门，小玉又回头留恋地看了一眼，才伸手把门关上。走到廊下，佩秋含泪把小玉的手儿握住，凄然地道："妹妹，我现在就到晚春馆去，恕我不能送你了，假使我俩有缘的话，我想将来总会再见的，现在我就虔诚地祝你前途光明吧！"

"姊姊，你也好生保重！只要我小玉在世一日，总不会忘记你的深情厚谊的……"小玉说到这里，喉间早已哽住。两人紧紧地握了一阵手，终于在万分的依恋不舍下，而洒泪分别了。小玉到了内厅，便向太太、表小姐告辞，又把包袱打开给她们瞧过，然后才一步挨一步地向大门走去。

第八回

红粉香消仲明断肠时

灰暗的天空漫布着阴霾的云翳，空气中令人感到一种烦闷的压迫。这时小玉凄凉地走出王公馆的大门，心想仲明或许就要回来，这就在人行道边立着等候了一刻，但始终不见他的只影。小玉在绝望之余，只得含着满眶的悲泪，拖着沉重的步子，无神地向前走去，然而前途茫茫，安身何处？想起往后的生活，未来的结局，忍不住一腔辛酸之泪扑簌簌地沾了她的两颊。风儿是一阵阵地吹送，沿街的垂柳瑟瑟地掀起了不平的绿波，在小玉澎湃的脑海中，不觉又忆起了与仲明对月同歌《夜恋曲》的一幕……种种恩情，只换得现在一个无限酸楚的回忆，甜蜜的往事在她的心版上已烫上了一个永远不能抹去的烙印，沉痛的悲哀激起她无限怨抑的情绪，仰望着彤云密布的天空，止不住茫然地脱口叫道："这是一个梦呀，一个空幻的春梦呀……"

走着，无目的地走着，小玉觉得自己已成了风中的落红，水上的飘萍，不过老是向前走，是永远也走不完的，况且现在已近午饭时分，一个年轻的姑娘老是在街上彷徨，那总也不成样子，但是我已是一只无家可归的小鸟儿，对着茫茫前途，可叫我走到哪儿去好呢？小玉默默地想着，心中真觉无限悲酸，不免对大长长地叹了一口气，当风儿扑面吹来时，虽然是在热情的初夏季节，但在她已经破碎了的心房中，也会激起一阵无助的凄凉。

一会儿，小玉忽然想着还是到李大嫂家里去，因为她是荐我进王公馆的，况且又是我家多年的邻居，平日为人也很热心，现在我已到山穷水尽的地步，我想她见我可怜，总也能帮我一分忙的。小玉这样忖着，觉得前面还有一条生路，她抱着满腔的希望，便急急地加快脚步，向李大嫂的家里走去。

走进刘村，眼见一切景物，还和以前一样，没有什么改变，不过自家屋里已换了别人居住了。小玉约略地视察了一遍，心中觉得非常感触，不觉深深地叹了一口气，便回身找到李大嫂门口，见门儿是轻轻地掩着，并没有关紧。小玉怀着一颗颤抖的心儿，迟疑了一下，终于伸手推了进去，但是里面却是非常静悄，举目一看，并不见有李大嫂的人影，只有她的一个十岁的儿子阿根坐在桌边玩泥娃娃，因为他的脸儿是背着小玉，所以也没有觉察到有人进来。小玉在门边立了一会儿，只得轻轻地移步走近，待走近桌边，阿根已察觉地移过脸来，乌圆的眸子出神地凝望着她，似乎有点发怔的样子。小玉见他人儿已长大了不少，圆圆的脸蛋红润润的，像苹果一般可爱。桌上整齐地排着七八个泥娃娃，好像在给它们上体操课似的，这就忍不住露齿一笑，便把包袱放在桌上，握着他的小手儿，笑着问道："阿根弟，你干吗老望着我，是不是已经不认得我了？"

阿根眨了眨眼珠，忽然"哦"的一声笑道："你……你不是以前住在对过的小玉姊姊吗？"

"你瞧我改变了什么样儿没有？"小玉说着便挨身在他身边的长凳上坐下。

"当然改变的，我起先几乎有点不认识你了，你的脸儿也比从前胖了许多。"阿根天真地说到这里，不自禁地把手儿抬起在小玉的秀丽的脸颊上抚摸了一下。小玉见他有趣，便把他的脸儿捧起，吻了一个香，过后便正经地问道："阿根弟，你妈呢？"

阿根抹了一下嘴答道："妈出去收衣服去了，回头就来的……小玉姊姊，你好久不到这儿来了，一向住在哪里呀？"

"我吗？我在替人家做丫头呀，难道你妈没有告诉你吗？"

"妈没有告诉我。"阿根摇头道，"小玉姊姊，你在替人家做丫头，怎么今天倒有空呀?"

小玉听他这样问，心中只觉一酸，但对一个小孩子当然也没有直说的必要，便就圆了一个谎道："今天我特地是来望望你们的，阿根弟，你可欢迎我来呀?"

阿根抱着她的手臂，点头笑道："当然欢迎的，我更希望你能一辈子不要走，永远地陪着我玩。"

"恐怕你妈要讨厌我吧?"

"不，你放心，我妈一定不会讨厌你的。小玉姊姊，今天你就别回去了，宿在这儿吧。"阿根连连地摇撼着她的臂膀央求着。

小玉抚着他的乌黑的头发，点头道："好的，我今天不回去了，你瞧，我的包袱不是也带来了吗?"

阿根听说，便横眸看了桌上的包袱一眼，这就乐得张开了小嘴儿咪咪地笑了。

正在这时，忽听一阵轻微的门响，小玉忙回眸望去，果见李大嫂提着一大包收来的干衣服推门进来，一眼看见小玉，不觉惊得呆了一呆。这时阿根看见妈来，便急急地跳落奔过去，一面口里嚷道："妈，小玉姊姊来了，她今天特地来看我们的……"

小玉也站起跟着过去，李大嫂忙把包裹在地上一放，握了她的手儿，惊奇地问道："玉姑娘，你今天怎么走得出? 在王公馆里好吗?"

小玉不答，只是摇了摇头，但眼泪却已像断线珍珠一般地滚下来。

李大嫂见她这样，心中更觉奇怪，便拉着她在椅子上坐下，急声地问道："玉姑娘，你怎么啦? 你有什么委屈的事儿，你快告诉我。"

小玉叹了一口气，含泪道："李妈妈……太太已把我赶出来了。"

"什么? 你太太把你赶出来? 这是为什么?"李大嫂吃惊地问。

连旁边站着的阿根也惊得定住了眸子在发呆。

"为了我哥哥做强盗。"小玉的声音很低，"太太说他们清清白白的人家怎么容得下一个强盗的妹妹在里面做丫头呢?"

"唉，这真是哥哥连累了妹妹，前几天我也听人家说当局已出了赏格在捉你哥哥。"李大嫂叹息道，"不过大虎为什么好好的人不做，却要去做强盗，这真也奇怪。"

"我哥哥也何尝不想做好人，但是别人都不允许他做。他想进工厂做小工，而经理说他以前坐过牢，就把他开除出来。后来到长兴戏院当茶役，也遭到同样的结果。因此他便觉得非常灰心，事后不知怎的竟又去重弹旧调了。"

"原来你哥哥这次又去做强盗也是不得已的。唉，天下资本家的心肠也算狠毒极了。"李大嫂同情地说，一会儿又问，"那么你被太太赶出来，难道少爷他也不劝阻的吗? 我知道他和你很要好。"

"少爷出去，还没有回来，他根本不知道我已经走了呢!"小玉说这话，似乎还有一点遗憾，她的眼眶里依旧开着绚烂的泪花。

"玉姑娘，你的命真也苦极了……"李大嫂这眼里也充满眼泪。

小玉听了这话，心中愈觉悲酸，回首前尘，恍同一梦，深思未来，更是惆怅莫名，这就低垂粉颊，兀是淌泪不止。

李大嫂见她这样伤心了，心中也觉难受，拍着她的肩胛，只得柔声地劝慰道："玉姑娘，你也别伤心了，虽然你的哥哥做了强盗，但是只要你自己为人规矩，将来总也有饭吃的。现在你住在我这帮着洗洗衣服，以后待有好的地方，我再可以想法介绍你去。"说着又抽出手帕，替她轻轻地拭去泪水。

"李妈妈，你的好处，我也不足以言谢，总之我的心中是永远记着你是了。"小玉感激地望着她，她的声音颤抖得很厉害。

"玉姑娘，你别这么说，来，我们来煮饭吧。现在时间也差不多了。"李大嫂说着便站起身来。小玉收束了泪痕，也就跟着站起，帮着她一同淘米做饭了。

午饭时，小玉虽然握着竹筷，把饭粒一筷一筷地向嘴里划，但心中兀是暗暗地思忖，想自己住在这儿究竟也不是一件事，李大嫂虽然这样热心地待我，然而她总是一个以力气换饭吃的人，平日娘儿俩的生活也是非常清苦，自己耽搁在这儿，万一日子多了，虽然她嘴里说不出，但心中总免不了会讨厌我的。假使我是个识趣的人，那还是趁早去寻出路好。小玉想到这里，不免微微呻吟了一会儿。后来忽然想着，昨天哥哥不是对我说明后天他就要动身吗？不过他现在住在哪儿我又不知道，这我只得去问问刘三哥了，因为他和我哥哥是知交，或许他可以知道一点也说不定。小玉心中打定主意，便匆匆把饭吃毕，洗好碗筷，对李大嫂说道："李妈妈，我现在想去找刘三哥去。"

"刘三哥？是不是住在左军巷二十八号的那个刘三？你找他干吗？"李大嫂拿着脚桶，正预备去洗衣服。

"是的。我想问问他哥哥住在哪儿。"

"咦？你问他有什么用？你哥哥做了强盗，难道肯把地址告诉他的吗？"李大嫂究竟懂得世故，她望着小玉发怔的脸儿，也忍不住露齿笑了。

小玉心想这句话倒也不错，不过自己总得去走一趟，不管问得着问不着，也好让我死了这条心，这就笑着说道："那么我就去问问看吧，反正走一次也费不了多少工夫。"

李大嫂见她坚持要去，也就不便阻她，点头道："你要去就去一次也得，不过我知道总不会有什么结果的。"

小玉笑了笑，也不说什么，便转身跨门而去。

这时阿根正在墙边跳绳子，抬头见小玉出来，匆匆地向巷口走去，这就连连把绳子一放，大步地奔过去，把她衣角拉住问道："小玉姊姊，你到哪儿去？你不是说过今天不回去了吗？"

"我去看个朋友，就回来的。阿根弟，你好好玩着，回头我买糖给你吃。"小玉回过身来，抚着他的头发，好声地说。

"那么你早点回来，糖别忘记，我等着。"阿根听说有糖吃，这就乐意地笑了，又把手儿在她身上推了推。

小玉见他天真得可爱，便俯身在他手背上吻了一个香，点头笑道："我不会忘记的，你快点到屋里去吧，外面有拐子呢。"

阿根应了一声，又逗给她一个顽皮的笑脸，才回身一跳一跳地去了。

小玉笑了笑，也就移步走出巷去。

小玉踽踽地在街上走着，脸上静得像失却了知觉一样。忽然一阵叱喝的人声自后面飘过来，小玉就随意地回眸望了一眼，只见远远的一队士兵押着一个犯人过来，但也不在意中，依旧低头走自己的路。

一会儿，那队士兵已渐渐向小玉身边行进，而人声也更是鼎沸了，因此小玉又移脸逗了一瞥，谁知这一看竟把她惊得呆呆地怔住了。原来无顶轿内坐的不是别人，正是自己的哥哥大虎，上面插了斩条，写着"就地枪决盗匪罗大虎一名"。小玉起先还以为自己眼花，后来定睛一瞧，果然不错，这就像心肝拎出来一样，急得脸儿已成了灰白，上下牙齿也不住地打着战，嘴里逼出了一声"哥哥!"便急急地奔了过去。

原来昨晚大虎自王公馆的围墙上跳落下后，走了不多路，就被一群侦缉员认出捉住，今日上午解送法院，被判处死刑，下午当即就地枪决。这时小玉奔到大虎的轿边，惊叫道："哥哥! 哥哥! 你怎么了……"

大虎看了她一眼，心如刀割，但故意不理。

小玉见他不睬自己，这就急得流下泪来，哭着叫道："哥哥! 哥哥!"

大虎依旧不理，但心中却在哭着血之眼泪。

小玉见他还是这样，心中痛极，双手攀住轿边，哭道："哥哥! 你干吗不说话呀? 哥哥……"

大虎见妹妹这副样儿，眼泪也不觉夺眶而出，但一转念间，忽然装作不识的样子，移脸大声道："去！去！哪儿来的小娘儿？谁是你哥哥？你的哥哥会做强盗吗？哈哈哈！"说罢，便是阵悲酸的大笑。

小玉听了这话已经哭出声来，猛可伸手把他手臂拉住，一会儿才呜咽地道："哥哥，你怎么不认我了？我跟你一块儿去死……"

大虎昂然不睬，依旧是那张冷冷的脸。

这时旁边一个卫兵见她在着讨厌，便一把将她拖出。小玉伤心已极，一个站立不稳，竟被摔倒在地，待她挣扎而起，军队已经远去。小玉心中一急，忙站起再追，一面口中仍是带哭带叫。追了一程，终于支持不住，一阵天昏地暗，竟昏倒在路上了。

待路人急救醒转，小玉勉强爬起，仍旧向前狂追，嘴里哭着叫喊："哥哥……哥哥……"

追了不多路，忽听前面一阵排枪声响，接着观众齐声呼喊，小玉不觉惊得大声一叫，眼前一黑，口内竟然鲜血直喷，身子往后便倒，一跤跌在地上，就此人事不知了。

一会儿，忽然仲明自背后大步赶来，由人群中挤入，见小玉已经这副样儿，心中真是又惊又急又是痛。俯身叫了两声，却不见应，不觉流下泪来，忙伸手把她抱起，叫了一辆街车走了。

写到这里，作者就得把故事回到前面去。原来王公馆自小玉走后，约莫半小时光景，仲明便兴冲冲回来，一路上，嘴里还低低地哼着小曲，脚步非常轻松。走进天井，忽见佩秋倚在门角边低头垂泪，心想这妮子一定又在悲伤她的母亲了，但也无所谓，顾自只向她身边走过。

这是佩秋已经觉察有人走来，忙抬起粉颊，见是仲明，心中一酸，泪珠又不觉纷纷而下，待他走近，便伸手把他拉住。

仲明低头走着，防不到她会拉住自己，心中不觉奇怪起来，只得停住脚步，抬头望了她一眼，见她泪眼斑斑，仿佛雨后梨花，颇觉楚楚可怜，不免轻轻地叹了一口气，遂柔声地劝慰道："佩秋，你也别伤心，你妈死了，你总得想开点儿，你要保重你的身子，我看你如今是这样病弱。"

佩秋见他竟然误会了自己，虽然觉得好笑，但由此也愈显出他的多情来。想起小玉，竟会如此薄命，真是令人悲叹不已，明眸凝望着仲明，不觉抱怨道："少爷，你为什么不早来一步儿呢?"

"你叫我早来干吗?"仲明被她没头没脑地问了一句，倒是弄得莫名其妙。

"唉，你还不知道，小玉妹妹已经被老太太赶出去了。"佩秋说到这里，竟又淌下泪来。

这句话好像一个晴天霹雳，又好像一支尖锐的利箭正向他的心上穿过。他几乎不相信自己的耳朵，他猛可地把佩秋的肩胛扳住，怔住了半晌，才颤声地问道："佩秋！你这句话怎么说?你说得清楚点儿，小玉怎么会被赶出去的?"

"为了他哥哥做强盗的缘故。"佩秋见他这副样儿，心中也觉有点害怕。

"这……这是谁告诉她的?"

"不知道，你自己去问太太去，他们都在内厅里呢。"

仲明听了这话，也就不再多问，顾自返身就走。他觉得一颗心儿好像刀割一般地疼痛，一路上嘴里兀是喃喃地自语着："我的心呢?我的心呢?我的心到哪儿去了……"

走进内厅，果见母亲和表妹在坐着谈话。王老太抬头见他进来，便开口问道："仲明，你昨晚没有回来，位置弄好了没有?"

仲明淡淡地答道："弄好了。"说着便故意向四周一找，问道，"妈，小玉到哪儿去了?"

"你还提她干吗?唉，要不是尤二来告诉我，几乎就出了大乱子。"王老太叹了一口长气。

"这是怎么一回事?"仲明忍着气儿，假意地问道。

"你可知道小玉这个丫头是谁？她就是抢你舅舅的罗大虎的妹妹，你想，这多危险呀！"王老太说着，心中似乎尚有余恐。

仲明听了这话，不觉冷笑道："哥哥做强盗，关妹妹什么事？"

王老太听他会说出这话，这就白了他一眼，骂道："傻东西！强盗的妹妹会有好人吗？我看你被这只贱货迷也迷昏了……反正现在人已赶走，你也就死了这条心吧！"

这话听在旁边湘屏的耳里，真是得意万分，心想你也有今日的一天，以前把她当作活宝，现在活宝哪儿去了？两眼望着仲明发呆的脸儿，不觉微微一笑，一面即移脸假意埋怨王老太道："舅妈，你真也胆小，小玉是何等身份，将来她便是这儿的少奶奶，她难道会起这种意外的心思吗？"

仲明刚才听了母亲的话，已经气得一佛转世，现在再被湘屏冷讥热嘲一来，更是气得二佛升天，铁青了脸，瞪了她一眼，便恨恨地道："好！你们赶得好，你们赶得好，赶走了倒也干净！"说完了话，便头也不回地走了。

仲明茫然地在廊下走着，得意后的失望，快乐后的悲哀，像一根锋锐的利针在刺着他的心。他觉得胸口在隐隐地发痛，想起昔日的温馨和甜蜜，灵活的眼光……这一切的一切，在他的脑海中已留下了一个特别深刻的印象，但是在现在说，却已成了他的一条永远新鲜的创痕。

"少爷，你到哪儿去呀？"走完一条长廊，仲明正欲跨下三步石阶，忽听背后有人唤他，只得回转身来，见是佩秋，便答道："我想去找小玉去。"

佩秋听了这话，便移步走到他的身边，明眸关切地望着他，见他脸色苍白，眼珠无神，脸颊上还沾着丝丝泪痕，心想少爷真也痴情极了。但又恐他受不住刺激，出去闯祸，便忙柔声地劝阻道："少爷，小玉妹妹已走了不少时候，在这偌大的地方，你又到哪儿去找她呢？依我之见，你还是先去读了她留着的信，然后再做计较吧。"

仲明心想这句话倒也不错，况且小玉留信给我，当然是有地址写着的，那我又何必空自着忙呢？仲明这样想着，倒不觉欢喜起来，脸上掠过一道微光，便急急问道："信在哪儿？你快拿给我吧！"

"在你书房里，夹在桌上的一叠书中，你自己去找吧。"

仲明听毕，便向她点了点头，即打起精神朝晚春馆走去。推进房门，室中静悄万分，仲明又忍不住想起昔日自己进来，小玉总会笑盈盈地像小鸟儿般地上来迎接我，替我脱帽、挂衣、倒茶，又会向我娓娓地问长问短，有时两人讨论点文艺，有时大家合唱支歌儿……唉，这种快乐融洽的情景，今日又到哪儿去了呢？真是旧情爱成陈迹，只换得一个辛酸的回忆在心头。想起昨日的兴奋，谁又能料到次日的不幸？难道我俩今生真的是没有缘分吗？

仲明默默地想到这里，心中真觉无限酸楚。走到写字台边，果见桌旁高高地放着一叠书本，这都是小玉平日读的、看的那些教科书和参考书，现在睹物思人，更是悲痛莫名。仲明含着辛酸之泪，忙把信笺从书页中翻出，把身子倚在窗栏边，将它透开，只见纸上泪痕未干，尚能斑斑可见，只得忍着无限的心痛，举目从头瞧道：

仲明，我生命中唯一的安慰者：

我是一个苦命的女子，蒙你这样错爱，我以为我的一生是有了寄托了。然而现在这定命的时候，事实告诉我，这完全是一场渺茫的春梦呀！想起了过去的种种甜蜜，但如今都被一阵无情的罡风所吹散了，只剩下一点痛苦的回忆来磨折我这微细而渺小的生命。

仲明，我对不起你，你这样地栽培我、恩待我，可是你终于白费了一场心血。唉，这真是"多情自古浑如梦，好事由来不到头"了。仲明，我们别忘了今天这个断肠的日子吧！

我不怪老太太的狠心，我只怨自己的命苦福薄。仲明，我走了，你千万不要伤心。

你是一个幸福的青年，你将来总有一位美貌贤德的新夫人，来安慰你这颗受创痛的心灵的。

飘零呀，飘零！想我小玉竟也会有这样的一天。唉，视天茫茫，真不知何处才是我的归宿呢。回首前尘，恍如隔世，如今的我已成了迷途的羔羊、失巢的小鸟、风中的落叶、水上的浮萍了。苍天哪！你难道真的这样残酷，而不肯可怜我这身世凄凉的弱女子吗？

仲明，我亲爱的仲明，我永远忘不了你的恩典，但是我却希望你能永远地忘了我这个苦命的姑娘吧。

唉，人事如昙花，一切无非是彷徨！彷徨！不知在何年何日才能洗刷净在心灵上无限的创伤！

这里还有几句话，也算是我临别的赠言吧。

负起你的重担，挺直你的胸膛；认清知识是力量，理智是权威；向你人生的目标迈进，为你未来的生命努力。以前的种种，当它是个酸楚的梦境也好，当它是个甜蜜的幻影也好，总之这是不值得你珍贵的。你应该把你的活力，把你的精神，去创造那光明的前程，与绚烂的将来。这样你才是国家的耕耘者，民族的急先锋。

断肠遗字，薄命余生。

仲明瞧完了这封信，心中真不知是酸是苦，一满眶的晶莹的泪水已再也忍不住地扑簌簌地掉下来，移身仰望着灰暗的天空，不觉茫然地自语道："小玉，你家在哪儿……"仲明自语到这里，喉间已经哽住，他觉得一只有着尖利的爪的手在搔着他的心，搔着搔着，他的心在发痛，在出血，他不能忍耐了，他要倒下去。终于倒在身旁的那只单人沙发上，把手儿蒙住了脸，竟闷声地啜泣起来。

午饭后，仲明烦躁地在园中踱步，脑海中只是忖着怎样去找小玉的法儿。好一会儿，忽然被他想出当初荐小玉进来的那个李大嫂来，心想她是小玉的多年邻居，现在小玉无处栖身，恐怕仍会投到她的家里去的。至于李大嫂的地址，凑巧这儿看门的阿舫知道，那我何妨就去打听打听看，如果真在那儿，这就最好，万一不在，也可托她留心留心，一有着落，叫她速来通知，届时我便可设法，重新把小玉领回来……仲明这样一阵思忖，心中似乎也觉宽弛一点，便急急回到房里，换了一件上褂出来，向阿舫问明了地址，当即按址而往。走进刘村，刚巧在巷口遇见了李大嫂。因为仲明和她曾经见过几次面，所以大家都有一点认识。这时李大嫂见他进来，已经明白他的来意，便含笑向他打招呼了，问道："王家少爷，你是不是来找小玉的？"

仲明听了这话，心中暗暗欢喜，忙道："是的，小玉在你家里吗？"

"刚才在我家里，但是你还欠来得早一步，现在她又到她哥哥的朋友刘三家里去了。"

"刘三住在哪儿？你知道吗？"仲明似乎有点失望。

"刘三住在左军巷二十八号，你快点去，小玉恐怕还在路上呢。"李大嫂连连催他。

仲明听毕，也无心再问别的，便向她点一点头，急急回身就走，一路上连跑带走地赶着，同时又把眼光仔细地察看往来行人。赶了一程，忽见前面街道旁边围着一群人，好像在观看什么东西似的。仲明过去也好奇地逗了一瞥，仔细一瞧，却是小玉，心中不觉又惊又喜，忙由人群中挤入，但见她双目紧闭，脸似白纸，口边满是鲜红血迹。仲明这一吃惊，真是非同小可，一颗心儿好像有人在攀摘一般地疼痛，俯身唤了两声，也不见应，只得伸手将她抱起，拭去嘴角血迹，望着她这副人事不省的样儿，忍不住眼泪已像断线珍珠一般地滚下来。回身去追问几个围观的路人，但有的推说不知道；有的说只见她在路上狂奔，口中喊着哥哥，后来不知怎的竟吐血倒地了；有的又说在前面荒场上枪决一个犯人，恐怕就是她的哥哥吧。仲明听了这一番话，心中已经有点明白，遂挤出叫了一辆街车，抱了她一同坐着回去了。

车到王公馆，仲明付去车资，便抱着小玉大步进去，在二门边遇见周妈。周妈当然是万分惊讶地向他盘问，但仲明并不理她，顾自走到晚春馆卧房里，抱小玉放在自己床上，替她盖上薄被，一面去倒了一杯热茶，向她嘴里灌下。好一会儿，才见悠悠醒转，仲明心中暗暗欢喜，便柔声地问道："小玉，你现在好一点吗？"小玉微睁星眸，向他无限哀怨地望了一眼，但心中不知怎的，只觉一股辛酸，忍不住眼皮儿一红，竟又掉下泪来。

"小玉，你安静点，别伤心，我在这儿伴你。"仲明抚着她的额角，温和地劝慰着。

"仲明，想不到今生我还能和你再见一面……唉！"小玉说到这里，已经失声哭泣。

"小玉，你始终是我的爱妻，妈要赶你出去，但有我在，你总放心是了，待你身体好点儿，我们可以搬到外面去住，永远地离开了他们吧。"

小玉听了这话，心中非常安慰，不觉挂着泪水一笑，但一会儿忽又沮丧地说道："小玉是个薄命人，只怕没有这个福气吧。"

"哎，小玉，你别说这种伤心话呀，听了不使人难受吗？"仲明把眉儿一皱说，"好吧，你现在且静静地躺一会儿，我出去替你请医生去。"说罢，正欲立起身子，忽然房门口拥进一群人来。仲明忙移脸望去，只见为首的是母亲和表妹，后面跟着周妈、尤二、佩秋等几人。这时佩秋一眼看见小玉睡在床上，正想抢步过去，但却被湘屏一把拖住，又逗给她一个白眼，佩秋无奈，只得停住站在一旁。

"仲明！我不许你这样胡闹！这个贱货，我已经把她赶出了，你好大胆又把她弄回来！"王老太走进恨恨地向小玉看了一眼，便开始大声地叱喝起来。

仲明不安地站起，柔声答道："妈，请你别生气，她现在正病着，等她好一点儿，再叫她走好了。"

"哼！病得真快，这里又不是病院。"湘屏冷然地放起刺来。

"这是你的家吗？你管得着吗？"仲明恨极，不觉勃然作色道。

湘屏听了，心中一酸，便向王老太身上一扑，哭起来了。

"这是我的家，我叫她滚，谁敢说一个不字？"王老太怒得连连顿脚，她的那张丰满的圆脸也微微地挣得发红了。

小玉听了这话，心中难受得真像针在刺一样，想了一想，只得挣扎地坐起说道："老太太，你别跟少爷闹了……我……我走好了……"说着便支撑下床。仲明无奈，只得扶她站起，但小玉一个立脚不稳，竟又是两口鲜血，眼前一阵黑暗，身子便向床上倒去。仲明见了，不由大吃一惊，连湘屏身边的佩秋也吓得"哟"的一声叫了起来，忙不顾一切地奔过去，依旧扶她躺下，口中连喊小玉妹妹。仲明见她脸色灰白，神志昏迷，抚她的手儿，已经冰阴，一时几乎心碎肠断，两手捧着小玉的脸儿，眼泪已像泉水一般地涌出来。

这时王老太见了这幕情景，心中也不觉吃惊，但湘屏却是不介意地冷冷笑道："装倒装得像呢，好像在做电影。"

仲明听了这种没有人性的话，心中真是又痛又愤，低下头去，偎着小玉的粉颊，兀是潸泪不止。一会儿，忽听霍的一声，出自小玉口中，仲明猛吃一惊，以为小玉去了，忙伸手按其鼻息，似乎也已停止，推了推她的身子，不禁哭着叫道："小玉！小玉！你真的丢我走了吗？"身旁的佩秋被仲明一叫，也就抚尸大哭起来。

此时小玉尚有知识状，忽又微微地睁开眼来，望了仲明一眼，断续地低声道："仲……少爷……我……我对不起……你，我……俩今生总……无……缘呀……"说罢，便又合上眼皮，眼角终于涌上一颗晶莹的泪珠来，从此一缕芳魂便缥缈地不知所终了。仲明见她果然气绝，一时无限悲伤陡上心头，伏在小玉的身上，不觉放声大哭。

王老太见他这样伤心，似乎有点瞧不入眼，便道："一个贱丫头罢了，也值得你这样痛苦吗？仲明，快起来，小玉身上是有微菌的。"

仲明不响，兀是哀哀哭泣，一会儿，忽然猛可地站起身子，拭去泪痕，乌圆的眸子发出了暗绿的光芒，恨恨地注视着他们，咬了咬牙齿，竟不顾一切地大声骂道："你们这班杀人的凶犯！小玉是被你们害死了！你们看不起强盗，你们的心比强盗还要狠，你们的罪比强盗还要大，你们这班恶魔，你们这班吃人不吐骨的东西……现在小玉是完了，但我不愿再让她睡在这肮脏的地方，糟蹋她的清白的尸身，我要带她到一个干净的地方去，永远和你们这班魔鬼断绝关系！"仲明说着，便俯身将小玉的尸体抱起，向外大步就走。

全屋的人都被骂傻了，他们呆呆地望着仲明远去的背影，竟半晌说不出一句话来。

夜是静悄悄的，幽静中带着美丽的风韵。这是一片辽阔的平原，四周笼布着黑魆魆的树蓬。仲明站在一个土馒头的面前，低垂了头，默默地凭吊。天是蔚蓝的，月是玉洁的，清辉的光芒映在那块残碑的上面，只见很清楚的"大虎与小玉兄妹合葬处"的几个字样。仲明眼角旁已展现了晶莹莹的一颗，他的脑袋里充满了过去的柔情若水、蜜意如云，但剩下的只是辛酸的回忆。残春已悄悄地过去了，盛夏已降临了宇宙。仲明抬头望着那一轮光圆的明月，他低低地念："这是一个梦啊！"不过他的眼前又显露出小玉姑娘清秀的脸庞，醉人的笑窝。从夜风中仿佛犹度过来她强有力的呐喊："……把你的精神，去创造那光明的前程，与绚烂的将来。这样你才是个国家的耕耘者，民族的急先锋……"仲明想到了这几句话，他终于挂着泪水微微地笑了。

120

秋水红蕉

第一回

游泳池无意逢萍水
诊治室含羞约雪园

　　火球似的太阳悬挂在电光般的天空中，晒在平坦的柏油马路上，地面起了一堆堆漆黑的润湿，车轮经过的地方，印着浅浅一条轮痕来。时候是盛夏的季节，路上的行人，男的白哔叽的西服，印度绸长衫，女的露臂裸足，袒胸赤背，网眼镂花纱旗袍，挖空鹿皮革履，手中还撑着小小的纱伞。但这些还不济于事，即使她们全身精赤，一丝不挂地裸着，还是不能使她们得到凉快。因为只瞧她们脸上粉和胭脂的混合，就可想她们还是遍体香汗盈盈哩。

　　大概天气是闷热得太厉害的缘故，太阳也有时候会失去它的淫威，浓黑的乌云从四面天空中聚合拢来，遮蔽了整个的世界。在无限沉闷的空气中，透过来一阵飕飕的凉风，接着便是黄豆般大的雨点，滚滚地从天空中倒泻下来，发狂似的暴雨洒洒不停地落着。顷刻之间，每条马路上都变成了小河，汽车好像是小艇，驶过之处，飞溅起雪样似的水花。江水是向上涌，雨点是向下落，它好像愤怒着大地上的一切是太不平，尽力地要淹没了这个黑暗、野蛮、狡猾、毫无人道的世界。

　　经过了这场狂雨的洗击，时候已到了黄昏。雨过天晴，浮云随着晚风的吹送，已散开得无影无踪了，大地上恢复了原有的沉寂，气候果然是凉爽了许多。虽然太阳又从天空中探出头来，但它已没有了强热的势力。日薄西山，只剩下奄奄一息，凉风吹动着被雨洗清的树叶枝儿，不停地像妙龄女郎纤腰那样地摇摆。从远处反映过来落日的余光，照临在绿油油叶儿上留着的雨水，亮晶晶一闪一闪地倒显出了无限美好的色彩。

一阵阵水花飞溅声中，这就见许多青年男女，身穿浴衣，做个青蛙入水的姿势，一个个蹿入水池里去。这是大陆游泳池里，雨后新晴，对着无限美好的夕阳，闷人的季节，游泳池中是唯一良好避暑的胜地，也是新时代男女活动的好所在。

陆春冰是一个二十一岁的青年，他生着一副温文尔雅的姿态，脸儿生得很漂亮，唇红齿白，英秀之气，溢于眉宇，真是宋玉复生，潘安再世。不过讲到他的身世的凄凉，谁也不能不替他表示同情。原来他在幼年就丧了父母，只得依赖着叔父而长大。叔父是松江地方上的绅士，为人很是慷慨。从前他曾经在北方政界中做事，后来因病辞职，重返故乡，在松江创办了一所贫儿教养院和残废养老院，把所有的金钱完全用之于慈善事业，矜孤恤寡，济困扶危。因此地方上的人，都对他表示崇敬。春冰既靠叔父抚养成人，受其熏陶，自然近朱者赤，近墨者黑，也变成了一个具有热肠侠骨而急公好义的人物。十八岁那年，他在松江中学里毕了业。想着自己早失怙恃，全仗叔父抚育长大，才能使自己有高中毕业的一天，人非草木，云胡不感，当下春冰为了要减轻叔父的负担，报答养育的恩惠，于是他开始要在社会上谋出路。可是这时候，他叔父正因身体孱弱，需人助理院务，所以就叫春冰担任了贫儿教养院的总务主任。春冰鉴于叔父殷勤委托，自然乐于接受，自任事之后，苦心擘划，克尽厥职。在他叔父的心中，也觉得后继有人，大愿可偿，因此十分喜悦。

孰料好景不长，彩云易散，不多几时，松江竟遭了时局的不宁。这时春冰的叔父适值卧病在床，症状非轻，生命危殆，又受到这种很大的惊惶，在风声鹤唳之中，咯了几口血，浓痰塞喉，毕竟一瞑不视了。春冰此时委实悲痛欲绝。然而处于鼙鼓声催的当儿，也只好替叔叔草草成殓，不暇举丧铺张了。

到了下一天，松江的市面便很混乱，春冰急忙绕道而避至上海，就租了一间亭子间，以为栖身之所，同时努力谋事，以免坐吃山空。他经过了三个月悠长的时间，方才找到了报馆中一个助编的职位。虽然每月只有二十元的薪水，但他明知现在社会上人浮于事，粥少僧多，能够得到位置，已是侥天之幸。这样想来，他也很心满意足了。

　　春冰每日五点钟从办公室出来，因为自己的住所很小，实在闷热得透不过气，办公室出来的时候，已是神疲力倦，若就是这样回家去闷着，恐怕立刻就有发痧的可能，为此春冰特地去购了一张游泳的长券。因为春冰对于游泳是感到相当的兴趣，借此可以解除一整日来的积郁和工作的疲劳，而且这也未始不是锻炼身子的一个方法。

　　每天照例地生活，这天雨后黄昏，在大陆游泳池里，当然春冰也是在内的。春冰穿着一件茶绿的游泳衣，在池水里游来游去，一会儿东，一会儿西，辗转反侧，进退伸缩，一会儿深入水底，一会儿浮漂水面，好像鱼儿般的一条，活泼泼地非常如意。春冰游泳的技术，也可称为是上乘了。游了一刻钟模样，春冰从池水里爬到岸上休息，瞧着看台上的众人，都坐在大理石桌旁喝汽水吃冰淇淋，男男女女、老老少少都有，各人的脸上无不笑意生春。池旁光滑清洁的地上，也有坐的，也有卧的，两两三三的青年男女倚偎在一起，喁喁地细谈，莺莺地娇笑。望着淡蓝天空中浮映的五彩云儿，迎着微微吹送过来的晚风，只觉得精神焕发，心怡神旷，凉爽无比。此情此景，"只羡鸳鸯不羡仙"，正是他们的写照了。春冰瞧着对面池旁的石阶上，有三五个女子在玩，那边是浅水的地方，想来她们是刚在学习的，见她们浸了半身的水，一步一步走下去，那水就愈深起来，直淹到奶房的地方，早又吓得逃上来，几个人咯咯地笑作一堆。春冰瞧着有趣，忍不住也好笑起来。休息了一会儿，春冰正欲站起，走到跳板上去跳水，忽然听得一阵尖锐的女孩子声音叫道：

125

"啊呀！我的姐姐掉下去了，救命！救命！"

　　这急促的呼声播送到春冰的耳中，慌忙回过头去，只见对面池旁石级上站着一个十三四岁的女孩，正在用手指着水池里，急得双脚乱跳，几乎已哭出声来。春冰知道她姐姐定已沉下水底去，瞧妹妹这个光景，想来她姐姐是不会游泳的，恐怕还是初次来玩，若是真的一些儿不识水性，那就难免要遭灭顶之灾。见死不救，这对于自己良心上说不过去，春冰被良心的驱使，这就立刻站起，奋不顾身地蹿入水底。这个游泳池最深处有二丈，最浅处也有四五尺，春冰钻在水里，只觉一片光明，瞧得清清楚楚，只见一个身穿紫红游泳衣的女子，不由自主地已沉到最深水底去。春冰紧游两下，早已到那女子的身旁，连忙伸臂将她纤腰夹住，奋力游了上来，钻出水面，将她水淋淋地抱上了岸。这时众游泳的人都围拢来瞧。春冰把她仰睡地上，只见她脸白如纸，两眼紧闭，她妹子急得抱着姐姐身子哭了。围着的众人都你一句他一句地出主意，但都是嘴里说说，却不并曾动手去办。春冰知道她已喝了许多水，因忙又把她抱起，覆转身子，轻轻敲着她的背部，意欲揉擦她的腹部，又觉得许多不便，而她嘴里又一口水都没吐出。春冰一时情急，就把取衣的牌子交给她妹子道：

　　"我立刻把你姐姐送到医院里去，请你给我衣服去取了，你也追赶上来吧。"

　　那女孩接过牌子，小手揉擦着眼泪，眸珠转了转，点头谢道：

　　"谢谢这位先生，但你把我姐姐送到什么医院里去呢？"

　　春冰抱起那女子，开步欲走，听她这样一问，心中暗想，我这人真也糊涂，女孩儿果然心细，因回头答道：

　　"离这儿近些，就是人和医院吧。"

　　春冰不待她回答，早已奔出大陆游泳池。门外齐巧有辆出差汽车开来，里面跳出客人，付钱走了，春冰不管三七二十一地跳上车厢，吩咐立刻开到人和医院去。车夫遇到这两个突如其来的主顾，心中倒是一怔，因说道：

"这位先生请原谅，照我们汽车行规矩，外面私自不能送客，最好让我回去销了差，你再打电话来喊好了。"

春冰听他说出这话，真是呆笨得可怜，心中又好笑又好气，因把脚一蹬，怒喝道：

"是你这个无关紧要的规矩要紧，还是救人家性命要紧？你别多饶舌了，快些开去吧，回头多赏你钱是了。"

车夫一听，这才知道那女子是掉在水里昏过去了，也就不再多说，拨动机件，开足马力，驶到人和医院。春冰不及付钱，立刻跳下车厢，抱到诊治室，看护给她送到病房，医生施用手术，给她腹中的水都吐了出来。这时她妹子也匆匆赶了来，手里捧着春冰的西服和她姐姐的旗袍，见了春冰，就急问道：

"先生，我的姐姐可有醒了吗？"

"水都吐出来了，想她乏力得很，现在正养着神……"

春冰一面回答，一面接过西服，就带到外面一间去穿了。那妹子走到床边，见姐姐浑身兀是水淋淋的，因悄悄叫道：

"姐姐，你现在觉得怎样了，我真被你吓死了。"

那女子微睁星眸，向她妹妹望了一眼，忽然"咦咦"叫起来道：

"妹妹，这是什么地方呀？我记得在大陆游泳池里掉下水去，便糊糊涂涂地智识全失了。这到底是谁给我救起来的呀？"

女孩见姐姐已完全清醒，心中大喜，小手抚着她粉嫩的颊儿，破涕笑道：

"姐姐，这话长哩，我慢慢地告诉你，现在我问你，你到底还有什么不舒服呀？"

"没有什么了，只不过觉得身子很乏力。妹妹，我的衣服呢？这样湿透了怪不舒服的，快给我换上了吧。"

那女子微抬起身子，纤手捻着湿淋淋的游泳衣，那女孩咪地笑起来道：

"我的意思也是先要把姐姐衣服换了，这样子被人瞧见不是怪不好意思的吗？"

女孩说完了这话，翻身去掩上了房门，又把她姐姐粉红小纺的衬衣小裤拿到床边，先把两条干手巾递给了她。女子微红了脸儿，向她妹子挥了一下手，意思叫她别过头去。女孩见了，便奔到窗旁，向外望着笑道：

"姐姐，你在妹子面前倒害羞了，刚才若没有那位先生奋身下水去给你抱起，姐姐恐怕是要没得救了呢。"

那女子把游泳衣裤脱去，一面用手巾擦干了身子的水渍，一面穿上小纺衬衣短裤，听了妹子的话，心头别地一跳，红晕了双颊，向她叫道：

"妹妹，你快过来，你说的什么话呀，我到底是被怎样一个人救起的呢？"

那女孩听姐姐叫她，想是已换好了衣服，因回身奔了过来。把游泳衣拧干，和自己的放在一块儿，又把那件鹅黄的纱旗袍取来，给她穿上，笑盈盈道：

"姐姐，我告诉你，当你掉下水去的时候，我心中这一焦急，就大喊救命了。当时就有一个少年蹿入水底，没有五分钟时间，他就把姐姐水淋淋地从池中抱上岸来。那时姐姐已不省人事，众游泳的客人都你一句他一句只会说说空话，那少年见姐姐昏厥不醒，脸又灰白，心中非常焦急，我是只会哭了，他忽然把衣服牌子交给我，他自己就把姐姐抱到这儿医院来了，叫我取了衣服，也随后赶来。姐姐，那少年真是个勇敢具有侠肠的好人。姐姐若没有那少年舍身相救，姐姐恐怕是要淹死哩。"

那女子听了妹子的话，这才知道自己是被一个少年救起的，怎么自己竟会一些儿没晓得呢，一时那颊上更添了两朵桃花。穿上了旗袍，女孩给姐姐帮着扣纽襻，女子拉着女孩手，忙问道：

"那么这个少年现在到哪儿去了？"

女孩正欲回答，忽听门响一声，房门开处，走进一个少年来，正是春冰。春冰已穿上一套白哔叽的西服，女子打量他一会儿，只觉春冰英挺中带着温文。一副白净的脸蛋儿，覆着一头乌亮菲律宾式的头发，含有作家的风度。两条浓眉下，盖着一双炯炯有神的眸珠，挺直的鼻梁，微薄的嘴唇，露着一排雪白的牙齿。他脸含着笑意，这就见他颊中还显出一个酒窝儿，倒实在具有中西合璧之美。女孩一见，便慌忙叫道：

"姐姐，这位先生就是把你救起的……"

那女子听了，便忙笑盈盈地走向前去，对春冰深深地行了一个六十度的鞠躬礼，抬起头来，齐巧和春冰打个照面。她脉脉含情地向他一瞟，柔声谢道：

"先生贵姓？多蒙您热心相救，真令我感恩不尽，不知叫我如何报答才好。"

春冰听了，连忙让过一旁，摇手笑道：

"别客气，别客气，我叫陆春冰，这位女士尊姓？"

"我叫闵秋水，这是我妹子，叫秋萍。"

秋水说着，又指了她的妹子，秋萍听了，也笑嘻嘻向春冰鞠了一躬，叫道：

"陆先生，你把我的姐姐救起了，我真感激你，假使给我爸爸和妈妈知道了，他们不知道还要怎样感谢你呢。"

春冰见她絮絮地说着，两眼滴溜圆地凝望了自己，苹果般的小脸红晕得可爱，显出活泼稚憨的神情，心里倒也很是喜欢，不觉拉过她手笑道：

"闵小姐，这些小事，你不用放在心上。人类应有互助的义务，假使见死不救，那还好算一个人吗？水小姐现在可完全好了吗？"

秋水见他说到末一句，又回头来问自己，心里实在非常感激，点头含笑道：

"多谢你，我已完全没有什么了。妹妹，钱袋呢？我们还不曾付医药费吧?"

"诊金我已代给你付了,你不用客气吧。"

秋水听春冰这样说,心中愈加感激。天下竟有这样侠肠的人,我和他非亲非戚,他既救了自己性命,又给自己付去诊金,这我怎好意思消受呢? 因红晕了脸儿,明眸里含有无限的柔情,向他说道:

"我受陆先生救命大恩,已是没齿不忘,怎好意思再叫陆先生代付诊金? 那不是叫我心里反感到不安吗?"

秋萍听姐姐这样说,眸珠一转,嚷着道:

"姐姐,还有到医院来的车钱,怕也是陆先生付的吧?"

春冰听她提起车钱,忍不住哈哈好笑起来,说道:

"萍小姐,你不要说车钱了,这真叫人笑痛肚皮。我把你姐姐急急抱出门外,齐巧有辆出差汽车开来停下,车中人跳下付钱去了,我因情急,不管一切就跳上车厢,叫他快开,偏车夫说要照行中规矩,先回去销了差,你想我心中急不急? 就问他救人要紧,还是销差要紧。车夫听了,总算不敢再违拗,立刻开来。那时我身上还穿着游泳衣,钱袋没有在身边,自然没有付他。而且也是先把你姐姐抱进去救治要紧。后来你赶到,待我穿好衣服下去付车钱,谁知那汽车早已开走了。想来他等不耐烦,要紧去销差,连我车钱都情愿不要了。你想这事可有趣吗?"

秋萍听完这话,忍不住咯咯地笑弯了腰。秋水听他话中把自己身子抱来抱去,一颗芳心好生羞涩,抿着嘴儿,也哧哧地笑。春冰见她不胜娇羞的神情,云发蓬松,翠眉含颦,宛如捧心西施,颇觉楚楚可怜。因叫院中仆妇端盆脸水,给秋水重新梳洗。秋水见他如此多情,能够体贴女孩儿家的心理,因此芳心中也就更深深地嵌上了春冰的影子。秋水梳洗完毕,回过身子在皮匣内取出一张十元钞票,递到春冰面前,憨憨笑道:

"陆先生,这些够了吗? 你千万别和我客气。"

"那么也太多了,这儿是院中开出的账单,特等病房五元,诊金四元，还余一元呢。"

春冰把那账单拿给秋水瞧，秋水摇头不肯来接，意思是我很相信你的。秋萍早笑着道：

"陆先生也真有趣，打量我姐姐不相信你话吗？好了，这一元钱我们作车钱，大家出院去吧，时候也不早哩。"

春冰见她年纪虽小，说话倒是很有分寸，因笑着点头。三人出了人和医院，马路上已是万家灯火，秋水望着春冰，很温和地道：

"陆先生，我想请你到这儿雪园食品公司去吃些点心，不知你肯赏光吗？"

春冰见她情意真挚，不好意思推却，遂点头答应。于是三人慢步踱去，到了雪园，侍者接入，大家在座位上坐下。侍者倒上三杯冰蒸馏水，问吃什么，秋萍笑道：

"我们吃些点心好了，陆先生以为怎样？"

"随便，萍小姐，你点几样是了。"

春冰笑着回答，把眼睛却望到秋水的脸上来。刚才秋水因为云发浸湿，好像落汤鸡模样，颊儿虽艳，却还不能十分显露出来。现在在天蓝的霓虹灯光下映着那粉颊，且又理过妆，春冰顿觉眼前一亮，好像吐着一树灿烂的桃花，这就不免把她细细打量起来。配着一双乌圆的眸珠，显出聪明的样子，两颊红润润的，好像出水芙蓉，樱桃般的小口，笑时微微地掀起，露出一粒粒整齐玉洁的银齿。对面坐着这样妩媚娇憨的美人儿，真令人有些儿想入非非。秋水被春冰这样一阵子呆瞧，顿时羞人答答，颇有些难为情，不觉嫣然笑道：

"陆先生，请问你是哪儿办事的还是在求学呀？"

"我是在办事了，在报馆里做个助编。现在这个年头儿找职业不容易，马马虎虎混口饭吃罢了。"

秋水听春冰这样说，握着玻璃杯子喝了一口，微笑道：

"陆先生，你说这话，不是太客气了吗？你府上在哪儿？老太爷和老太太都好吗？不知你有几位昆仲？"

春冰听她问起自己父母，不觉长叹一声道：

"说来也可怜，我从小就丧了父母，依赖叔父长大，故乡是在松江。叔父是一个恺悌慈祥的人物，把家产完全用在救济孤寡贫困的事业上，他曾创办贫儿院和残废院，我也曾做过他院中的助理。这次乡间遭到乱事，他在病中因受惊过烈，遽尔逝世。我避难来沪，只有茕独一身，羁旅异地，举目无亲，实在是很可感慨的。"

秋水听了春冰的话，放下玻杯，低声儿说道：

"陆先生有这样凄凉的身世，真是令人不忍卒听。不过陆先生如能恕我冒昧，我倒要请问你的青春已有多少了？"

秋水问至此，不知心里有了怎样一个感觉，倒又害起羞来，但觉得这样更不好，就立刻又摆出平日交际场中洒脱的态度，望着他脉脉地微笑。春冰瞧她这样有趣的神情，忍不住也好笑，因答道：

"说来惭愧，已虚度了二十一岁了，水小姐还在学校里读书吧？"

秋水红晕了两颊，眼波向他瞟了一眼，说道：

"你要说惭愧，那我就更觉难为情哩。只不过小了你两年，高中要明年才可以毕业呢。这都是小时候不肯用功读书，所以才读得低。我劝妹妹要用功，现在妹妹十三岁，总算已读到初中了。她像我这样年纪，就可以进大学哩，这就比我强得多。"

春冰见她无形中把她和妹子的年龄都告诉了自己，不知这位姑娘还是个胸无城府的人呢，还是有意和我表示亲热……想到这里，却听秋萍叫道：

"姐姐，你不用给自己妹妹戴高帽子，谁强得过你？中学大学没稀罕，能够每学期中魁首，以第一人成绩全拿回来，这才有面子哩！"

春冰听了秋萍的话，知道秋水定是个用功的好学生，这就笑道：

"我瞧你们姐妹俩都是好学不倦的才女，统比我强得多……"

春冰说了这两句话，倒引得她们咻咻笑得直不起腰来。这时侍者把秋萍点的点心送上，于是三人便各拿筷子夹着吃，秋水凝视着

132

春冰道：

"陆先生在上海只有一个人，生活未免是太单调太寂寞。你假使愿意到我家来谈谈的话，我是非常地欢迎，我家是在霞飞路，亚尔培路口，三百十二号。"

"有空我一定可以来拜望你。水小姐爸妈一定是健全着，不知还有兄弟吗？"

"是的，我爸妈都在。只是我没有哥哥弟弟，妈妈单养我姐妹两个，所以家里是很冷清的。今天我们原也偶然高兴，不料就闯出祸来。要不是你把我救起，恐怕世界上就再也没有我这个人了，这真不知叫我如何报答你才好。"

春冰听她说出这个话来，可见她芳心中已存有意自己的成分。不过听她口气，瞧她风度，定是有钱人家小姐，只怕自己不能高攀，丢了丑也不犯着。因正色道：

"水小姐，你千万别挂在心上，假使我要望报的话，我也绝不来救你了。"

秋水听了这话，心中愈加敬爱，那一缕情丝便紧绕住了他，只因妹子在旁，不能十分热情地对待他。因又问春冰住在何处，预备改日前来拜访。春冰道：

"水小姐，这个请原谅，我的宿舍不但小，而且脏得很，怕不能见客。况我又不常在家，你倘有事找我，可以打三三五六七电话到我办公室叫我好了。"

秋水见他不肯说，也就罢了。三人吃毕点心，秋水早已会了账。春冰便不和她客气。大家出了雪园，秋水伸过手来和春冰紧紧握住，却是有些儿依依不舍。春冰只觉她手其软若绵，一时也忘其所以，但猛可理会，这样殊觉不雅，因脱了她手，两人说声再见，便匆匆地各自别去。因了两人这一握手，不觉又引出下面曲折离奇可歌可泣的事实来。

第二回

试芳心小园垂青眼
打电话大陆种情根

黑漆漆的天空，布满着闪烁烁的小星，半轮像眉毛儿似的明月，却被几朵灰白的浮云遮掩着。虽然夜风是不停吹送，那浮云也徐徐地驶动，但一朵过了又来一朵，那明月也就好像娇媚处女一样地含着羞涩，在紫色天空的缝中一现了后，即刻又躲入了浮云里。

马路旁人行道上种着几株杨树，满丫枝上覆盖着浓绿的树叶儿，因了夜风的吹送，那树叶儿是摇动不停，互相摩擦的结果，发出了瑟瑟细碎的声音。这音调是含有音乐的成分，在夜的空气中，是更觉悠扬动听。

"姐姐，人已去远了，你还多瞧着什么？"

秋水和春冰分了手，和妹子呆呆地站在人行道上，兀是出神，秋萍有些不耐烦，拉着她姐姐的手发问。秋水回过头来，向秋萍望一眼，却见妹子对着自己憨憨地笑，秋水觉得这笑中多少含有些神秘的意思，因拉起她手道：

"回去吧，妈妈也许心焦哩，刚才我们不是说回家去吃饭吗？"

"对啦，所以我喊姐姐不用老出神。"

秋水见她一味地还是尽淘气，不觉啐她一口，笑骂道：

"你这小妮子，再胡说，我可撕了你的嘴。"

秋萍早已咯咯地顽皮笑起来，姐妹两人一路说着笑着，一路已走到汽车行，坐了一辆汽车，开回到家里去。

两人到了家里，携手匆匆地跑进上房里来。只见妈妈靠在太师椅上，小鬟红桃正在给她捶腿。爸爸坐在沙发上，嘴里叼着雪茄，却和表哥胡寄青谈着话。秋萍早嚷着道：

"爸，妈，姐姐真好危险啊！"

这一句话，把室中三个人都惊得急起来，闵太太更着慌着问道：

"萍儿，怎么啦？你姐姐被人欺侮了吗？"

"欺侮是没人欺侮的，姐姐险些儿掉在水里不能上岸了呢。"

"啊哟，你这两个孩子真淘气。我知道你们不会游泳的，偏早晨悄悄地去买了两件游泳衣，下午就要去游泳。我因你们高兴，所以也不十分阻拦，谁知果然出了事情。那么后来又怎样起来的呢？"

秋水见妈妈这份儿气吁吁着急的模样，便仍按她坐下来，反味味地笑道：

"妈，你不见我仍是好好儿地回来了吗，你急什么？"

"你这孩子倒说得轻松话，你妈听萍儿说你掉下水去，叫她怎不要吃吓吗？后来想必被哪个救起的了？"

秋水听爸这样说，便红晕了双颊，低头不语。秋萍拍手笑道：

"爸爸猜得真一些儿不错，后来幸亏一位姓陆的，名儿叫什么呀——哦，叫作春冰的少年，姐姐，可是不是？"

秋萍说到这里，支吾了一会儿，小手架在额上，凝眸沉思，忽又回过头来向她姐姐问。秋水不知妹妹还是真的忘了，抑是故意淘气，不过瞧着她一副涎皮嬉脸的神气，总是顽皮的成分多，遂睖她一眼，微笑道：

"我也忘了，大概就是春冰吧。"

秋萍抿嘴一笑，遂又把怎样救起、怎样送医院的话告诉一遍，又笑道：

"爸，妈，这个姓陆的少年真勇敢，听说是报馆里办事的。"

"这个倒真是难为了他，你们没有怎样地谢谢他呀？"

秋萍听妈妈也含着笑容说，因指着姐姐，抿嘴笑道：

"这个我可不知道，你问姐姐自己得了……"

秋水听妹妹这样说，粉颊更加红晕起来，便瞪她一眼，娇嗔道：

"妹妹，你说这话，你不是也在一旁吗？妈，我在医院里人儿清醒了，还是妹妹告诉我，我才知道，那自然向人家道谢。他也说得很好，人类应有的互助义务，见死不救，那还好算一个人吗？后来我和妹妹请他在雪园里吃些点心，也算是谢过他了。"

"这个少年不但是很勇敢，而且也很有作为，可敬得很。"

秋水见爸点着头称赞，心里真有说不出的喜欢，玫瑰花儿般的颊上笑容也就没有平复过。闵太太拉着秋水道：

"你现在觉得有没有什么？还是早些儿去休息吧。"

秋水频频点了点头，向寄青说声"表哥多坐会儿"，便一扭身匆匆地回自己卧房里去了。

秋水的爸爸是个金融界的领袖，名叫伯祥。伯祥现任华东银行总经理，各界交际颇广，所以在上海也很有名望。他的妻子胡月华，两人结缡以来，已有三十二年，起初产了两个男孩，都不幸夭折，后来又产下秋水、秋萍两人，却是抚养得很好，所以把姐妹两人疼爱得像掌上明珠一般看待，有什么宴会地方也常带着秋水一同去交际。习惯成自然，秋水久而久之，当然也成为都市里的一朵交际花了。

胡月华的哥哥名叫胡天明，天明娶妻方氏，只养一个儿子，就是这个胡寄青。寄青中学毕业，天明和方氏不幸都患时疫身亡，临死嘱托妹子月华照顾。月华因自己膝下没有儿子，见寄青生得一表人才，就待他自己儿子一般，现在华东银行任出纳科副主任职。这些都是倚着伯祥的势力，寄青当然是非常感激。再因为姑妈家里有个这样如花如玉的表妹，所以在公余时间，常到闵公馆来游玩，和秋水平日间的感情倒也不坏。

自从这次事变以后，伯祥又担任了难民协会里的名誉会长，对于慈善公益事业很觉热心。伯祥在社会上显然是很露头角，他女儿秋水也就跟着爸爸红起来。原因是每一次为难民生活费而发起的游艺大会，秋水常常去客串几出戏，她担任的当然是旦角，什么《投军别窑》《汾河湾》《四郎探母》……都是她的拿手好戏，嗓子的圆润没有一个不听得甜甜有味，因此有人替她起了一个别号，叫她甜姐儿。更因为她的扮相又好，所以醉心她的人实在不少，差不多要成为一班青年人心目中的情人了。

寄青见秋水向自己招呼了一声，便匆匆地出去，心里兀是呆呆地想：表妹掉下水去，他给表妹救起，这是个救命大恩，岂是请人家吃一些点心可以算为道谢了结的事？瞧着刚才萍妹似打趣又似不打趣的情形，可见水妹一定是很感激那位姓陆的少年，也许尚有什么特别的表示，不然水妹为什么又这样不胜娇羞的意态呢？但仔细一想，一个女孩儿家，被陌生的男子从水里抱起，虽然水妹是个会交际的人，被妹子这样开玩笑般地诉说着，哪有个不怕羞的吗？想到这里，又觉得这也许是自己多心了。不过那少年不知究竟是怎样的一个人，假使是个相貌丑陋的，那表妹当然不会爱上他。所虑的就是怕这个少年生得英俊漂亮，那么将来日子一久，难免因恩生爱，自己这就要变成个失恋的人了。寄青这样思忖着，心里实在是非常忧愁。秋萍见他一句话也没有，只管出神，便骤然奔到他面前，笑问道：

"表哥多早晚来的？老是呆着，敢是想什么心事？"

寄青想不到给一个十四岁的孩子一句话就说到自己的心眼里，不由红了脸儿，拉过她的手儿，笑道：

"我有什么心事可想？你别胡说。你和姐姐喜欢游泳，下次我伴你们去好了。"

秋萍听他说起游泳，倒又想着了那个陆春冰，便笑着说道：

"表哥，你没瞧见那个姓陆的，游泳技术真是挺好的。"

寄青听她又提起这个姓陆的，自己倒真要向她探听探听，但碍着姑爹姑妈，似乎有些不好意思。眼珠一转，这就有了主意，拉着秋萍的手向外面走着说道：

"萍妹，我们瞧瞧你姐姐去，不知她现在是怎么了。"

两人出了上房，走完了长廊，前面是个院子。院子里种着两株高大的银杏树，月亮筛着树叶的影子，在泥地上映得清清楚楚的，是不停地摇动着，老远地望去，倒也颇觉含有些画意。寄青趁着四下无人，便悄悄问道：

"你知道姓陆的是多大年纪了？脸蛋生得漂亮不漂亮？"

秋萍望着他憨憨地笑了笑，反问他道：

"你问他干吗？敢是愿意和他做个朋友？他年纪说倒说起过，可是我没理会。你统问我姐姐去得了……哦，险些儿忘了，我还得去作篇日记哩，我不去了，你一个人去吧。"

寄青见秋萍一脱手就匆匆地又跑回上房去，心里想：萍妹到底年幼，她懂得什么？我何不向水妹亲自探探口气，那就知道了。寄青这样想着，穿过了院子，秋水住的是三面临园子、一面连正屋的三间房子，外面是画室，中间是丫鬟小芸住的，里面一间才是秋水的卧房。因为里面一间是靠着园子，开了窗子，满天都是密密的竹叶，微风吹来，瑟瑟作响，阴森森的，十分清静，尤其夏天里，更为适宜，好像装有冷气一样。寄青跨进书房，就见小芸拿着一束已凋残的鲜花出来，因问道：

"小姐可睡了没有？"

"在看书，表少爷请里面坐。"

寄青和秋水原是自小一块儿厮混惯的，现在虽然长大了，但因为彼此感情很好，所以寄青也不曾避着嫌疑，秋水卧房，也常自进出。今听小芸的话，便轻轻步进卧房。只见秋水躺在床上，一手托着香腮，一手捧着一本书，但她虽然是拿着书，眼睛却并没有瞧在书本上，只对了房门出神，所以寄青一脚跨进，就和她打个照面。她便"哟"了一声，先从床上坐起，两脚放下地去穿睡鞋。寄青笑着问道：

"表妹刚才不知道喝了多少水？现在觉得怎么样？"

"幸亏救起得快，所以现在倒不觉什么，多谢你关心，请坐吧。"

秋水红晕着脸儿，把书本放在桌上，两手牵了牵衣襟，表示那种局促不安的样子。寄青在靠窗边坐下了，望着秋水只是微笑，心里很想问问关于姓陆的事情，但一时问不出口。因为表妹是个细心的人，如果自己问得唐突，她不免要笑自己瞎吃醋，这显然有些儿为难。秋水见他静静地一声儿都不言语，老望着自己笑，这就有些儿难为情，一时想着了一件事，便站起来笑道：

"哟，我这人真糊涂，表哥来了好一会儿，我还没倒茶哩。"

秋水这一句话，总算惊过寄青原有的理智来，因连连摇了摇手道：

"别忙别忙，我在姑妈房里刚喝过。"

寄青这样说着，秋水倒也不同他客气，真的停止了。这时从园子外就有一阵凉风吹送进来，颇觉爽朗，寄青遂起来道：

"园子里很凉爽，表妹可有兴趣去蹓一会儿？"

秋水没有拒绝，含笑点着头，两人就出了卧室，一同走到园子里。那边虽是靠近马路，因为霞飞路一带本是住宅区，所以一些儿没有车马往来嘈杂的声音。两人悄悄地从葡萄棚下穿过去，到了那边池塘旁。只见碧油油的荷叶已布满了整个的池面，一片绿云上也伸出三五支鲜红的含苞花朵，在清辉的月光之下，更觉得含有无限美好的色彩。秋水脚下拖的还是睡鞋，走路有些不便，她在池边石栏上坐了下来，纤手在另一端石上拍了拍，笑道：

"就在这坐一会儿吧，表哥这几天行里忙不忙？"

寄青见她这样亲热的举动，也就笑着在旁边坐下，两人相对望了一会儿，心里都在想各人的心事。寄青想：表妹依旧这样对待我，叫自己倒是愈加不好意思问姓陆的话了。秋水心里也在想：自己这次要不是那个陆先生救起，恐怕真的就没有了性命。表哥虽然待我好，但叫我又怎能忘得了陆先生的大恩呢？两人尽管这样一阵子呆瞧，猛可听得扑通一声，惊得两人连忙回头望去，只见池面上还起了一圈圈水花的波纹，又听得呱呱的一阵蛙叫，原来青蛙也在水里游泳。寄青笑道：

"这个青蛙不知是掉到水里去呢，还是去救别个的？"

秋水听他把青蛙来比自己，那两颊忍不住又红晕起来，秋波向他一瞟，啐了一声，笑道：

"表哥真不是个好人……"

寄青笑了，秋水也笑起来，两人又静默了一会儿。寄青望着她，很柔和地道：

"今天实在是个很可纪念的日子，妹妹大难不死，将来的福气就不小。我心里真替你高兴得了不得。"

秋水正在凝望那荡漾的波纹，听寄青这样说，便回眸向他一瞟，笑起来道：

"但愿应了表哥的话才好，恐怕妹子生成是个薄命的人哩。"

寄青听了急忙手按到她的嘴上去，但又觉得这样怕得罪了人，立刻要把按上去的手又放了下来，摇了摇道：

"表妹说命薄，那我怎么样说呢？可是表妹这个好模样儿，我真不知道谁有那种福气，才能够消受哩。"

秋水听他说出了这话，心里明白这是表哥隐隐向自己求爱的意思。照平日间感情说起来，当然是可以答应，但从今天起，我的身子实在不是我自己所有了。虽然春冰说是施恩不望报，但自己心里终觉受恩于人，必欲报之方才感到痛快，否则心中好像有件未了之事没干完似的，实在令人有些寝食不安。所以这时若提出婚姻的事，也不是能够贸然可以答应。因此低垂了脸儿，两手只是玩弄着一方绢帕。寄青瞧了她这种妩媚可爱的神情，这很显明是怕着难为情，意欲再补充一句上去，但又恐说得太露骨，也许表妹要生气，恼着了她，那倒不是玩的事。这就要应着了欲速则不达的一句话了，还是慢慢儿的好。要如表妹心中是有我这样的一个人，那么她将来终

140

有投入我怀抱的一天。两人心中都有了心事，虽然要说的话是有千言万语，可是始终一句也没有说出来。寄青觉得这样老是呆坐着，很是不好意思，因站起来轻声儿道：

"表妹，你今天是很辛苦的了，我还吵扰你大半天。现在时候也不早了，我走了，你也早些儿安睡吧。"

秋水这才也站起身子，含情脉脉地望着他，点着头伸过手去，和寄青握了握，微笑道：

"我不和你客气，不送你了。"

寄青却没回答，只摇了一下手，已向那边柳树后消逝了去。秋水心中不知有了怎么一个感触，忍不住轻轻叹了一口气，才穿过葡萄棚，回到卧房里去。

这天夜里，秋水睡在床上哪儿合得上眼，寄青和春冰两个脸蛋儿都在眼前显现出来。一个是青梅竹马自小一块儿长大的表哥，一个又是自己救命的大恩人，哪一个能够抛得了呢？想到这里，左右为难，但一会儿又暗自骂道：一个女孩儿家，为了这种事，操心得连睡觉都不睡了，这未免是难为情的……秋水这才紧闭了两眼，沉沉地睡去了。

第二天黄昏的时候，秋水瞒着妹妹，到电话室里悄悄打个电话给春冰，叫他下写字间后，到大陆游泳池里来找她。春冰原是每天必到的，所以连连答应。秋水芳心真喜欢得了不得，先在浴室里净过了身，然后又好好梳了妆，换了一件苹果绿色的纱旗袍，一双白红相隔的麂皮革履，对妈只说是同学约会。出了大门，却是坐车到大陆游泳池里，来候恩人而带有一些情人成分的陆春冰哩。

秋水到了大陆游泳池，便先到看台上去等候春冰。谁知到了看台，迎面就走来一个西服少年，秋水定睛一瞧，正是陆春冰。两人连忙握了一阵手，秋水嫣然笑道：

"啊哟，本是我约陆先生的，谁知陆先生竟先我而至，真抱歉得很，想是候了好久吧?"

"哪里哪里，你太客气，我出了办公室就到这里来，也不到十分钟时间。闵小姐，请坐。"

春冰把手一摆，秋水和他就在桌边坐了下来，两人相互望了一眼，四目相接，都觉得有些儿不好意思。春冰这就搭讪笑道：

"闵小姐喝些儿什么，汽水还是鲜橘水？"

"就是鲜橘水吧。"

春冰因叫侍役拿上两瓶，一瓶送到秋水面前，秋水道了一声谢，两人把嘴巴凑到麦秆管的一头，吸了几口。秋水抿了一下嘴，脸上老是含着笑，脉脉含情地凝望着春冰，好像欲说不说的神气。春冰就先笑道：

"闵小姐，学校里暑假可有多少日子？"

"暑假的日子多哩，足足有两个月。像这样闷人的天气，真嫌烦人。总算已过去一个月了。"

秋水一手捧着鲜橘水瓶，一手掠着被风吹着的云发，表示她对于夏天实在并不欢迎的样子。春冰点了点头道：

"所以一到夏天，我就只喜欢游泳，游泳不但可以消除暑气，而且对于身体多少亦有些好处。"

"可是我不会游泳，那就糟糕，昨天还险些儿没了小性命哩。"

秋水说了这话，扑哧地一笑，那脸儿就红晕起来，显然她有些儿难为情。春冰见她娇羞万分的意态，真是愈瞧愈美，忍不住也笑道：

"闵小姐假使有兴趣的话，我们倒可以大家研究研究。"

秋水听了这话，好像心里感到了极度的兴奋，立时把眉毛儿一扬，乌圆的眸珠在长睫毛里一转，掀着嘴儿笑起来道：

"陆先生这话可真？假使有你这样一个良师教导，那我准可以学会了。"

春冰倒想不到她会这样高兴，一时心里不免荡漾了一下，微笑道：

"教导两字不敢当，我们大家玩一会儿罢了。"

秋水听了，憨憨地笑着，身子已是站了起来。春冰心想，这位姑娘倒是个爽快人，说干就干，绝没有一点虚伪的表示，心里这就感到了一阵痛快。今天两人齐巧都不曾带着游泳衣，遂向里面租了两件，大家各自到更衣室去换衣。春冰先在游泳池畔等她，不多一会儿，早见秋水笑盈盈地走了来。春冰见她穿的是件鹅黄颜色，望着她雪白丰腴的肌肉，更觉嫩胖得可爱，真是富有肉感的引诱。因为这件衣裳是太小一些，所以绷得那胸口的两只乳峰更耸得高高的，十分结实。秋水被他瞧得难为情，遂低低喊了一声陆先生。春冰这才感觉到自己不免有些失礼，一时倒也不好意思起来，因笑道：

"那么不妨试一试，不过你的胆子要放得大些儿。"

秋水点了点头，两人便走近水浅处，就在池旁坐了下来，先让两脚浸到水里去。春冰便又对她说道：

"闵小姐，你有没有瞧过鱼在水里游？它的所以能够活动自由，就靠着两鳍和尾儿的摇动，这好像小艇的木桨一样。现在我们人可需要两手两脚来活动，脸儿向上，可以呼吸。这些事其实讲也讲不到底，最要紧是经验去得来。现在你只管下水去，可以照我说法试试，我在后面跟着你，你可别害怕。"

秋水听他后面会跟着自己，胆子就大了一半，遂真的扑到水里去，两手向前划着，两脚向后一伸一屈，果然有些儿会了。但是却不敢游远去，同时心里跳得厉害，气力有些不支，两手两脚若不活动，身子就向下沉去。秋水游了一丈多远，待游回来离岸尚有四五尺时，已经有些支不住，心里这就急得了不得。不料这时身旁早有一人把两手向自己身子轻轻抵住，自己好像身下有了救生圈，再也沉不下去。秋水回眸一瞧，正是春冰，芳心又喜又羞，低声儿说道：

"陆先生的游泳技能真是好极了。"

春冰却没回答，只向她笑了笑。这时两人好像并头躺在水面上一样，春冰也不给她到岸上去，一手搂住了她，两人就在水里进退如意地游着。秋水不但一些儿不害怕，而且一些儿也不觉吃力，心里真高兴得了不得，掀着嘴儿笑道：

"我真不知游泳有这样的趣味，那以后我真想天天来游了。"

两人约游了一刻钟模样，方才跳上岸来。秋水在岸上一躺，已是娇喘吁吁，春冰道：

"闵小姐，你感到很吃力吧？"

秋水微微一笑，却没说话，抬头仰望那天空五彩的云儿，想着刚才两人搂抱的情形，真好像是对鸳鸯戏水……秋水想到这里，那颊上便飞起两朵桃花，被落日的光辉相映，更娇艳得可爱。春冰望着她得意地笑了，秋水更羞得把两手掩着了脸儿。虽然没听见她的笑声，却见她胸口一起一伏，奶峰这就不住地颤抖，显然她是笑得那份儿有劲。春冰见了这个意态，真被她陶醉了，忍不住笑问道：

"为什么掩了脸儿不瞧……"

秋水听他这样一问，心里更觉不好意思。本是仰卧着，她一转身，脸儿背了他，已是侧卧着，这就可以听出她咭咭的笑声来。春冰见她可人，心里对她也就感到了一阵亲爱，情不自禁地伸手将她身子扳了回来，低低笑道：

"你怕羞吗，那我就走了……"

春冰话还未完，秋水的两手早已放了下来，回头向后望他，因为是骤然之间，秋水不妨他的脸儿会离自己这么近，险些儿两人面颊就撞了一下。秋水瞟他一眼，又咭咭地笑了，春冰拉过她的纤手，又笑问道：

"闵小姐还有兴趣下水去吗？"

秋水这就在地上坐起，把胸部一挺，笑道：

"你怕我没有气力了吗？我偏游给你看。"

春冰见她显出挺勇敢的模样，倒又笑起来了，望着她点点头道：

"真的吗？回头你可不要叫饶。"

秋水身子一扭，"嗯"了一声，噘着小嘴儿道：

"不要不要，陆先生，你不能捉弄我的。你要让我喝饱了水，我可不依你。"

春冰听了，哈哈地一阵大笑，便伸手将秋水搂起，两人一同向池水里钻去。秋水急得两手把春冰身子紧紧抱住，春冰早已把她身子浮到水面，笑着安慰她道：

"别怕，别怕，我哪里会真捉弄你呢？"

"还说不捉弄我，我的小灵魂儿早已给你吓掉了。"

秋水瞟他一眼，春冰觉得这是一个妩媚的娇嗔，两人忍不住又哧哧地笑了。男女之间有够得上握手的资格，这就交情已是不能算为不深，不过这是在我国，在欧美恐怕也不算怎么一回稀奇的事。现在春冰和秋水在游泳池里，贴身相搂，倚偎握抱，这当然较之握手是更进一层。起先彼此还有些羞人答答，经过四五次下水以后，那两人不但是形式上或谈话上，显然是亲热熟悉了许多，两人心目中谁也承认你是我的恋人，我是你的情人，同时希望将后总有那么一天会终身不离开。不过天下的事情往往是不可捉摸，在他们两人当然是不能预料，看书的也不能猜准，即是作书的，恐怕还不能知道哩。

春冰和秋水从游泳池里出来，已是六点十分，在一家咖啡店里吃了大餐，差不多七点半钟。天色是笼罩了一层暮霭，月儿已在浮云堆里伸出头来，向大地探望。两人在清静的马路上踱了一会儿，方才约了后会的日子，各自分手回家。

春冰今天感到了极度的兴奋和快乐，这样一个美丽的姑娘，能够给我搂着在水里游泳，这到底不是一件偶然遇得到的事，不过既不是偶然，难道我俩三生石上早注定了姻缘不成……心里一阵高兴，脚步会感到轻松，嘴里不自主地哼着歌曲。当他一脚跨进后门，谁知里面正走一个少女，两人竟撞了一个满怀，这就听得那少女"啊呀"一声叫起来。

第三回

回首前尘有怀莫诉
感慨身世同病相怜

春冰平日走进后门去，总是缓得很，今天实在是太兴奋的缘故，不料冷不防里面会走出一个少女来，两人竟撞个满怀。春冰这就吓了一跳，慌忙将她一把扶住，定睛一瞧，不觉笑出来道：

"啊呀，原来是夏小姐，对不起，对不起。"

春冰一面说，一面忙又放了手。夏小姐纤手拍了拍胸口，眸珠一转，扑哧地笑道：

"不要紧，陆先生，你可给我累痛了没有，这真太巧了……"

春冰见她脸上本是涂着一圈胭脂，这时就更红晕得好看。虽然她是这样说着，可是她的手兀是拍着胸，这就知道她实在是吓着了一跳。心里十分抱歉，连忙说道：

"我哪里会累痛，不要你倒是给我撞痛了。夏小姐，别立刻就走，多站一会儿，定了定神再去，这实在是凑巧得很。"

夏小姐听他也说一句巧，这就忍不住抿嘴笑了。春冰觉得她这一笑实在是很妩媚，又见她听着自己话，果然站着没走，这就不免向她打量一下。只见她穿着一件湖色乔其纱旗袍，银色的高跟皮鞋，粉红的丝袜，亭亭玉立，大有仙子凌波的风姿。她的头发因为是烫得好久了，再则是夏天的缘故，她修得短短的，除了下面有些波纹外，头上是一片乌亮光黑。这不但是不损她的美，而且还更衬她一片天真的稚气。眉毛并不怎样细，却是弯弯地很长，配着下面两只

146

滴溜乌圆的眸珠，十足显出她是个情窦初开的处女。她笑的时候为什么这样好看，因为她颊上和春冰一样地有酒窝儿，而且还是同一边的颊上，所以笑起来一掀一掀的，实在是颇倾人。春冰这样一阵子呆瞧，当然谁也不能不害羞，夏小姐把身儿一扭，就咻咻地笑道：

"怎么啦，陆先生？你我撞了一下，可是不认识了吗？为什么老瞧着我？"

春冰也忍不住笑起来，摇了摇头，说道：

"我想着，今天你好像去得晚些儿了。"

"是的，天气太热，我不高兴去得太早了。陆先生似乎也回来得晚些儿，想来一定和朋友在外面吃过晚饭了？"

"不错，这就被你猜到了。你现在心里跳不跳，不跳了你就走吧，时候真的不早，我不耽搁你了。"

夏小姐笑了笑，心里似乎有了一阵感触，忍不住又叹了一声，便向春冰低低说声回头见，她便弯了弯腰，匆匆地走了。春冰呆呆出了一会儿神，也叹了一口气，方才回到斗形的亭子间里来。

春冰一到亭子间，就觉得一阵热气，里面好像是装着水汀。他第一要紧的就是把窗子打开，再次把身子的衣服脱了个精光，只剩下一条短裤和汗背心。走到楼下去打盆冷水，擦了个身，静静在窗口坐下。这时候倒觉有几阵凉风透了进来。春冰昂了头，臂胳撑着窗栏，手儿托着下巴，望着那满天的星斗，闪闪烁烁地发出了混沌的光芒。他的脑海里只是浮现着大陆游泳池里的一幕。这位姑娘她对我表示这样亲热，她当然也有她的理由，因为昨天不是多次地说要怎样报答的话吗？那么她难道真要以身来报答我？这个似乎是意外的艳遇，实在是件令人感到庆幸的事。不过她一定是个富家的女孩儿，自己却是个穷汉。不要说养她不活，就是这种斗形的亭子间，恐怕她也不惯住。即使她是真正爱我，不管我穷得如何，她总愿意嫁我，但是她的家庭方面是否能够同意，这也还是一个问题。一时又暗骂自己这人真糊涂得可怜，今天有这样充分的时间，怎么连她爸爸在哪儿办事都没问上一声。不过在我想来，她总不是个中等人家的女儿，自己恐怕是够不上资格和她交朋友，不要今天的快乐造成了他日的痛苦，这真是自寻烦恼了。想着了秋水的容貌，不免又记起刚才后门撞见的那夏小姐的脸蛋儿。两人比较起来，一个是沉鱼落雁，一个是闭月羞花。若叫两人站在一块儿，实在难分轩轾，秋水似乎还不能及她，但以身份才学而论，秋水自然是胜她多了。于是春冰脑海里又忆起两月前开始和这位夏小姐认识的一天。

这是初夏的季节，自己从别处搬到这里来，把一切物件统统布置舒齐，时候已经是黄昏了。忙碌了半天，实在感到吃力，坐在床边，却是站不起来。就在这个时候，听见一阵皮鞋声响，从楼梯响上来，却见一个姑娘探首向亭子间里一望，自语着道：

"亭子间里新搬来……"

她话还没有说完，已是瞥眼瞧见了自己，便红晕了脸儿，说不下去。我模模糊糊地还以为她是在招呼自己，因此便站起来向她点头含笑，她见我站起和她招呼，这倒叫她不得不停住了步，笑着问道：

"这位先生是刚才搬来的吗？"

我听了，连连点了两下头。大概她见我满头是汗的缘故，就急急奔回房去，拿了一盆脸水、一壶清茶来笑道：

"先生，水瓶里怕还没有水吧？"

我瞧她这样热心，真是非常感激，以为她定是房东太太的女儿，因连忙接来，放在桌上，向她道谢说道：

"这位想是房东小姐了，劳驾你，真对不起。"

不料她听了我这话，却是摇了摇头，抿嘴笑道：

"不是，我住在后楼的……"

当时我听了，不禁"哦"了一声，却是没有别的话。她好像已经瞧出我感到奇怪的意思，真把她羞得两颊通红，便一溜烟地悄悄走了。我洗了脸，喝着茶，心里倒着实感激那位姑娘，但是她一走后，却没有再来。于是我心里愈加感到非常奇怪。这位姑娘真有不可思议的神秘。

晚上十二时的时候，马路上是静得没有一些儿声息，我因为报馆里临时发生了特别的事务，直到这时候，我才回家来。刚进弄口，就听后面有人叫道：

"陆先生，打哪儿回来？"

我回头瞧，见一个女子正从人力车上跳下来，付了车钱，就三脚两步地奔到我有面前。我这才瞧清楚，原来正是日中拿面水和茶给我的那位姑娘，我不禁弄得呆住了，她怎么又知道我姓陆呀，于是忍不住开口问道：

"咦，这位姑娘，你怎么晓得我姓陆呀？"

"这没有什么稀奇，我问房东太太才知道的。陆先生，我们进里面谈吧。"

我正想不到她有这样豪爽，一时也就跟着她到大门前。她开了司必令锁，先让自己进内，又轻轻关上大门，等我到了亭子间，她亦已跟着进来。在外面是暗暗的黑夜，当然是很模糊，现在灯光下骤然瞧到，这好像眼前开了一树灿烂的桃花。这就不禁暗暗叫声好个模样儿，和白天里竟有些不同。这一个原因是为了服装，另一个原因还是为了薄施脂粉关系，似乎是更觉出众。若老是这样呆瞧人家，不但别人家姑娘要难为情，就是自己亦很不好意思，因就把手向椅子上一摆，笑着道：

"请坐，请坐，白天里多谢你给我水和茶，那面盆、壶还不曾交还你哩。"

她笑了笑，就在桌边坐下来，把手中那只花纹的皮夹放在桌上。我已把西服外褂脱在床上，开了窗子，这时候我已把热水瓶灌满。人家既坐在自己房里，虽是个邻居，究竟也算是个客，所以我立刻拿过玻璃杯，倒了两杯开水，一杯送到她的面前，也笑问道：

"我还不曾请教姑娘贵姓哩，请喝杯开水。"

她一面接过茶杯，一面含笑道：

"我姓夏，名叫红蕉。陆先生，你别忙着，多谢你。"

我听她连名儿都告诉了自己，心里觉得这位姑娘未免稚气未脱，待人太真挚一些。虽然一个人固然应该如此，不过对于一个初交的陌生男子，终要谨慎一些儿，比较不容易受人的欺骗。但是自己原不会去欺骗人的，对于此事，自己真也太多虑，忍不住好笑，因也向她客气道：

"夏小姐，你太客气。喝杯开水就要谢，那可叫我不好意思了。"

她也抿嘴笑了。接着她便问我哪里人，什么地方办事……问了一个仔细，我觉得这位姑娘有趣，把她问我的回答了她。因也问她道：

"夏小姐是哪儿人？爸妈全好吗？"

她听我这样问，眼眶儿一红，叹了一口气，道：

"陆先生的身世，的确可以说是可怜了，但说起我的身世，真比陆先生还要伤心。想不到在这里，倒遇着了一位同病相怜的人了，我很同情陆先生，同时我又非常伤心自己……"

我听她突然说出这个话来，心里也不免一惊，微蹙了双眉，向她急问道：

"哦，原来夏小姐也有一段伤心史，我很愿意听听，不知你肯告诉我知道吗？"

"有什么不可以，陆先生如不嫌烦的话，我不妨向你告诉一下。"我的脸色是很镇静，心知她有可惨的悲剧叙述出来，一阵莫名的悲哀占有了整个的心灵，眼望着她呆呆地出神。她还没开口，眼皮儿先润湿了。以下的话，就是夏姑娘不幸的遭遇。

宝山县是她的故乡，青的海，绿的树，阡陌交通，良田美地，农人往来种作，秧歌四起，其乐融融。夏姑娘就是生长在这个朴实纯洁的乡村里，她的爸爸夏子美，是由私塾里教书先生而变成商人，再由商人而变为耕农。这乡村里，子美是个最勤俭的人，当然勤劳的结果是有优良的收获，所以他们虽不及都市里有那样物质的享受，却也自有农村清闲的乐趣。

红蕉还有一个哥哥，名叫伟民，他在城里读书。子美虽然觉得耕农生活是个最安闲的，但究竟不会有什么希望。子美自己是个读书人，当然不愿意给儿女成个盲目的人，所以从小给兄妹两人也送到学校里去念书。红蕉十三岁那年，小学毕了业，她哥哥伟民已到城里去读中学，红蕉虽然希望自己亦最好进中学去，但到底也得体谅做爸的能力，于是住在家里帮着爸妈料理些家务。一转眼间，匆匆光阴，倒又悄悄地溜去了三年。

这是一个初秋的季节，隆隆的炮声由吴淞口响到宝山县里来了。伟民这天匆忙地奔到家里来，脸上充满了惊慌的神色，对子美说道："爸爸，局势已到如此地步，这里已是危险地带，绝不可等闲视之，我们应该赶快迁移到较为安全的所在，才是道理。"子美夫妻俩和红蕉一听之下，大家都面面相觑，呆若木鸡，没有一些儿主意。伟民着急道："宜速不宜迟，这样危急，已是事迫燃眉，家业何必恋栈，性命终究要紧。请父亲和母亲收拾了银钱和必要的几件衣服，立刻避到离城较远的地方吧。"

子美和他妻子在无奈何之中，也只得把许多家用什物割爱，仅仅收拾银钱以及细软物品，准备即行避到安全的地方。这时村中的人大都已经远走他方。苦雨凄风，到处呈现着黯然神伤的色彩。子美等正在讨论目的地，忽见隔壁的王大哥走来，说要到湘云港那边的亲戚家避难。湘云港地处偏僻，想来当可高枕无忧。当下子美一听，认为王大哥的去处极好，遂愿全家跟他同去。王大哥满口答应，说道："在此患难之中，彼此自应互助，那边我有至戚，住宿毫无问题。"子美谢过，就合雇了一只船，于是王大哥和王大嫂、子美和他的妻子儿女，带了衣服，同坐一船，向那三十里外的湘云港进发。

然而事出意外，船至中途，忽然迎面驶来一艘轮船，猛可把子美的船剧烈一撞，砰的一声，船头粉碎，船身也倾侧在水里了。王大哥与子美两家的人，都与波臣为伍，那轮船见已肇祸，立刻开足速率逃去。当时有两个侠义的路人入水援救，但时已不及，只救起了红蕉和王大嫂两人，子美等已沉没得不知去向了。

从此王大嫂成为寡妇，红蕉成为孤女，人生之惨，无逾于此。二人忧虑到此后的生活，便不再赴湘云港，索性到上海来谋事做。费了三个月的时间，她俩终于在舞场中干那供搂抱的生活，直到如今，已有一年多了。

我记得红蕉当时说完了她的经历，又哽咽地对我道：

"陆先生，我是一个舞女，你也许会轻视我的人格吧？"

我听她这样说，殊觉同病相怜，无限酸楚，遂温柔地安慰她道：

"夏小姐，做人只消有光明的意志，便可无愧，我觉得你虽是一个舞女，然而志向并非庸俗可比，人生最要紧的是解决面包问题。譬如我在报馆办事，一天到晚辛辛苦苦地为了什么呢？不也是为了吃饭吗？不过什么事情都要对得住自己良心，那就是了。"

她听我这样说，心灵上仿佛得了一种很深的安慰，点了点头，明眸凝视着我，破涕嫣然笑道：

"陆先生这话，我今天总算遇到了一个知心人……"

她说到这里，停了一阵，脸上顿时飞起两朵红云，无限娇羞又无限抱歉地对我接着说道：

"陆先生，有些地方，我说的话未免不知轻重，这个要请你原谅。一则我年轻不懂事，二则我知识浅薄，我知道陆先生是个文学有根蒂的人，我实在很希望常来讨教讨教，不知道陆先生会不会讨厌我呢？"

我听她这样器重我，要向我讨教文学，这实在不失是个前进的好姑娘，当然义不容辞，我就很快说道：

"夏小姐，你太客气，讨教不敢当，假使你有兴趣的话，有空不妨大家来研究研究。"

我这样回答几句，谁知道她眉儿一扬，掀着酒窝儿便笑起来，立刻站起，向我深深鞠了三个躬，很恭敬地道：

"陆先生，承蒙不弃，真使我感激不尽，从今以后，那你就是我的师长了。"

她这个突如其来的举动倒令我猝不及防，出乎我的意料之外，慌得连忙让过一旁，嘴里连喊不敢当。可是她好像不曾听见似的，依然很恳切地叫道：

"陆先生，我在舞场里的名字，不是叫红蕉，是叫瘦鹃，这些当然我在火山上，原是暂时之计，所以我很想多得一些学问，将来预备做个比较高尚一些的职业。你能成全我，那陆先生当然是像我的再生父母一样了。陆先生，你别生气，我是实心眼儿的话，要说的就什么全都会说出来。"

我觉得这位姑娘真爽快极了，一时再也不好意思推却了，嘴里虽然是这样客气着，可是我心里早已承认她是我的学生了。她见我默默并无表示反对，心里一阵快乐，那酒窝儿就始终没有平复过。这也真奇怪，我和她仅仅只有初见面的人，心里对她不期然地也会有了一种好感。这真所谓"同是天涯沦落人，相逢何必曾相识"了。自从那夜谈话了后，每天当我下办公室回家，她拿了书本，总来上半个钟点的课，这样一连地有一个多月。后来因为天气太热，她恐我太疲劳的缘故，就暂时停止上课，说且待秋凉继续进行。不过每夜十二时她回来，有时候我没有睡，她终来谈上一会儿。说起来惭愧，大概她也知道自己经济并不十分好，所以授她一月多些日子的课，她却送我二十元的酬谢。虽然我曾竭力不要，但是她见我不肯收，而甚至于要哭出来，因此我没有办法，很惭愧地收下了。

陆春冰坐在窗口纳凉，抬头仰望着黑漆漆的天空，把往事一幕一幕想出来，觉得夏小姐对待自己的一片真挚情意，实在也可称为天高地厚了。不过自己总以她是个供人搂抱的舞娘，未免有些说不出的不自在，所以任她这样热情地对待自己，自己总俨然以师居之。这样想起来，实在有些不情。将来她若知道我和秋水订婚消息，那她不知要多少伤心哩……

想到这里，自己也会吓了一声，自骂道：别妄想吧，秋水人家是何等样的身份，会嫁你这个穷光蛋吗？春冰这时好像受了一个重大的打击，心里非常难受，暗想：这真是自寻烦恼，今天我若不与她一同游泳，那倒也罢了，她既然这样对我表示好感，日后若依然不能达到最后目的，这我不是要尝到了失恋的痛苦了吗？想着自己的痛苦，倒也连带想起红蕉来，自己和她厮混两个多月，瞧她平日的举动，完全把我当作她的情人看待，虽然这是她单方面的意思……想到这里，一时又左右为难起来，这到底叫我和谁亲热好呢？

春冰抓着头发，实在委决不下，心里倒反而烦闷起来，连忙取出烟卷，吸了一支。自己本来今天是很高兴的，又何苦东思西想地瞎猜呢？秋水她是一个贵族千金的身份，曾给自己贴身搂抱，这当然不是含糊的事，我知道她是早已有心要把她身子来报我的救命大恩了。至于我对于红蕉，完全是同情她的身世，可怜她的遭遇，所以她赤裸裸地待我，我也很坦白地对她，两个月来，自问良心，在行动上实在并没有轻薄她过。那么将来我和秋水订婚，实在也并没有对她不住。春冰一边吸着烟，一边只管呆呆地想。直把那烟卷只剩了尾端，心里这才又想着了一件事。红蕉前天曾托我买几部书，我买了来放着，却忘记交给了她。今天何不放到她的卧房里去？但我得写几个字给她。春冰想着，把烟尾掷到窗子外去，移步到桌边，在抽屉里取出一张信笺，提笔写了几行字，折好夹在书本里，匆匆就拿到后楼红蕉的房中，方才回到自己房里，倒身躺下便睡去了。

天气大概是太闷热的缘故，春冰早料到有一场大雨，谁知黄昏时候却偏没有落。直挨到子夜十二时，春冰正熟睡在床上，突然被一阵暴雨点惊醒，连忙翻身跳起，关上了窗门。回眸向桌上时钟一望，短针长针齐巧一并指在十二点上，心中倒不觉替这位夏姑娘担心，这时候恐怕还只有在半途上吧，她却要被暴雨摧残了。春冰望着黑漆漆的天空，雨点打在玻璃窗上，嗒嗒地作响，心里正在记惦

154

着红蕉，忽然听得一阵革履声很急促地奔上来，口中还在说道：

"想不到会下这样的大雨……"

春冰听得很清楚，这是红蕉的声音，想来她被狂雨一定要得落汤鸡一般了，心里一急，便开门出来。却见红蕉正走到扶梯口上转弯处，一见春冰开出门来，便"咦"了一声，回过头来笑道：

"这样晚了，陆先生还没有睡吗？"

春冰且不回答，先向她一身细细一打量，却是出乎自己意料之外，不觉奇怪道：

"咦，你一些不曾给雨淋湿吗？"

红蕉笑了笑，身子却已走进亭子间里，咻咻笑道：

"这是天老爷可怜我，所以等我坐人力车刚到家，他才落下雨来，你想，这不是我的幸运吗？"

"真是你的幸运，我因为天热，所以开了窗子睡，也是被这场大雨惊醒的，心中正在代你发愁，不料你就来了。"

红蕉听春冰这样说，眉儿一扬，那酒窝儿又掀了起来，含情脉脉地瞟他一眼，微笑道：

"多谢你老关心着我……陆先生，前天找你买的书，可曾给我买来？想是忘了……"

红蕉近来对春冰说话或举动，老是表示着一些不客气的样子。这一方面固然是她天真活泼，稚气可爱，一些儿没有虚伪的客套；一方面她觉得这样子才显得两人不生分，愈是随便，愈感到亲热。春冰见她这样说，便也笑道：

"啊哟，真的忘了，你不信，你回房去瞧就知道了。"

红蕉瞧这神情，想是已放在我房中了，便弯着腰鞠个躬，说了一声谢谢你，遂跨出亭子间去，但却又回过脸来露齿嫣然一笑，匆匆奔上楼去了。春冰被她这么一来，想着她那临去秋波，一时也不禁为之神往，倒呆呆地怔住了。

红蕉到了自己房中，见王大嫂已睡在床上，桌子上果然放着三四本书，她芳心一阵喜欢，连忙拿过一本瞧，原来是女子尺牍。翻了两页，里面却有一张信笺，红蕉心里奇异，便忙展开来瞧道：

　　瘦鹃，你不是很爱看小说吗？这里我送你三部书，两部是小说，一部是尺牍。这部女子尺牍的内容材料很好，词句含有文学的意味，你不妨细细地读一读。不过话又得说回来，你为了生活鞭策的驱使，终日地忙碌着，实在很少有给你看书的机会。这些我的确很表示同情。假使你没有空闲的时间，还是慢慢儿看的好，因为学问虽然要紧，身子是比学问更要紧。没有了身子，就是没有了所有的一切，所以我希望你千万要珍摄你的身体才好。瘦鹃，这里我赠你几句话：知识是力量，理智是权威。增加您坚强的意志，认清您人生的目标，奋斗您恶劣的环境，努力您未来的生命，那么前途自有光明的大道，幸福的乐园。

　　我知道你是个极顶聪明的姑娘，你瞧了上面这几句话，你一定有了深刻的印象，大概你也懂得我对你的一番的热望吧。

　　　　　　　　　　　　　　春冰手启

　　红蕉瞧完了后，不住地点头，心想：这虽然是短短的几句话，春冰的多情已在纸上显露出来。他为什么不写红蕉，偏写瘦鹃，这其中一定含有深刻的意思。凝眸沉思良久，猛可地理会。是了，瘦鹃是我生命在另一阶段的名字，我的环境太恶劣了，荆棘遍地，天天有坠入陷阱的可能。我当然须增强坚强意志，认清人生目标，奋斗恶劣环境，努力未来生命。春冰的话，没有一句不是说在自己的心坎里。心中一阵感激，几乎淌下泪来，于是她的眼前，又展开了富于引诱的一幕。

第四回

安乐宫中红蕉伴舞
救济社里秋水献技

　　当当……时钟已敲五点钟了，办公室里的职员都纷纷穿上长衫，披上外褂，匆匆地鱼贯走出。寄青也急急把账册等物件藏进抽屉里面，用钥匙关上了锁。正欲站起，忽见同事黄自豪笑嘻嘻走来道：

　　"密司脱胡，晚上有没有空？"

　　寄青一面披上了西服的外褂，一面回身过来，笑问道：

　　"你有什么事情，可是请我吃饭吗？"

　　自豪走上一步，把脸儿凑近到寄青耳边，悄悄地告诉道：

　　"我有几个朋友约我今晚大家到安乐宫去玩玩，你有空的话，不妨我们一块儿去。"

　　"今晚上吗？我还得去瞧个朋友，假使时候尚早，我可以到安乐宫来找你。"

　　自豪听了，点了点头，两人便一同走出华东银行，自豪又叮嘱了他一定要来，遂各自分手走开。寄青坐车到闵公馆，只见秋萍和几个女同学在院子里踱着，见了寄青，便笑着喊道：

　　"表哥，你早来一步就好了，姐姐刚才出去。"

　　"到哪儿去知道吗？"

　　"不知道，你问我妈去好了。"

　　寄青今天兴冲冲地到闵公馆来，当然是预备和秋水大家一同出去玩玩，假使表妹喜欢游泳的话，自己也可以陪她去，谁知道她已

157

出去了。难道是赴姓陆的约会去吗？心里这就感到非常不快乐，意欲向萍妹再问一句，却见萍妹和她的同学已走远去了。因匆匆地走到上房里，闵太太坐在电风旁边的桌沿边，摸着骨牌消遣。寄青叫道：

"姑妈，姑爹没回来吗？"

"他刚才来家里换了衣服，说有人请他吃饭，他哪里有一定呢？"

红桃端了一杯冷开水，寄青在沙发上坐下，又问着道：

"水妹呢？她到哪儿去了？"

"她也还只有走出一步，说去瞧一个同学。"

闵太太一面回答，一面依然注视手中的骨牌。寄青觉得很沉闷，呆呆地坐在沙发上只是出神，在约有了一刻钟的时候，寄青身不由主地又站起来，说道：

"姑妈，我走了。"

"咦，已是吃饭的时候了，你忙什么？"

寄青心想，单是为了吃一顿饭来的，这太无意思，因笑着说道：

"我还有些事，明天来吃饭吧。"

闵太太似乎也感到他因为是太寂寞的缘故，遂自语着道：

"真也太不巧，水儿刚走出一步，萍儿又给两个同学喊去了，那么青儿明天来吧。"

寄青答应了一声，身子已匆匆出了闵公馆，跑进了一家广东馆子，叫了两个菜，因为心里很是沉闷，又喊拿瓶啤酒，独个儿自喝自吃。寄青本是个不会喝酒的人，兼之胸中有了心事，一瓶啤酒喝完，脸儿已是通红，又吃了一盆鸡丝炒饭，肚里也已很饱。会去了账，在马路上踱了一会儿，猛可想着黄自豪曾叫自己到安乐宫去玩儿，现在反正无事，就去玩玩也好，于是跳上车子，叫拉到安乐宫里去。

踏进了安乐宫的大门，就听得一阵细微悠扬的爵士音乐声播送到耳中。寄青走到舞厅里，身子顿时感到了一阵阴凉，里面的享乐者已是挤了一个满座。舞池里正有无数对青年男女，翩翩地似蛱蝶穿花般地欢舞着。寄青因为有黄自豪的约，所以在舞厅四周先巡视一会儿，刚走到西边的座位上，突有一个少年站起，正是自豪，他把寄青手儿握了一阵，笑道：

"老兄真信人，请坐，我给你介绍两个朋友。"

说时，旁边又站起两个西服少年，一个高个子的叫马子平，一个稍矮的叫陈友超，寄青连忙又握了一阵手。大家客套几句，遂坐了下来。侍役又拿上一杯香茗，寄青笑道：

"你们什么时候来的，可曾下过海？"

"来了大约有半个钟点，稍许跳过几支。"

自豪笑着回答。这时爵士音乐停止，台上已换了国乐粤曲。自豪向子平瞟了一眼，笑道：

"喂，快去呀，这妮子挺红的，不要被别人捷足先得了。"

子平笑了一笑，便离座到舞池里去。自豪又回头向寄青悄悄告诉道：

"老胡，这位密司脱马追求这里一个姑娘，叫我们大家来捧捧场的。那姑娘真红得发紫，不过瞧了她脸蛋儿，真也够令人销魂的。"

寄青听了，点了点头，暗想，原来他是有目的，你们俩人不过吃豆腐，因也笑道：

"哦，原来如此，那姓马的在哪儿办事？"

"他不办事，是个公子哥儿。爸爸在南洋经商，他是他爸第三个太太所养的。说也有趣，他见了这位姑娘，好像臭虫见了血一般，跳了她一个月的舞，整整已花了一百五十多块钱哩。"

自豪一本正经地说着，寄青唔唔地响了两声，笑起来道：

"这真叫作情人眼里出西施，恐怕这位姑娘也未必十分好看吧。"

"这个倒不是，那姑娘真生得美，密司脱胡不信，回头我去跳一支是了。"

陈友超听他们这样地谈着，也凑过脸来插嘴说。寄青笑了笑，

159

便又和他问了哪儿办事，才知是在保险行里，在舞场里，也是个胡调朋友。寄青道：

"那么密司脱马既然这样追求她，想来是很有些意思了。"

"哪里谈得上意思，这位姑娘的架子真大得了不得，慢说不肯和你说句亲热的话儿，就是叫也不肯叫你一声哩。"

友超摇着头，叹了一口气，表示这位姑娘的脾气古怪，实在非常地难侍候。寄青喝了一口茶，笑道：

"这也难怪人家，舞客不是他一个人，她若仅向密司脱马表示亲热，那么人家不是要误会她有了拖车吗？舞女一有了拖车，别的舞客是都要望风而逃的。这和女明星一样，没有嫁人以前，捧的人真多，嫁了人后，连捧的人影子都没有了。所以这位姑娘也不得不如此，在未找到相当的对象之前，是非保持她尊严不可。"

自豪和友超听了，把两手一拍，笑起来道：

"密司脱胡的话真不错，很能了解舞女的心理，想来你对付舞女的手段是有些计划了。"

"哪里哪里，我舞场也不常跑，不过瞎说说罢了。"

寄青微红了脸儿，慌忙分辩着，自豪和友超都笑了。两人抽口烟，寄青却昂着头，两眼凝视着舞池里，瞧着那些舞女的意态各有不同，有的相偎相依、笑脸含春，这都是灌迷汤的功夫。但也有凝眸沉思、静若处子的，但态度大方，而且是一本正经。正在这时，自豪把他衣袖一扯道：

"你快瞧，那边穿湖色纱旗袍的一个不是吗？美不美？"

寄青连忙跟着他手指的地方瞧去，可是已来不及，只瞧见了一个侧面。虽然只瞧个侧面，但足以显得清丽出俗了。心里这就暗想，怪不得要红得发紫了。秀色可餐的一句话，不能说全对，但也不能说全不对，有时候也许真能够忘了肚饿，甚至于牺牲了性命的也很多。寄青瞧了半个侧脸，实在觉得不痛快，但是她偏偏没有再转过身来，心里想道，这倒可以说上一句怎不回过脸儿来了。忍不住笑了笑，又问自豪道：

"你说了大半天，还没告诉我这位姑娘叫什么名字哩。"

自豪拍拍他肩儿，笑着道：

"你没知道吗？她叫夏瘦鹃。说起这个姑娘，真叫人又恨又爱。你说她架子大，倒也不尽然，她虽然不肯轻易和人家说句亲热的话，但她对了人老是笑，笑的时候，你的魂灵也许会向天上飘。老胡，你不信，你去尝试一下，你就知道我这话不虚了……"

寄青听了这话有些不雅，便拍了一下，忍不住也笑了。就在这个时候，音乐停止，马子平笑嘻嘻地走回座来，自豪和友超这就好像探子探听什么军机大事般问道：

"怎么样？怎么样？她有什么表示吗？"

子平在沙发椅上坐下，摇了摇头，却并没回答，自管握起杯子喝了一口。友超、自豪觉得没有什么好的消息，于是两人脸上笑痕又平复下来，仍旧归到沉寂。音乐声又起了，子平拉着寄青笑道：

"那边进出口处右首第一个位置，密司脱胡不妨去试试。"

寄青点头含笑，便匆匆走到她的面前。她就站了起来，秋波动荡般的明眸，向寄青凝望了一下。寄青微微一笑，俩人便搂着舞蹈起来。大家静悄悄地都没开口，约有一分钟模样，寄青方低声问道：

"这位可不就是夏瘦鹃小姐？"

两人说着话，身子彼此已离开约二三寸光景。她的脸蛋这就清清楚楚地显现在眼前，果然名不虚传，倒是个挺好的模样。她见寄青这样问，便仔细向他打量一周，觉得并不认识，这就很奇怪地问道：

"这位先生贵姓？你怎么知道我的名儿呀？"

"我姓古月胡，夏小姐的名儿是朋友告诉我的。"

"哦，就是刚才那位姓马的是吗？"

"不，姓马的我今天才认识，我也是由别个朋友介绍的。"

"那么是这个姓黄的和姓陈的了？"

寄青听她问得这样详细，这就心里感觉这个姑娘有趣，忍不住笑道：

"对了，那个姓黄的是我同事，夏小姐都认识他们吗？"

"谈不上认识两字，只不过我曾和他们跳过几次舞罢了。"

瘦鹃这两句话，寄青倒不禁为之愕然。这姑娘的话新鲜，既然叫得出人家的姓什么，怎么还谈不上认识两字？照理是客人和舞女跳过几次舞那才对，她却偏说自己和人家跳过几次舞罢了。这就可见那姑娘的性气真是高傲极了。瘦鹃见他听了自己话，两眼尽管望着自己脸儿出神，倒有些不好意思了，忍不住嫣然一笑，问道：

"干吗你老望着我？"

寄青想不到她会这样问，一时脸儿也红起来，但是眼瞧着她这样妩媚的意态，心里不免荡漾了一下。凭她这样的脸蛋儿，实在不亚于表妹秋水，不料舞厅里真有这样花朵儿般的姑娘，未免有些令人怜惜。心中倒也不敢轻视人家，便正着脸色道：

"我想着一件事，不和你相干。"

寄青这样回答，不料她扑哧一声笑出来。寄青好不奇怪，因凝眸望她问道：

"咦，你好笑什么，难道我这句话有什么缺点吗？"

"没有什么缺点，不过想心事也不该到舞场里来了。"

寄青这就被她问住，忍不住也笑起来。瘦鹃点头道：

"其实你的心事不用想，我早已知道了。"

瘦鹃这句话把寄青真说得大稀奇而特稀奇了，惊讶地问道：

"夏小姐，你这话可怎么讲？我们还是初见啦，难道我有什么地方先得罪你了不成？什么连我心事你都知道了？那么就请你说给我听听。"

瘦鹃听寄青这样认真地说，心里也是一怔，不要自己猜测错了，但他既然这样问，自己倒不能不说，因微笑道：

"不过我有话声明在先，假使我猜得不对，那可要请你原谅。"

"你只管说吧，我绝不会来怪你的。"

"胡先生，那么我先问你一声，你可是给姓马的来对我说，每个月他要保我五百元舞票吗？"

这句没头没脑的话儿，直把寄青问得丈二和尚摸不着头脑，脸上顿时显出十分不解的神气，紧蹙双眉道：

"这个话我听不懂，最好请你说得明白些。"

"我知道姓马的朋友都是给他做宣传员的，说他怎么有钱，怎么有学问，同时还情愿每个月给我五百元舞票，谁稀罕他五百元，五千元五万元都不放在我心上！"

寄青不等说完，这才恍然大悟，原来姓马的正在生诱惑的手段，自豪和友超却给他做宣传，揩油几支舞，吃吃豆腐……一时心头激起了无限的卑鄙和钦佩，因对瘦鹃正色道：

"夏小姐，你的意志我佩服你，你的猜测我不怪你，但是你猜错了。我今天是我同事姓黄的约我来玩玩，其实对于这些事，我一些儿都不知道。一个人最要紧顾全他的人格，若我要给姓马的利用，来玩弄你们女性，那我敢发誓，真不成人了。"

瘦鹃听了这话，心中感动得了不得，因慌忙说道：

"我不是预先给你声明过吗，我猜错了，请你原谅。"

寄青轻轻叹了一口气，望着瘦鹃道：

"你放心，我绝不是那样不知廉耻的人，但那种人在社会上未始没有，你得谨慎才好。"

正说着，音乐停止了，寄青便匆匆回座位去。瘦鹃坐在椅上，呆呆地想着，这位姓胡的倒是个挺好的少年，我不该轻视了他，他叫我谨慎才好，这倒不能辜负他的好意。想着姓胡的容貌，同时又记起那个心灵上的陆春冰，大概也是这一流人物吧。这种少年是值得令人钦佩的。瘦鹃的芳心里，不期然对于寄青也有了一个深刻的好感。正在这时，马子平又过来了，瘦鹃很勉强地站起来，子平是甜言蜜语瞎七搭八地说着。瘦鹃却一句不回答，老是望着他笑。这笑在子平看来是引诱，在瘦鹃心里却是讽刺，子平嬉皮笑脸地道：

"今天我想带你出去好吗？"

瘦鹃仍不回答，只对他微笑，这种若即若离的神情是叫人最难捉摸的。当然在子平没有得到她切实的回答之前，心里真有种说不出的难受。刚欲追问时，那音乐偏又停了，子平也只好怏怏地回到座位来。自豪早又笑着问道：

"她答不答应你一同出去呀？"

"其实我问她一声，是瞧得起她。我买了舞票，塞到她的手里，怕她不跟我一同跑？"

马子平一屁股坐在椅上，吸了一口烟，呆呆地出神。这情况大家知道，他虽没给那位夏姑娘碰钉子，那夏姑娘一定是没有表示同意，所以他有些不高兴。寄青瞧着瘦鹃真也没有空，每一次音乐起了，差不多没有一次是坐在位置上，简直是支支有人去跳的，这样红的舞星自然是骄傲了。时候一分一刻地过去，寄青瞧手表已是十点钟了，他见子平已买好舞票，瞧这样子是非带她出去不可了。但自己为了要避清并非替子平做宣传，那当然不好意思揩油人家一支舞，遂也买了一元舞票。自豪笑道：

"老胡，你真也规矩划一了。"

"不是这样说，我们省得了，不能委屈人家。"

寄青说着，已是到舞池里去。瘦鹃见他又来跳了，因为心里对他有了好的印象，自然是笑脸相迎。两人舞了一回，寄青把舞票塞到她手里，微笑道：

"夏小姐，我要走了。"

瘦鹃见他塞给自己舞票，心里一怔，这就可见他的确和姓马的是分清来，但他只舞了两次，自己未免有些过意不去，因含笑道：

"谢谢你，其实不给也得……"

"这是哪儿话？夏小姐真有趣极了。我告诉你，姓马的要带你出去，你吃了这碗饭，当然是没法拒绝的。不过你得拿定主意，你的

164

职务是伴舞，那么除了伴舞之外，就什么都不干。一个人的意志，绝不是五百五千五万所能移动的。夏小姐，你觉得我这人有些多管闲事吗？"

瘦鹃听了，十分感动，眸珠在长睫毛里一转，也很认真地点头道：

"我这个人无论笨到怎样地步，也绝不会把你这份好意……再说，干糊涂的事情，也要对得住自己养大的爸妈呢。"

寄青点了点头，等音乐停止，便和她说声再见，匆匆走了。瘦鹃还刚刚坐定，子平就过来了，把手中一大沓的舞票交给瘦鹃，向她说声"我们走吧"。瘦鹃已经由寄青告诉过，当然站起跟他走。两人出了安乐宫，只见门口等着自豪和友超，却不见寄青，这很显明寄青是已走了。子平道：

"你们两位怎么样，一同去玩玩吗？"

"不，我们还有些儿事，改天再见吧。"

自豪和友超说着，握手自去。瘦鹃便开口问道：

"马先生，到哪儿去呀？对不起得很，有些地方，我是不去的。"

"我知道，你放心，我们到伊文泰私人花园去坐一会儿，那边都是自己带了女朋友去跳的，较这儿要清静高尚得多。夏小姐，不知道我够得上和你做朋友吗？"

子平笑嘻嘻地望着瘦鹃，期望她一个圆满的答复。瘦鹃憨憨笑道：

"太客气，恐怕我没有这个资格配得上马先生吧。"

子平乐得耸了耸肩，和她一同走到汽车行，坐了一辆，开到伊文泰夜花园里去。在那里消磨了一个半钟点，子平要请瘦鹃到雪园里去消夜，瘦鹃笑着谢绝了，自管跳上街车，坐回家里来。

这时她拿着春冰的那封信，心里只是回忆着那富于引诱性的一幕，于是她对于春冰，更认为是个唯一的知己，把这信中的几句话儿，一连地念了好多遍。念到"光明的大道，幸福的乐园"时，她眉儿飞扬，掀着酒窝儿便独自哧哧地笑起来。王大嫂睡在床上一个转身，见红蕉独自儿笑，便问道：

"这妮子痴了，还不睡觉？一个人也会笑，可是在瞧情书？"

红蕉听了，回头啐她一口，急急把这信笺放在书本里藏好，也就脱了衣服，关熄电灯，上床睡去了。

光阴如流水般地逝去，夏天已在日历上一页一页地溜走了。天气是交了新秋，但新秋并不怎样凉爽，郁闷的时候，也许比夏天里更令人难受。在这些日子中，春冰和秋水的感情是相当浓厚，但彼此行动很秘密。寄青虽然觉得表妹态度有些变化不一，但是也不能确定她是和姓陆的相爱着。红蕉在这恶劣的环境中依然这样挣扎着，她的一颗心灵是只有春冰一人。有时春冰被她感动得太厉害，心里想这一幕三角恋爱的结果，实在也有些担心。

这天春冰在报馆里办事，瞧到一则挺大的广告，是救济难民游艺大会的特别节目中，登有"闵秋水小姐客串"字样，心里暗想，这闵秋水难道就是她吗？对了，一定是她。上次她不是告诉我，她爸爸伯祥是在难民协会里做名誉会长吗？想来她也替难民尽一些儿义务了。正在这时，忽然电话铃响，连忙伸手拿过听筒，却是个女子声音，正是秋水。她告诉的正是这个消息，叫春冰八点钟到海社来瞧她客串。春冰连连答应，说准定就来，那边电话就挂断了。

瞧情人的客串戏去，这是一件兴奋的事情。所以春冰在八点敲过，就坐车到海社来。招待员听是找闵小姐的，不敢怠慢，就引春冰到后台，先拿春冰的卡片进去，不多一会儿，就出来请春冰进内。到了化妆室，只见秋水身穿蜜色软绸小衫，雪白小纺长裤，对镜正在上脸，旁边还坐着一个西服少年。两人瞧了都是一呆，秋水却回身过来，向两人把手一摆道：

"来，我给你们介绍吧。"

第五回

甜姐姐有意秋波送
表哥哥含酸背地猜

　　春冰走进化妆室，只见已有一个西服少年在和秋水谈话，心里不免一怔。后来由秋水介绍，方知那少年是秋水的表哥胡寄青。两人紧紧握了一阵手，秋水笑道：

　　"时候不早，我不及招待你们了，表哥，你给我陪陆先生到外面去坐吧。"

　　寄青听了，点了点头，拉着春冰的手笑道：

　　"陆先生，我们外面坐，等会儿瞧表妹的表演。"

　　秋水哧地一笑，寄青已携着春冰到前台来。秋水是早给他们预备好两张票子，在台前第三排的正中。招待员招待他们坐下，这时台下的位置差不多已坐得一只没有了。一方面是表示救济难民的上海市民的确非常踊跃，一方面也可见秋水号召的力量了。台上《坐宫》一出还没有演完，扮铁镜公主的是名票李忠良，嗓子很甜。台下众人听得津津有味，忽听后面有两个少年说道：

　　"这位铁镜公主嗓子很好，可惜差一些扮相。"

　　"他是个男性，当然扮相不甚好看，回头瞧闵秋水小姐的那《三堂会审》，恐怕喝彩叫好的人就要哄堂而起了。脸蛋儿生成是个美，扮相不容说起，单拿唱做来说，真是珠圆玉润，入木三分，走几步台步，真个是体态轻盈，也不知颠倒了几许少年哩。"

　　"闵秋水小姐不就是叫她作甜姐儿的吗？"

"对了对了，今天戏有两出，《三堂会审》后有《汾河湾》，扮的柳迎春，真给几个酷嗜皮黄的过瘾……"

寄青听了，回头向春冰望了一眼，两人自己也不知为了什么，都微微笑了。寄青便向春冰搭讪道：

"上次我表妹若没有陆先生奋力相救，险遭灭顶之灾，真令人感激不尽。听说陆先生是在报馆办事，不知是哪一部分？"

春冰听寄青这样说，略欠了身子，微笑道：

"这真是个凑巧的事，那天我齐巧也在玩儿，其实这也费不了我什么，既然同在游泳池里，当然尽自己力理所及得到的，就是并不是你的令表妹，我一样得尽这个义务。我在报馆是编辑部帮一些忙，其实不也是天天空着吗？"

寄青在袋内摸出一只克罗米的烟盒，一面递支烟给春冰，一面笑道：

"太客气，太客气，陆先生一支笔是为民喉舌，替社会造福利，我们都也得到许多好处。"

春冰接过烟卷，寄青已把打火机开了。两人燃了火，春冰一面道谢，一面摇手道：

"胡先生这话，我实在愧不敢当。老实说一句，我看在这个年头儿，四面这样环境，实在没有你说话的余地，所以说为民喉舌，真叫我听了有些不好意思。"

寄青似乎也感到了同情，彼此深深地叹了一口气。春冰向他也问道：

"胡先生想是还在什么地方念书吧？"

"不，我已在办事了，就是我姑爸的行里。"

春冰笑着点头，两人又静默下来。各人虽说是在听戏，但心里却是想着心事。春冰暗想：原来秋水还有这样一个表哥，瞧情景他们的感情也很好，自己加入在这个恋爱圈内，不是要和他角逐情场了吗，那么不见得两人都能成功。当然一个胜利，一个失败，胜利

168

的自是眉飞色舞，但失败的内心将如何感到痛苦呢？虽然照秋水待我种种举动看来，也许是自己胜利的成分多，因为她芳心里若果然属于表哥，她又何必再和我表示亲热呢？但是一个人不能太自私自利的，我不能因自己要人报答我而得到了幸福，使另一个失恋的人陷入悲哀的途径。这件事对于良心上虽然有些儿自惭，所以我得向他问一问口气，他和秋水的感情不知究竟如何。不过这话又打哪儿说起好呢？春冰委决不下，嘴里吸着烟卷，这就呆呆地出神。

寄青心里当然也一阵一阵地想着，表妹常常一个人出去，都说是瞧同学，当时我虽然疑心她和姓陆的打得火热，但究竟不能断定。现在瞧来，表妹和他感情实在已超过了友谊的水平线，虽然他是表妹的恩人，表妹对他表示亲热，论理也不能算她变心，不过在恋爱的立场说来，他就是自己的情敌。有了他，没有我，有了我，没有他，这好像说眼睛是最小气的东西，眼睛里不能有一粒细沙，爱情里岂能参加一个第三者呢，也许比眼睛更小气。不过自己用什么方法，才可以踏到胜利的道路呢？这很难说。恐怕早已注定是个落选的人了。唉，这虽然是件痛心的事，但不能因失恋而放弃了其他一切事业。我也只好抱着"欲除烦恼须学佛，各有因缘莫羡人"的那句话了。

两人尽管这样出神，不但没有注意台上究竟唱的什么、做的什么，简直连自己置身在什么地方都茫然了。就在这个时候，一阵锣鼓喧天的声音突然触在耳鼓里，这才恢复了两人原有的知觉，晓得《坐宫》已是成了尾声，接着的是闵秋水的《三堂会审》。台下看的人个个聚精会神，几千道目光都集中在台上。先上台的是一个小生两个老生，就在上面坐下，接着丑角上来报说，小生说声带上，接着就听台后一声

"苦啊……"

这一声"苦啊"，真是甜得了不得。未见其人，先闻其声，早已博得满堂一声彩。只见缎帘一掀，秋水早已显在眼前，这好像是一

169

颗亮晶晶的星光，大家都要用手拭了拭眼，瞧个仔细。春冰见她头上扎的绿绸方巾，身穿红衣，领子上架着玻璃鱼形头枷，手上戴着两只金刚钻约指，闪烁得耀人眼目，真个是我见犹怜。接着是散板一段，以后跪在台前听审。这一段子唱工非常吃力，唱到"十六岁开怀"一句，她的目光齐巧和春冰接触个正着，这就不免嫣然一笑。这一笑，台下的人都误会了，便哄堂拍起手来。寄青似乎有些理会，回头向春冰望了一眼，春冰这就觉得有些儿难为情，不觉脸儿一红，因搭讪着笑道：

"你的表妹唱得正不错，想来是有良师教导的了？"

"这大概是性之所近，表妹自小就爱唱戏，她曾给陈丽秋做过学生，从来也曾入过三年票房。陆先生对于此道，也感到相当兴趣吗？"

春冰听寄青这样问，便笑道：

"对于京剧，听倒很喜欢，不过没有去研究，未免有些牛吃薄荷，不知道什么好坏。胡先生大概也会的吧？"

"别客气，我也只会哼两声，记得前年同学会里举行一个游艺会，我和表妹合唱一出《坐宫》，说起来好像有两句还是表妹提醒我哩，否则目瞪口呆地站在台上，像泥塑木雕的，真是大笑话呢。"

寄青这两句话，说得春冰扑哧一声笑出来，回眸瞧着秋水，却是脉脉含情地瞟来。她见春冰笑，以为是笑她，于是她忍不住又浅浅一笑，台下众人见秋水今天总是望着台下笑，有些好多事的人，就都向她对笑的地方瞧来，见了春冰和寄青两个挺漂亮的少年，各人心头都会激起了一阵妒火。这妒火从何而起，其实他们自己也不知道。案情审毕，玉堂春站起来。这里有一段二六板，秋水真唱得珠圆玉润，掌声四起，叫好不绝。春冰听了，不觉也悠然情动，这就无怪当年上座的那位王公子要有些坐立不安了。玉堂春成了尾声，秋水唱的正是"悲悲切切出察院……"的末一句，其音韵之悲切，真大有凄然泪落之概，当然又博得一阵响雷似的彩声。

170

以下是《御碑亭》，做须生的那个唱工表情都认真得很，当然很令人满意。《御碑亭》完后，便是《汾河湾》，台上便有一张红纸贴出。春冰仔细一瞧，见写的是"特烦闵秋萍小姐扮饰丁山"。

春冰正欲和寄青说话，寄青早笑起来道：

"萍妹饰丁山，那倒挺有趣，姐妹俩人变成了母子了。"

"萍妹她也会的吗？想是她姐姐教的了，强将手下无弱兵，准也不会错。"

春冰说顺了嘴，也喊了一句萍妹，猛可理会，已是来不及。但既已喊出，若再改过，那倒更觉不好意思，遂加上一个她字。好在寄青却没理会这些，笑着说道：

"萍妹会的戏也很多，表情很好玩，你瞧了准会笑出来。"

两人正说时，柳迎春已出台来。秋水这番装束和前者大不相同，细细打量，觉得另有一种美的风韵。等秋萍出来，大家又拍了一阵掌，秋萍的脸蛋和姐姐一样，真个像母子一般。她瞥眼瞧到了春冰和寄青，竟是哧哧笑出来，引得春冰和寄青也忍俊不禁。《汾河湾》后是《捉放曹》，两人正瞧到吕伯奢请陈宫曹操进庄，忽见秋萍一跳一跳走来，向春冰笑叫道：

"陆先生，好久不见了，你忙不忙？"

春冰见她滴溜乌圆的眸珠一转，显出天真活泼的样子，因也笑道：

"萍小姐的表情唱工真不错，我也喝了两回彩。"

秋萍听了，瞅他一眼，抿嘴哧哧笑道：

"不见得好吧？表哥，爸爸也在后台，你和陆先生来吧，姐姐已卸妆了呢。"

寄青听了，便和春冰跟着秋萍到后台休息室，见秋水果已换上便装，和一个年约五十岁的老人说着话，见他们进来，便笑盈盈站起，把春冰向伯祥介绍道：

"爸爸，这位就是上次救孩子性命的陆春冰先生。"

春冰听了，早已抢步上去，和伯祥行了一个鞠躬，叫声老伯。伯祥见春冰生得眉清目秀，心里很是喜欢。因为向他打量一番，未免费了些时间，秋水这就笑道：

"陆先生，请坐吧。"

这一句话，秋水是代她爸爸说了，于是大家坐了下来。伯祥摸着胡须，吸了一口雪茄，方才笑着对春冰道：

"她妈膝下只有她姐妹两人，且我又到了风烛之年，未免娇养一些。那天若没有陆君相救，她妈不知要伤心到如何地步，这些实令人非常感激。"

春冰听了，欠着身子，微微笑道：

"老伯不要客气，人类应有互助的义务，见义勇为，原是分内之事。"

伯祥听了，微微笑着，不住地点头。秋水见爸这个情景，芳心自然有说不出的欢喜。只有寄青心里不免有些难受。伯祥和春冰谈了片刻，便站起来，说另有他事，要先走一步，春冰、寄青便站起相送。秋萍笑道：

"今天难得陆先生和表哥都在一块儿，现在时候还早，戏也没有什么好听，我们大家出去玩一会儿好吗？"

春冰见她两眼瞧着自己，不好意思立刻答应，便望着寄青笑。寄青因道：

"陆先生没有什么事去干吗？那么大家就出去走走也好。"

秋萍听了，便拉着姐姐的手，和春冰、寄青大家出了海社。春冰笑道：

"现在是十点十分，影戏没有了，还是到馆子里去吃点心怎样？"

"不要，我没有饿，姐姐，我们到安乐宫去玩好吗？"

秋萍拉着姐姐的手，跳了两跳，秋水脉脉含情地向春冰瞟了一眼，却是含笑点头。寄青也赞成，春冰当然不好意思反对。四人遂坐车到安乐宫舞厅，大家在座位坐下。侍者问喝什么茶，秋萍说喝汽水，春冰问秋水可也要喝汽水，谁知秋水听了这话，倒红了脸儿，支吾一会儿，方摇头道：

"淡茶吧。"

这把春冰、寄青都奇怪起来，但这是没有研究之必要，遂叫侍者拿三杯淡茶、一瓶汽水。正在这时，忽见那边走来一个西服少年，向这里叫道：

"哈啰，密司脱胡，什么时候来的？"

寄青抬头一瞧，原来是黄自豪，因连忙站起握了一阵手，一面说还只刚到，一面又和春冰、秋水姐妹都一一介绍。自豪和春冰握了手，又欲和秋水握手，谁知秋水并不伸出手来，只和他弯了弯腰，自豪只好缩回了手，脸上有些红晕。春冰因笑道：

"密司脱黄，这儿坐一会儿怎样？"

"你们请坐，不要客气，我那边有朋友，再见。"

寄青知道他被表妹碰个钉子，不免有些儿不好意思，遂也不强留他。大家又坐了下来，侍役送上汽水和茶，秋萍早已捧着瓶儿喝了。寄青向自豪那边望去，依然是和马子平、陈友超两个在一块儿，因回过头来笑道：

"这种人真太没有意思……"

"为什么，表哥，他不是和你同科的吗？"

秋水听了，便向寄青笑着问，寄青道：

"是的，他和我同科，这人真也吃饱饭没事干，他有个朋友叫马子平的，在这儿竭力地追求一个舞女，名叫夏瘦鹃，他和一个姓陈的却一同来吃豆腐，不是太无聊吗。"

春冰一听"夏瘦鹃"三字，心中顿时一惊，因急问道：

"你这事情怎么知道的呀？"

寄青因把上次自豪约自己来这儿玩，那姑娘说的话告诉一遍，又笑着道：

"虽知这个姓夏的姑娘眼界高，说什么五百元，就是五千五万都

173

不放在心上，这话真是痛快得很。不过那姓马的这样天天热烈追求着，恐怕日后就难逃过他的手中。"

春冰暗想，这不是红蕉还有哪个？让一个柔弱的姑娘处身在这样富于诱惑性的恶劣环境中，这的确是非常危险。幸亏红蕉还是个意志坚强的女子，否则不是早已上了人家的大当了吗？其实能够一辈子地爱她，这倒也未始不是一件好事，所怕的就是今天把你玩了，明天就抛在脑后，这真是把人家姑娘一生幸福丢了。春冰这样呆想，秋水却说道：

"这样说来，那位夏姑娘总算很替我们女界争一口气，可谓富贵不能淫，威武不能屈了。我倒很想见见她，表哥，你能指给我看看，是哪一个呀？"

寄青倒不料表妹今天有这个举动，便望着她憨憨笑道：

"表妹，你这话可当真？"

"这也不是稀奇的事，怎么不能当真？"

春冰听秋水真的要瞧瘦鹃，心里也有些着急，不过究竟为什么要着急，却也不能说出一个所以然来。寄青听表妹这样说，便笑道：

"这是一个多月前的事情，我也有些模糊了，但表妹既然要和她见见，我可以给你去找了来怎样？"

秋水听了，点了点头。寄青见这时音乐刚起，他便匆匆到舞池里去了。走到瘦鹃面前，瘦鹃一面凝眸呆瞧，一面站起。寄青笑道：

"夏小姐，好久不见，你不认识我了吗？"

"哦，你……不是胡先生吗？真的好久不见了。"

瘦鹃还没回答，两人已移步到舞池边的进出口处，对直望去，就是春冰的座位。寄青向秋水招了招手，瘦鹃随着他手瞧去，只见那边沙发上，坐着两女一男，女的一个孩子装束，一个非常漂亮，再瞧男的，不觉"咦"了一声。寄青忙问什么，瘦鹃还未答言，秋水已是姗姗走来。寄青因向两人一介绍，便自管回到春冰坐处去。这时瘦鹃心中真奇怪得了不了，寄青说有个朋友要瞧我，原来却是个女子。那么这个春冰和她究竟算什么关系？他是知道我在这儿伴舞的，那么他不知和她说些什么，为什么无缘无故地要瞧自己呢？瘦鹃这样一阵子呆想，秋水把她脸儿也就瞧了一个够，觉得真是个美人胎子，也许比自己还强，一时倒也不免惺惺相惜，含笑问道：

"夏小姐今年几岁了？有没有念过书？"

"我才十七岁，念到小学毕业……唉……"

瘦鹃说到这里，叹了一口气。秋水心中倒奇怪了，因问道：

"为什么叹气？你爸妈都在吗？"

"这些请你原谅，我实在再没有勇气提这些事。总之，我是个不幸的人。闵小姐今年几岁？想还在学校里念书吧？"

秋水听她这样说，心里倒是一怔，但人家既然不愿提起，这当然可想而知，也不必勾引人家的伤心。因说道：

"我嘛，虚长了你两年，你年纪很轻，意志倒挺坚强，这真令人钦佩得很。"

"是吗？这个年头儿，置身在这样险恶的环境中，意志不坚强，那天天就有坠入陷阱的可能。但是为了生活，那又有什么办法？"

瘦鹃又叹了一口气，但在她心中又起了许多疑窦：这事显然有些奇怪。如果春冰把我身世告诉过她，她又何必再问？若春冰不曾谈起我，她为什么要见我？想来事情总有些原因，便又笑问道：

"闵小姐，这位姓胡的可是你的朋友吗？"

秋水听她这样问，心想，这没有告诉你详细之必要，因含糊点了点头。瘦鹃乘机故意又问道：

"那边还有一位先生呢？"

"你问的是坐在沙发上那一个吗？他是我的表哥。"

秋水的芳心里是只有春冰一个影子，听人家问自己和他什么关系，这当然是件十分兴奋的事。不过要直率地说他是自己的情人或爱人，这究竟有些儿不好意思，但要说得亲密些儿，冲口就说出是表哥，和寄青齐巧换了一个头。瘦鹃听了，唔唔响了两声，嘴里虽然答应着，心里却是暗暗纳闷。陆先生的身世，我是知道很详细的，他在上海是孤零零的一个，和我是个同病相怜的人，他哪里来什么表妹？心里要想问她一问，但又觉得问不出口。正在这时，音乐停止，秋水便和她点头含笑，自回座位上来。秋萍笑道：

"姐姐，你和她说了许多话，敢是真的和交个朋友吗？你和舞女做朋友，妈妈是要骂的呢。"

"妹妹，你别胡说。"

秋水说着，便在沙发上坐了下来。春冰听了秋萍的话，心里颇觉感慨。寄青早笑着问道：

"表妹和她可谈些什么？"

"这位夏姑娘的身世，大概很伤心的，所以我问她，她不肯详细告诉，今年才十七岁，书倒念到小学毕业哩。"

秋水说着，便在皮匣内取出一元钞票，叫侍役买舞票去。春冰听她别的没有说起什么，想来瘦鹃不曾把我提起，也许她没有瞧见我，那当然是再好没有了。这时侍役把舞票拿来，秋水交给寄青笑道：

"表哥，谢谢你，你代我去给她吧。"

寄青笑了笑，伸手接过，等着音乐起来，他便又到舞池里去。瘦鹃便含笑站起，寄青把舞票塞给在她手里，笑道：

"夏小姐，这是闵小姐给你的。"

瘦鹃接过了舞票，纤手抚着他的肩膀，凝眸望着他道：

"胡先生，我问你一句话，那位闵小姐来瞧我，可有什么意思呀？"

寄青听了，不禁哑然失笑，心中暗想，这也无怪她要不明白了，因忙解释道：

"夏小姐，你别误会，今天因我见那个姓马的也在，所以把他卑鄙手段告诉了他们。闵小姐听你有这样意志，心里很钦佩你，所以要来见见你。其实原没有什么别的意思。"

瘦鹃听了，心里又喜欢又忧愁。喜欢的他把自己实情告诉春冰知道的，春冰听了，一定很安慰的。因为他那天信中给自己四句话，并且他对我还抱着热望，可见我实在并没辜负他的一片好心。但是忧愁的他并没有表妹，现在为什么突然有个这样美丽的表妹了呢？想到这里，意欲向寄青探问一下，不料寄青这时忽然瞥见春冰和秋水也在舞池里欢舞，一时心中猛可理会，怪不得表妹要我把舞票给瘦鹃，原来她是调虎离山之计。心里一气，把两颊涨得通红，几乎将身子跌倒地下去。

第六回

角情场四心滋疑窦
赋绝句一雨又病秋

寄青忽然瞥见舞池西边秋水和春冰也正相倚相偎地欢舞着，这种亲昵的样子骤然瞧在寄青的眼里，心中这就难怪有阵猛烈的酸气冲上鼻来。瘦鹃见他脸儿好端端忽然一阵红一阵白起来，芳心好生奇怪，因摇撼他一下手，笑道：

"胡先生，你怎么啦？"

"没有什么……"

寄青这样回答了一句，他却没有再和瘦鹃跳舞，两脚好像有千斤重那么难提起似的，兀是呆呆地站在舞池边出神。春冰和秋水似乎也避着嫌疑，所以并不曾跳近来。瘦鹃见寄青脸儿老向西望，因此也跟着望去。不料这一望，心头好像心中有件什么重要东西被人抢了去似的，忍不住眼皮儿一红，险些掉下泪来。要想问问寄青对于闵小姐和春冰究竟是什么关系，为什么自己心灵上的爱人要说是她的表哥哥呢？可是喉间是哽着，再也问不出一句话来。在舞池里，两人这样地呆立是会受人家注意的，但幸而音乐停止了。寄青说声再见，便匆匆先回到坐处。秋萍见表哥脸色不十分好看，因忙问道：

"表哥干吗一脸不高兴？姓夏的怄你气吗？"

寄青还不曾回答，春冰和秋水已到来，当然秋萍的问话两人都也听到，这就不免都注意到寄青的脸上。寄青觉得自己承认是不高兴的话，那就太没有意思，因笑了笑道：

"做舞女的哪里肯给舞客怄气，这不是和钞票在作对吗?"

春冰和秋水听了，都笑起来。春冰心中当然不愿意大家欢欢喜喜来玩儿，而使一个人很不高兴地回去，遂搭讪笑道:

"我对于跳舞，好久未试，究竟步伐不对了，这次是华尔兹，那我更不会了。不过我倒爱瞧，胡先生和闵小姐倒不妨去试试。"

秋水原是聪明的人，她听春冰这样说，同时又把眼睛向自己瞟，这其中自然含有些用意，自己当然也不愿意和表哥伤感情。况且这个表哥并非阴险刁恶的人，在未遇春冰之前，自己的确和他也有相当的好感。不过现在所以造成这个局面，我也并不是得新忘旧。按正理而论，假使我的性命没有给他救起，那世界上就从此没有了我这个人，既然没有了我，就是表哥要爱我，也无从爱起。所以表哥其实一些儿不用生气，他只当我被水淹死，不是可以心平气和了吗?但是想得这样明白的人恐怕是很少的。我自然不能给表哥认为爱不专一的女子，将来总得把我苦衷向他细细解释一下。秋水这样想着，同时已站起身子，这倒出乎寄青的意料之外，心里这就感到春冰和秋水倒是很爽快的人，自己不能老含着醋意，反被人笑话。因也装作毫不介意的，便含笑点头，携着秋水到舞池里去了。

这里种种举动当然也有人会注意，这注意的人就是夏瘦鹃。瘦鹃自听到秋水承认春冰是她的表哥，而后又瞧到春冰和秋水欢舞的情形，心里就觉得非常悲伤。此刻她见寄青和秋水去跳舞，心里倒又一阵欢喜起来，以为春冰一定会和自己来跳。谁知天下的事情，往往理想与事实相反，春冰并不来和自己跳，却见他拉着那个女孩的手，很亲密地谈话，好像把自己在这儿伴舞的事情忘得一干二净的光景了。一时无限酸楚陡上心头，眼泪也就止不住夺眶而出。但是好好儿的为什么要淌泪，被别的姐妹们看到不是要笑话吗?于是她又低下头来。

就在这个时候，一个西服少年走到面前，瘦鹃以为是春冰，慌忙收束泪痕，含笑相迎，不料仔细一瞧，却是自己心目中最恨的马子平，这就不禁又长长叹了一口气。子平这次和瘦鹃跳舞，觉得瘦鹃的步伐不但不齐，而且简直是有气无力，自己好像抱着一块石头还重，心里好不奇怪，便推开她身儿，问道：

"夏小姐，你怎样啦，身子不舒服吗？"

"是的，我有些儿头疼，对不起，今天我要早些儿回去了。"

子平瞧她脸上似乎还含有泪痕，这就不疑有他，反而劝慰她几句。瘦鹃退到座位，心里是层层地想：春冰平时对我这样关心，今天既已到这里，照理应该和自己说几句话，难道他来和自己跳几支舞，我还要他舞票不成？这样想来，他是碍着这位姓闵的女子，所以和自己装作漠不相关的样子。这就可见春冰和姓闵的女子交情深了。可怜自己一片痴心，以为春冰是自己唯一的知心人，总希望和他有皓月那般团圆的日子。这个理想之梦是打得粉碎了，从此我变成一个迷途的羔羊、失群的小鸟。想到这里，一阵心痛，几乎失声哭泣起来。可怜瘦鹃在精神上受了这一重打击，从此便坠入了情网之中，可是在春冰的心里，他哪里有知道一丝半毫呢？

春冰见秋水和寄青携手回来，便笑着点头道：

"闵小姐和胡先生跳的华尔兹真不错，跳得好，瞧起来好像水波浪荡动似的，很有些意思。"

春冰说的很有些意思这句话，原没有什么作用，不过在秋水听来，芳心倒是一怔，这就向他瞟了一眼，心里暗想：这人说话奇怪，我和寄青去跳舞，不也是春冰自己的意思吗？现在他又说这个俏皮话，难道他也吃起醋来了吗？因此也就默不作答。春冰瞧了这个情形，心中也就误会了，以为瘦鹃和自己认识的话，已告诉给寄青知道，寄青为了他自己地位起见，自然在秋水面前要说上两句，所以秋水要不高兴了。寄青见两人脸上顿时沉了下来，心里也有不解，别人家既然这样夸奖着，怎的可以不回答人家呢？因含笑道：

"表妹对于华尔兹很有研究，我也不十分会的。"

寄青说了这句话，谁知两人都没说话，各自握了杯子出神，自己也觉得没趣，就低头不说什么了。秋萍见他们大家不说话，自己坐着也是无聊，于是便提议要去吃点心，春冰生恐瘦鹃注意，当然一口赞成，就付去茶资，大家出了安乐宫，就到金城酒家消了夜。这次却是寄青付了账。从金城酒家出来，时候已经十一点三刻，春冰方才和他们握手回家。

黄昏的时候，下了一场细雨，天气显然是入了秋凉。春冰从报馆里出来，慢慢地安步当车踱回家去，心里却是不停地想：自从在安乐宫玩了后，匆匆已过去三天，在这三天中，却没有瞧见红蕉一面，不知那天她可曾瞧见我。也许她恨自己不和她去跳一次舞，所以她不高兴来理我了。一路想着，不知不觉已到了里门口，只见从里内走出一个花信年华的少妇来，春冰认得是王大嫂，两人就不免含笑点头。这时心中突又想着红蕉，便忍不住开口问道：

"夏小姐没和你一块儿走吗？"

春冰是早知两人在各舞场伴舞，这一句是明知故问，在他无非要问出红蕉一些消息来。王大嫂听了，却立刻皱了眉毛道：

"你说红蕉吗？她不知怎的已病了三天了。"

"哦，已病了三天，怪不得瞧不见她影儿……"

春冰心中吃了一惊，却并没再问下去，却转身急急奔回家里来。先到亭子间，脱了衣服的上褂，蹑手蹑脚地走到后楼，还没跨进房门，就听里面有人在说话，只听得两句道：

"真奇怪，他哪儿来什么表妹呢？"

春冰好生惊讶，她和谁在说话？因悄悄走进房中，谁知里面除了红蕉一个人朝里躺在床上外，房中却并没第二个人，一时心里又呆住了。"他怎么有一个表妹呢"，这一个"他"字，究竟是指点谁而说的呢，指我吗？那我根本是没有表妹的。春冰再也不明白，她的生病，是不是另有他种原因，还是受了冷热而病的，不过听了她这一句自言自语的话，多少是带有我的事情，我倒要向她问一个仔细。这时红蕉却并没注意到房有人进来，还是在是不停地叹气。春

181

冰这就忍不住走近床边，低低唤道：

"夏小姐，你好好儿的怎么会病啦？"

红蕉骤然听了这个声音，立刻回过身来，一见春冰站在床边，她便眉毛儿一扬，眸珠在长睫毛里转起来，掀起酒窝，点了点头，这意思是谢谢他来探望的表示。但同时她又伸出手来，向床前的椅上一指，含笑道：

"请坐吧，陆先生。"

春冰听着她话，就在椅上坐下，凝眸望着她两颊，是红得发烧，想来她身子的热度还是很高，不觉蹙起双眉来道：

"听说你已病了三天了，可要请个大夫瞧瞧吗？"

"不相干，我没有什么大病，陆先生，对不住，热水瓶在桌上，我不同你客气，你自己倒吧。"

春冰见她说着话，好像要从床上坐起模样，这就情不自禁地站起，向她摇手道：

"别忙别忙，这些你不用操心吧。啊呀，你的手烫得厉害。"

因为是匆促之间，春冰的手无意碰到了红蕉的手。红蕉微微一笑，说道：

"陆先生，你摸摸我额角，也发烧得烫手。"

春冰听了，这就不用再避嫌疑，便用手按在她的额际。红蕉似乎得到了一种很深的安慰，微闭了星眸，轻轻地屏着鼻息。春冰吃惊道：

"既然发烧得这样厉害，你怎么还没有大病？唉，你这就未免太孩子气了。"

红蕉听了，又睁开眼来，却是嫣然一笑。春冰见她病得这样，还是一味稚气，心里有了一阵感触，倒觉得楚楚可怜，因又问道：

"你要不喝口水润润嘴？"

红蕉点了点头，春冰便给她倒了一杯，扶起她身子，就拿在自己手里，让她喝去半杯。红蕉掀着酒窝儿又笑了，说道：

"劳驾你，真对不起，我这人糊涂，怎的倒叫陆先生服侍我？"

"这没有关系，一个人病了，应该有个人好好儿服侍才对。我们尽些儿互助义务，你别放在心上。再说谁又保得住谁，明天也许我病了，你不是也好帮我一些忙吗？"

红蕉听了这话，不觉感到心头，但却又连连摇手，红了眼皮道：

"不，我不愿听你说这话，难道我自己病了，倒希望陆先生也有病的一天，让我再来服侍你还吗？我总希望你永远健康……"

春冰听红蕉这样说，不免心里荡漾了一下，情不自禁地在床边坐下了，抚着她的手儿，叹了一口气道：

"我不是老对你说嘛，身子总要保重……"

红蕉听了，秋波脉脉含情地凝望着他，却并没回答。春冰见她嘴角一掀一掀的，好像待说不说的神气，意欲问她可有什么话，但又觉不好意思问。红蕉却是再也忍耐不住，还没说话，先笑起来道：

"陆先生的那位表妹，真美丽得很。"

春冰骤然听她问出这话，心中倒是一怔，半晌方说道：

"夏小姐，你这话要哪儿说起？我并没有什么表妹呀。"

红蕉听了，把纤手缩进在线毯里，望着春冰，哧哧笑道：

"别诳我吧，那天你不是在安乐宫玩吗？这个姓闵的女子不就是你的表妹？现在你可赖不了呢。"

春冰听她竟说自己赖，心里觉得好笑。秋水真的是我表妹，我又何必要瞒你呢？这样想来，她的病竟是为此而起了。因说道：

"那天我在安乐宫是有的，本来我原想要见你，因为你太忙了，我们在家反正天天见面，所以没来惊动你，不想你却瞧见了。至于这位闵小姐，她是这位姓胡的表妹，和我只不过是朋友罢了。"

红蕉对于"我们在家反正天天见面"一句话，芳心倒是荡漾一下，但是姓闵的清清楚楚告诉我，说春冰是她表哥，怎么你现在偏不承认呢？因说道：

"这事奇怪了，我听得很明白，她亲口告诉我，说陆先生是她表哥,那位胡先生是她朋友,难道我听错了不成?这个我没有这样糊涂的,而且她不会冒充是你的表妹呀。"

春冰心里也奇怪得了不得,秋水为什么要冒认她是我的表妹,这倒不必说了。红蕉既然明白了我有个表妹,她又为什么疑心疑惑地竟忧愁得生起病来。因为她在病中,不是在疑问着吗,"他哪儿有表妹呢"这一句话,我是亲耳听见她说的。唉,这样瞧来,秋水痴心,红蕉更痴心,这叫我如何是好呢?想到这里,因忙又回头望着红蕉道:

"这个事情,不是你听错,就是她说错,我的确是没有表妹的,假使我有表妹的话,当时我怎么和你说在上海是孤单伶仃一个呢?再说有一个表妹也不是犯法的事,我又何必要瞒你,你请放心……"

春冰说到这里,觉得这话不对,没必再要说上一句你请放心,她为什么要不放心?这意思倒好像她所以生病,是为了我有一个表妹,现在我解释的确没有表妹,就是你也不用生病了……想到这里,脸儿不觉一红。但这时候红蕉也理会了,她的芳心里又羞又喜,两颊本是红红的,因此就更显得艳丽可爱,眸珠一转,掀着酒窝儿笑道:

"想来准是她说错了,当时我亦很疑心……"

红蕉说到这里,亦觉得不对,人家有表妹没表妹这是一件不足轻重的事,自己为什么要疑心?两人觉得今天的说话真有些儿有趣,大家吐吐吞吞地只说了半句,这就四目相对,都会心扑哧的一声笑出来了。春冰因转了话锋,向她笑问道:

"你现在觉得怎么样?真的要不要去瞧瞧大夫?"

"并不是我孩子气不肯给大夫瞧,其实我实在怕喝药,我想过两天再说吧。"

春冰听了这话,心里愈感到她稚气可爱,忍不住扑哧一声笑道:

"不喝药,瞧了大夫也没用,你说不是孩子气,我却偏说你是孩子气哩。"

红蕉两手掩了脸儿，一骨碌翻个身子，背着春冰便哧哧地笑了。春冰离开了床边，瞧她这个情景，忍不住暗暗自语了一声"这孩子有趣"，也不禁笑了。

灰褐的天空完全已变成了黑色，春冰给她扭亮了电灯，又问着她道：

"夏小姐，你有没有肚饿？要不我给你煮些稀粥？"

红蕉这才又回转身子，向他摇了摇手，微微笑道：

"我不想吃，陆先生，你请自便吧……不，陆先生，你回来，我性子很直率，并不是讨厌你，你要如不嫌烦，就请常过来谈谈。哦，我记起来了，这儿竹橱里还有一碗鲫鱼，是新鲜的，不吃恐怕过两天就要坏的，陆先生，你拿去吃好了。"

春冰已走到了房门口，听红蕉却又说出这一番话来，心里这就暗想，这位姑娘真也不当我为外人了。遂也不同她客气，老实把竹橱里那碗鲫鱼拿到亭子间里，自己烧了些饭吃。等吃毕饭，时候已八点多，心里想着红蕉，虽然她不想吃饭，别的东西是应该吃一些的。于是他便奔到外面糖食店里，买了一只奶油面包和一听牛奶，匆匆走到红蕉的房里。只见红蕉两手拿着一张信笺瞧，见春冰进来，慌忙把信笺塞在枕下，向春冰哧哧笑。春冰道：

"瞧什么？能不能给我瞧？"

红蕉微红了脸儿，却没说话。春冰把面包牛奶放在桌上，也就不再追问，自管将面包切了片，将牛奶开了，冲一玻璃杯，送到红蕉床边的椅上道：

"饭不吃尽饿也不好，这些东西吃不坏的。"

红蕉心中这一感激，几乎淌下泪来，但愈是感激，愈是说不出话，只点了点头。春冰待她不提防，却伸手将她枕下信笺抽出来瞧，谁知就是自己上次写给她的。红蕉却又哧哧笑道：

"是你自己的，你打量我还有谁给我信吗？"

春冰听她话中有因，这就忍不住脸儿一红，搭讪着笑道：

"原来就是这一封信，那你老藏着干什么？"

"照你说，难道叫我丢了不成？我很爱这四句话，我更爱前途自有的两句话，所以我老是要瞧着。"

红蕉喝了一口牛奶，笑盈盈地回答。春冰心里感动极了，想不到这样一个小女子，竟有这样的意志、勇气、痴心，实在够令我佩服极了，不觉连连点头。红蕉心里高兴，所以不知不觉把一杯牛奶和三片面包都吃下了。春冰问她还要吗，红蕉摇了摇头，春冰方才给她一条手巾抿嘴。红蕉扬着眉儿笑道：

"多谢多谢，陆先生，你真令我感激不尽。"

春冰向她笑了一笑，却不和她答话，自把东西收拾一过，坐在床前的椅上，和她聊天了一会儿。但忽然想到人家是有病的，不该多劳人家精神，因站起道：

"我也糊涂了，夏小姐想也乏了，早些儿安置吧。"

"不，我现在比刚才好多了，你不信，再摸摸我额角，也不发烧了。"

春冰听她这样说，便弯了腰，把手在她额上按了按，又摸着她手。红蕉眉儿一扬，娇憨地笑道：

"可不是，没有刚才那样烫了吧？我说不要紧哩。"

"不烫了，那才好，但也不宜过于伤神，养息得好，当然好得快，所以我说你还是要早些安睡，你要不关了电灯……"

"谢谢你，让它开着是了。"春冰于是给她掩上房门，自回到亭子间里。这时听得一阵洒洒声音，原来天又下起雨来。春冰独对孤灯，想着秋水冒认表哥，红蕉竟为表哥两字而病，这真所谓一样多情，一样痴心，叫我怎样忍心抛得了谁呢？对此耿耿秋夜，顿时百感交集，遂提起笔来，对灯赋七绝六首，又修改了两字，方才重新誊写道：

秋夜有怀

盈盈秋水接长天，江上红蕉水也怜。
一样多情抛未得，春愁黯黯不成眠。

其 二

萍水相逢客里身，同游同泳体同亲。
我心匪石能无感，一笑背人情自真。

其 三

同是天涯沦落人，孤芳独抱出风尘。
小楼却把伤心诉，劝尔还宜珍此身。

其 四

乌啼月落夜未央，舞罢归来惹恨长。
如此生涯浑似梦，可怜身世两茫茫。

其 五

一片冰心在玉壶，伊人秋水客梦孤。
情如蕉叶卷难展，意若浮云有却无。

其 六

道是文齐福未齐，御沟红叶倩谁题？
春冰争似秋云薄，瘦尽鹃魂夜夜啼。

春冰写罢，自己又念了一遍，方才脱衣就寝。次日，便往报馆去办事。直到黄昏时候，闵公馆有电话来，春冰一听，却是秋水的声音道：

187

"你是陆春冰先生吗？我是秋水。"

"是的，闵小姐，你有什么事呀？"

"明天是我生日，就在家里设一个宴会，请你过来喝一杯水酒。"

"哦，原来明天是你的诞辰，这是我应该来祝寿的。"

"不敢当，不敢当，陆先生，明天你能不能下午早些儿来？因为我妈妈是很欢迎你哩。"

秋水说着，又咯咯地笑。春冰连连答应两声准来，就放下听筒，心中暗想：这样说来，倒是自己上门给人家瞧姑爷了，这可有些儿不好意思。想到这里，不觉又啐了自己一口，暗骂一声真太妄想了，于是自管干着工作。不多一会儿，早到下写字间时候，春冰就走出报馆，忽然想起明日既是秋水诞辰，应该是要送一份礼的，但送什么好呢？春冰在马路上站着，沉思了一会儿，口里说声有了，他便走到鲜花店里，拣了一对花篮。店员说卖八块钱，春冰遂取出两张五元钞票，叫他找了两元，并嘱店员代送闵公馆去，春冰方才欢欢喜喜回到家里来。

到了家里，脱了衣服，先洗了个脸。忽然记起红蕉，不知今天可好了些，心里记挂着，便急急到楼上来。还只跨上楼梯，就见前楼里走出一个胖妇人来，正是房东金太太。她见了春冰，就笑嘻嘻地说道：

"陆先生，今天是二十号，你付房钱来吗?"

春冰听说，便"哦"了一声。方欲伸手到袋内云摸皮夹，猛可记得，自己留着付房钱的钞票，却被自己买花篮做寿礼了，一时不禁红了脸儿，忙笑着说道：

"喔哟，金太太，对不起得很，我明天……明天没空，后天给你好吗？"

春冰说明天没有空，他原是要祝寿去。谁知金太太听了，就有些不受用，冷笑了一声，鼓着嘴道：

"陆先生，你搬进来的时候，大家说定到期付房钱，不可拖欠。

我借给你十元钱一月，那是再便宜没有了，和我商量，迟几天没关系，怎么还要侍候你有空？这说话也太不漂亮了。"

春冰知道她误会了，正欲向她声明，忽见红蕉手扶着门框子，从后楼房中摸索出来，向春冰叫声：

"陆先生……"

谁知喊声未完，两手瑟瑟一抖，身子便向前直栽了下来。这把春冰倒大吃一惊，不禁"啊呀"一声叫起来。

第七回

意蜜情深频添爱叶
灯红酒绿怒放心花

春冰骤然见红蕉带病走出房来，两手扶着门框，瑟瑟地抖个不停，身子竟向前直栽。春冰"啊呀"一声，早已抢步上前，将红蕉身子抱住。因为是非常匆促之间，红蕉两手环住了春冰的脖子，脸儿直贴到春冰的颊上。春冰急道：

"夏小姐，你要什么，为什么走出房来呀？"

红蕉从春冰脖子上放下一只右手，颤抖地去拉春冰的手，气喘吁吁地道：

"陆先生，上次我借你十块钱，还没给你，今天你就付了金太太吧。"

春冰听了这话，倒不禁为之愕然。红蕉手中的钞票早已塞进在春冰的手里。春冰感激得几乎要淌下泪来。红蕉她要帮助我，还要说是上次借我的，她所以这样说，无非在金太太面前不给自己丢脸。女孩儿家心细如发，红蕉待我一片用心的苦，也真可谓无微不至了。她这一份儿深情，我当然不能辜负她。于是就把钞票交给金太太，还说了一声对不起。金太太见了钞票，又见春冰这样客气，想起自己的说话，未免有些不好意思，一面伸手接过钞票，一面满脸含笑地道：

"本来呢，迟几天原没有什么关系……夏小姐听说病了好多天了，现在怎么样了？那么请陆先生还是扶她进房去睡吧。"

红蕉偎在春冰的怀里，雪白的牙齿微咬着嘴唇，向金太太含笑点了点头。金太太早已一转屁股回前房去了。春冰握着红蕉的柔荑，说道：

"夏小姐，我扶着你，你能不能走？"

红蕉点了点头，但是她虽然表示着能走，但两只脚却一步都移动不得。春冰低头瞧去，只见红蕉穿着粉红色的丝袜，套着一双青绒的睡鞋，她竭力把脚向前伸去，脸上蹙了双蛾，表示那份儿痛苦模样。同时春冰感到她手捏在自己臂上，是这份儿有劲，可见她已是用了许多气力。心里无限怜惜，情不自禁地把自己一条手臂挽在她的颈项下，又把一条臂膀弯在她的膝曲处，竟像抱孩子般地把红蕉抱到床上，轻轻地放下。红蕉明眸一转，点了点头，嫣然一笑道：

"陆先生，谢谢你……"

春冰见她病得气力一些儿都没有，竟这样关心自己，带病出来为自己付房金。这样情重义厚，实在天无其高，海无其深，一时感无可感，再也忍不住那眼眶里淌下一点泪来。红蕉见他忽然淌泪，心里倒是一怔，把两手环在春冰的脖子上，却不立刻放下来，惊讶地问道：

"咦，陆先生，你怎么啦？"

春冰弯着身子，明眸凝望了她红润润的两颊，哪儿回答出一句话来？因为自己脖子被她勾着，两人脸儿的距离也不到四五寸光景，春冰晶莹莹的泪珠，一点一点地都滴在红蕉的脸颊上。红蕉知道他被自己感动得太厉害了，心里真有说不出的欢喜，一手攀着他肩，一手把纤指去抹春冰脸上的泪，红着脸儿，无限娇媚地道：

"陆先生，你心里别难受，人类应有互助的义务的。"

"夏小姐，我已没有什么话可以对你说了，你自己病得这样，还如此关心着……人非草木，能无动于衷吗……"

春冰就在她床边坐下，抚着她的纤手，喉间竟有些儿哽咽。红蕉微笑道：

191

"陆先生，这些儿区区之数，请你不要放在心上……"

"不，夏小姐，你错理会我的意思了。你病得连路都走不动啦，刚才险些栽了你一跌。帮助人我以为还在其次……你的心，你的情，我终身感激你是了。"

红蕉自己做的事情，心里原是模糊，今听春冰这样说，方才明白春冰所以感动得这样厉害，并不是为了自己帮助他十元钱，实在因为自己是待他太真挚太多情了。这真挚和多情，就是在病得连走路不会的地方衬托出来，这就无怪他要感激涕零了。这时候自己再仔细回想一下，也觉得不免待他太亲切一些。我和他不过是邻居，为什么对他这样呢？恐怕自己也回答不出。同时想着他抱自己到床上，自己却把两手紧勾住他脖子，一对年轻男女，这到底总有些儿不好意思吧。在平日我老是自己想，为什么对他要表示好感，我总不肯承认自己是有爱他的成分。现在被他这样一说，可见自己的确真已爱上了他。他说我的心、我的情，他都知道了。要一个自己爱他的人，对自己说出这几句话来，这是一件多么使人感到兴奋和快乐的事啊。红蕉想到这里，脸颊上添了娇艳的桃红，扬着眉儿，一撩眼皮，眸珠在睫毛里一转，掀着酒窝儿，对着春冰竟是哧哧地笑了。春冰见她这个神情，显然是接受了自己的意思，这就可见红蕉真也痴心得可怜了，因轻声儿问她道：

"夏小姐，你今天觉得怎样了……"

"我今天可说是完全好了。"

春冰见她不等自己说完，却很快地回答出这句话来，遂伸手按着她额际，摇了摇头道：

"不见得吧，你的热度没有退，再说你路还不能走，我知道你一定是很痛苦……"

"我一些儿没有痛苦，陆先生，要如我心头觉得难过的话，我脸上哪儿还会老是笑吗？"

春冰见她又娇媚地笑了，虽然心里明白她是为了一时的兴奋，

192

所以把自己有病都忘记了，但人家本身自己说没有病，我又怎好意思硬说她是没有好呢？因此望着她，却是呆呆地出了一会儿神。红蕉似乎有些儿含羞，把那旗袍的下摆向下扯了扯，遮住了膝踝。春冰这就理会到她的那双青绒睡鞋还是套在她的脚上，便伸手将它脱下，放在床前，又问她道：

"要不盖上一些儿线毯？"

红蕉见他竟把自己像孩子一般地服侍，心里又喜又羞，便频频点了点头。春冰撩过床后那条线毯，轻轻给她盖上，站在床前，望着她笑了一笑。红蕉撩出一双纤手，拍拍床前，笑道：

"陆先生，你有没有事儿去干？假使没有的话，请你伴着我，在这儿聊一会儿天好吗？"

红蕉说到"伴着我"三字，脸儿不觉一红，遂浅浅一笑，索性装作毫不理会的样子。春冰也就觉得这位姑娘的性情直率，自己本来没有事，对于她这一些儿请求，自然没有不答应的道理，便在床边坐了下来。两人相对默默凝望了一会儿，红蕉笑了，春冰也笑了，但是仔细一想，这可不对，她对我伴着她原是聊一会儿天，给她解个闷儿，这就开口搭讪道：

"王大嫂出去了吗？"

"她夜场在伟宫，因为昨天碰着国泰大班，要请她去帮两天忙，所以她是做茶舞去了。"

春冰点了点头，红蕉忽然又扑哧一声笑出来。这倒把春冰呆住了，难道自己点了两点头，就引她这样好笑吗？因问着她道：

"干吗你这样好笑？"

"不是笑你，我想着一件事。王大嫂今年也只不过二十五六的年纪，说也可怜，她那口子竟中流弹死了，现在和我一样，过着伴舞的生涯。但这样一辈子下去，到底不是个事，谁也要度个将来呢。那天晚上，她回来睡在床上，想了一夜心事，我问她为什么睡不着，她就和我商量了。但我是个没见世面的女孩子，能懂得什么，所以也代她委决不下……"

春冰听她这样说，虽然心中已明白了五六分，但到底不能确定自己的猜想是完全不错的，因又问着她道：

"王大嫂她和你商量什么事？能不能告诉我知道吗？"

红蕉听了，红晕了双颊，没有说话，先长长叹了一口气，很感触地道：

"像我们这样孤零的身世，应酬着形形色色的人们，在这一个恶劣的环境之下，说起来是很令人伤心的。王大嫂她在伟宫里有一个客人跳她，据她告诉我，每星期和她跳一次，这样一直没间断，差不多已有半年。因为有了这些时间，彼此都知道一些身世，听她说这个客人姓毛的，年纪三十上下，是个吃洋行饭的，因为他新近丧了妻子，家里还有个五岁孩子，意思要娶她回去。论理王大嫂为什么要去伴舞，不是为了生活吗？在她心里当然也没希望一辈子做舞女，现在既然有人要娶她，乐得找个归宿之所。不过如今的人儿，说话是作不得准的，王大嫂有些委决不下，问我意思怎样。我说这是一个人终身的事，岂能让旁人胡来瞎说的吗……我想着王大嫂尚且这样再三考虑，像我们女孩儿家，那真要更……唉，做人就在这一点子为难……"

春冰听了，心想：像王大嫂这样中等人物，尚且有人看中，像红蕉这样一个娇滴滴姑娘，是跳舞的朋友，不管他是真心假心，哪一个不看中她呢？听她开首两句，她是在恨这个环境，听末了两句，这就知道追求她的人不晓得有多多少少。那姓马的就是追求最热烈的一个。从她"做人就是这一点子难"的一句话里推测起来，她对于这些追求的人中，总有几个是不免无动于衷，那么这些人的经济，当然比我要强得多。爱情虽然是纯洁神圣的，老实说，到底多少还是基础在经济上面。我和她虽然是这样相爱着，对于经济能力实在够不到，假使有人是很真心地爱她，把她娶了去，这倒未始不是一件好事。瞧秋水对我的情分，很有些非我不嫁的样子，虽然彼此贫

194

富相差甚远，但凭着她爸爸的势力，也许自己可以走上比较广阔一些的道路，这样不是成为两全其美吗？春冰心中既有了这样的一个念头，便向红蕉探一探口气，说道：

"不过这也并不能一概而论，存心不良的人固然多，真心求爱的也未始没有。但这些全仗自己的鉴别力强来分析他们，我想像你这……"

春冰说到这里，红蕉立刻用手向他嘴儿拦住，陡然变色，绷住了脸儿道：

"陆先生，请你别谈我，我要如肯含糊的话，早已不再做伴舞的生活了。唉，你往后瞧着我吧。"

红蕉说到这里，眼圈一红，竟扑簌簌地滚下泪来。春冰暗想：这可糟了，想不到她有这样痴心，在"往后瞧着吧"的意思中，就是假使你爱我，我便终身不嫁，你若不信，那么就往后很无语的话吧。照理红蕉待我如此深情厚谊，我实在不该向她说这样令她灰心的话。瞧着她如海棠着雨的脸儿，心里更觉她楚楚可怜，忍不住轻轻叹了一声，拿绢帕亲自给她拭了泪痕，低低地叫道：

"夏小姐，我失言了，请你原谅吧。"

红蕉听他这样说，心里不知是悲是喜，索性让眼泪痛痛快快地淌了出来。春冰见她伤心得厉害，一时十分懊悔，倒呆呆地怔住了。半晌，又站起身子，在房里踱了一圈，一面搓着手，一面望着窗外的天空，长叹了一声，回身正想再来安慰她几句，不料红蕉却先开口说道：

"陆先生，你不要生气，我自己也不知道为了什么，那眼泪竟不由自主地会涌上来。我想它既然要淌，也就不必阻它了。"

春冰听她说得这样可怜，十足还是一片稚气，一时感到心头，忍不住也滴下一点眼泪。因忙又用手揉擦了一下眼皮，直到床边坐下，抚着她的纤手，温和地说道：

"我们别谈这些吧，你在病中，我还要引你伤心，真是该打该打。"

春冰说着，真个提起手来，向自己嘴上拍了两拍。待要拍第三下的时候，手儿却被红蕉握住了，向他哧了一声，春冰回眸望她，却见她好像又恨又爱、又嗔又喜的神情，瞅了自己一眼，便抿嘴嫣然笑了。

这天晚上，春冰睡在床上，哪儿合得上眼？思潮起伏不定，那眼前也就像银幕上的镜头一般，一幕一幕地显现出来。想到左右为难的时候，他不禁又暗暗地自念道："一样多情抛未得，春愁黯黯不成眠。"念毕，又轻轻地叹气，直到玉兔西沉，方才人也倦，神也疲，酣然入梦乡里去。

次日，照常往报馆去办事，午后请了半天假，又走回家里来，换了一套比较新些的西服，修了一个面，梳了一回头发，又把皮鞋擦了擦。心里暗想：秋水昨天叫我早些儿去，现在还只有两点钟，不知会不会太早？宴会的时间当然是晚上六时，两点钟到底太早，这被她妈瞧了，可有些不好意思。还是再去望一望红蕉，她今天的热度不知可有退尽。想到这里，便蹑手蹑脚地走到后楼，只见王大嫂正在理妆。王大嫂在镜中已瞧到了春冰，便站起来，轻声儿道：

"陆先生今天没有出去办事吗？"

"下午我有些儿事，今天夏小姐热度可有退了吗？"

"一会儿退，一会儿增，没有一定，昨夜倒睡得很好。刚才我给她烧些稀粥喝，如今好一会儿不见动静，想是睡去了。"

春冰听红蕉此时睡熟着，当着王大嫂的面前，又不好意思去摸一摸她额角，唔唔响了两声，遂又悄悄地退了出来。坐在家里太闷，去又太早，反正是消磨时间，不妨到马路上踱着去。春冰好容易时候挨到三点钟，实在耐不住，方才坐车，到霞飞路亚尔培路的闵公馆去。

闵公馆的两扇大铁门是关得紧紧的，春冰伸手揿了一下电铃，只见铁门上就露出一尺见方的小洞来，春冰送过一张名片，那管门

196

的就匆匆拿着进去。见客厅里，小姐正吩咐仆人布置着陈设，因把春冰的名片送上，秋水接过一瞧，知春冰已来，乐得眉儿飞扬，说声快请，自己身子也迎了出去。不多一会儿，只见春冰身穿一套灰色条子花呢的西服，大花点的领带，喜滋滋地进来，见了秋水，便连喊拜寿。秋水早咻咻笑道：

"啊啊，陆先生，我昨天忘记关照你了，妈妈因为爱热闹，所以每年到我的生日那天，设一个宴会，请大家乐一乐，你怎么送起礼来了？那真对不起，不是叫你花费了吗？"

"这是哪儿话，闵小姐说这些，不是见外了吗？"

"这倒并不是，因为今年我十九岁，原是小生日，要到了明年二十岁，那才有个意思呢。不过到了明年，我们也许……陆先生，请里面坐吧。"

秋水握住了春冰的手，紧紧地摇撼了一阵。因为她心里是太高兴的缘故，所以这就不免有些乐而忘形，待她猛可理会，那两颊上早已飞起娇艳桃花，只好又咯咯笑了一阵，拉了春冰的手，走到客厅里来。春冰觉得这位姑娘和自己说话举动都表示特别的亲密，心里不觉荡漾了一下，遂跟着到客厅里。只见悬空都扎着五色彩纸，中间一张很长的大餐台，上面铺着雪白的台布，还摆着三玻璃瓶的鲜花。大餐台的面前，放着两只花篮，正是春冰送的。四周都是小沙发，靠西墙角上还放着一架着地收音机，春冰知道今晚餐毕，还有来宾助兴了。秋水这时早对红桃道：

"你去告诉太太，说陆少爷来了。"

红桃答应自去。这里小芸送上一杯玫瑰花茶，递上一听烟卷。不一会儿，只见上房里走出一个慈祥的老太太来，春冰知道就是秋水的妈了，遂连忙站起。秋水拉着她妈的手儿，笑着说道：

"妈，这位陆先生就是救孩儿性命的恩人。您老人家不是常说，少年人要老练才好吗？那陆先生就是你理想中的少年。妈，你可别端老伯母的架子哩。"

197

春冰见秋水在她面前这个样子，那就可想平日的娇养了。心里忍不住好笑，遂走上一步，向闵太太很恭敬地鞠了一躬，又叫声伯母。闵太太一面请他坐下，一面笑着道：

"是了，是了，你可别太孩子气，陆先生瞧了，不笑话吗?"

秋水跟着在她妈身旁坐下，明眸向春冰瞟了一眼，齐巧和春冰瞧个正着，四目相对，两人这就忍不住微微笑了。闵太太这时也细细向春冰打量，觉得春冰的丰姿实在比寄青还好。那夜伯祥回来，曾告诉我说，姓陆的孩子在海社里见过了，不但人品好，而且才学亦不错，水儿若果一心爱他，那也只好委屈寄青这个孩子了。当初我还不不相信，如今瞧来，果然不是虚话，因此十分喜欢，就向春冰问东问西地谈说了一会儿。春冰也小心回答，闵太太见他说话彬彬有礼，很有分寸，心里好像放下一桩大事，叫秋水好生招待，她便自回上房里去了。秋水待闵太太走后，她便问春冰笑道：

"陆先生，我妈是个十分慈祥的人，而且她也很爱听我的话，我说什么，她老人家是不会不依的。刚才她见了你，心里一定很喜欢，陆先生日后要如有空的话，只管来玩玩好了。"

春冰听她这样说，心里很觉不好意思，但人家既然这样和自己说话，不能不回答，只好含笑点了点头。秋水又向春冰招了招手，说道：

"陆先生，时候尚早，你来呀，我们往园子里去蹓上一圈吧。"

于是两人并肩出了客厅，向东转入一个月洞门，里面一片竹林，遮蔽天日。秋水遥指那边葡萄棚，向春冰笑道：

"那边就是我的卧房，你要不要去坐一会儿?"

春冰觉得自己还是初次到人家府上，姑娘的闺房究竟不好意思乱坐，不过这并不是我的意思，若拒绝人家也许她反要不高兴，因此凝望了她，只是憨憨地笑。秋水似乎也理会他的意思，知道他要避嫌疑，那就不再说起。两人慢步走到池塘边，只见池水上面浮着好多瓣落红，和那绿萍组织在一处，很觉鲜艳分明，微风吹来，不停地飘荡。春冰触景生情，睹此飘零红粉，忆及红蕉身世，颇觉嗟叹。秋水见春冰轻轻叹气，便含笑道：

"陆先生，你在叹光阴过得快吗？再过一个月，恐怕那荷花叶都要枯凋哩。想起大陆游泳池被你救起，这事还在眼前，不知不觉差不多已有三个月了吧？"

春冰听她提起这事，两人相对忍不住又扑哧笑了。正在这时，忽听身后有人咯咯地笑着叫道：

"原来姐姐和陆先生躲在这儿，累我好找。外面客人都来了。"

这骤然来的声音倒把两人吓了一跳，连忙回过头去，原来是妹妹秋萍。秋水因嗔道：

"妹妹，你怎么这样恶作剧啊？幸亏在白天里，假使在夜里，那真要把人家的魂灵都吓掉了。"

"我好意来找你，你倒还抱怨我哩，那么让人家客人都等在外面好了。今天又不是我生日，客人没有人招待，终也不会怪到我身上来的。"

秋萍鼓起了两腮，噘着小嘴儿，气愤愤地说着。春冰因拉了她手，秋水笑骂道：

"这妮子的嘴儿多厉害，姐姐算错怪了你了。"

秋水说着，便先自匆匆地奔到厅里去了。春冰抚着秋萍的手，笑道：

"萍小姐刚才怎么不见？想是还没有放学吧？"

"对啦，陆先生多早晚来的？"

两人一边说着话，一边已携手到客厅里来。这时客厅里已亮了电灯，男男女女来宾都挤满一室。秋水正在和这班太太小姐们应酬，有的见了这一对花篮，便和秋水打趣，说陆春冰今天到不到，想来是闵小姐的爱人了。这时寄青站在旁边，听了这话，心里自然很难受。瞥眼见春冰和秋萍携手进来，大家便握手招呼。秋水眉儿一扬，十分得意地把春冰向众位太太小姐们介绍。众女宾见春冰这样一个风流潇洒的美少年，都啧啧称羡不止，秋水愈加得意，因此她那玫瑰花儿般的脸颊上，笑容就始终没有平复过。

不多一会儿，大家就挨次入席。有的本来是两夫妻的，有的是情侣，有的比较亲密些儿，大家成双儿一共有二十五对。寄青见表妹和春冰坐在一块儿，那自己当然和秋萍坐了，心里这就暗暗地想：现在事情是证实了，自己已经变成了一个失恋的人。眼瞧着心爱的表妹被人从怀中抢夺了去，任你怎样好耐性的人，恐怕也要气愤交并吧。秋萍见大家举起高脚玻杯，都向姐姐道贺，独有表哥脸儿一会儿红一会儿白，铁青着呆呆地出神，因轻轻向他衣袖一扯。寄青这才理会，便伸手很快地把玻璃杯子举起，笑着说道：

"今天是表妹闵秋水小姐十九岁诞辰，我们得能参加这个盛会，当然是非常荣幸，不过到了明年二十岁诞辰，那一定比今年更要热烈庆祝不可。同时我希望喝了这杯寿酒后，大家再要紧紧跟着喝她一杯喜酒哩。"

寄青说完这话，便把那杯香槟酒一饮而干。那时早听得一阵噼噼啪啪的掌声震天价响，大家也举杯一饮而尽。几位太太们还把那秋波向春冰瞟，同时又向秋水扮兔子脸。这把秋水乐得心花儿朵朵都开了，她觉得从来也没有这样兴奋过，笑盈盈握起杯子，向众宾答谢。春冰见女宾们都把自己为集中目标，秋波眼风纷纷瞟来，一时倒反而羞人答答，有些抬不起头来了。春冰、秋水的得意快乐，更衬寄青失意的痛苦，他也不要仆人倒酒，就拿了整瓶的香槟，用大杯子倒了喝，一连竟喝了两瓶。秋水这时也觉得表哥今天态度有些失常，所以待寄青要喝第三瓶时，她便走过来，把他握住，柔声地劝道：

"表哥，你平时是不喝酒的，今天怎能这样大喝呀？明天病了酒，可不是玩的。表哥，你快不要喝了。"

"哈哈，今天不是表妹诞辰嘛，那我当然要喝个痛快。表妹应该劝人多喝几杯才对，怎么反阻我了呢？哈哈……这话不对……不对……"

寄青一阵大笑，抢过瓶来，对准了嘴就喝。春冰见他脸儿由青已变灰白，生恐因此而丧生，慌忙站起来夺去，但已喝了一半。寄青一面大笑，一面又大哼京调，这除了秋水和春冰外，哪有人明白寄青的苦心？大家还拍手欢笑，都道密司脱胡醉了，真的醉了。秋水只得叫仆人把表少爷扶到书房间里休息，叮嘱好生侍候。这里大家又开怀畅饮，十分快乐。只有春冰瞧寄青这个情景，想来是受了极深刺激，心有不忍，反而闷闷。秋水见春冰这样，自然不免无动于衷，因此也减了不少兴趣。

餐毕，仆人收拾一过，灯光换了五色，开了收音机，给来宾酒后余兴，大家跳起舞来。春冰、秋水搂在一起，一个郎情如水，一个妾意若绵，春冰被秋水热情所融化，自然是忘记所有的一切了。

酒阑灯灺，舞兴已尽，众宾欢然而散。春冰回到家里，急急先到红蕉房中，见红蕉热度依然未退，病了数天，两颊倒清瘦许多。春冰怂恿她明天必定要去瞧医生，红蕉也觉拖延下去，自伤身子，因含泪答应。到了次日，春冰一早先给她到广福医院去挂了号，下午特地从报馆赶回来，租了一辆汽车，伴送红蕉一同到医院。两人刚才下车，春冰扶她进内，忽见里面走出一个西服少年，彼此一见，大家不觉都"咦咦"起来。

第八回

嗟失恋情甘千日醉
睹偕行防有两条心

一轮皓月悬挂在碧蓝的天空中，放发它柔软的光芒，筛着院子里种着的树叶，疏疏散散的黑影儿，满布着青青的草地上。夜风阵阵地吹送，摇动着叶子儿瑟瑟地作响，在万籁俱寂的空气中，是更觉得清晰动听。

秋水送众宾走后，慢步回到厅上来，只觉得脸上仍是热辣辣的，心是跳动得厉害，这大概是极度快乐之后兴奋的余波吧。这也奇怪，今天自己和春冰的情形和众位太太们的取笑实在已超过了友谊，甚至于恋人，简直把春冰这个人完全属于了自己。今天真说是值得纪念的一天，恐怕也是我俩结合的预兆吧。秋水一面走一面想，抬了头望那光圆的明月，她那娇媚的脸上，不时地浮现了无限得意的微笑。

匆匆地奔上了妈妈的房中，闵太太靠在床栏上正吸着烟卷，妹妹已躺在妈的床里睡熟了，爸爸却还没有回来。闵太太喷了一口烟，皱着眉毛道：

"他们都走了，今天青儿怎么了，竟喝得这样一个稀烂。刚才我去瞧他，呕吐得满地都是，这样大醉是伤身子的，你怎么不劝他少喝些儿？他到底喝多少酒呢？"

秋水听了这话，这才记得家里还有个表哥醉着呢，听妈妈的话，竟有些儿怪自己的意思，这就噘着嘴儿道：

“我怎的不劝他呢？他今天也不知为什么高兴，竟喝了两瓶多。”

“啊呀，这孩子痴了，平日三杯喝了就脸红的人，怎么就喝了两瓶多？那真要把他醉死了。”

秋水听妈妈这样说，芳心倒是一动，遂向妈请了晚安，到书房里来瞧寄青，只见满地东一堆西一堆的水渍，想是收拾过了，寄青仰面躺在一张紫檀香木的炕榻上，红桃却伏在椅背上打盹。秋水轻步走到榻前，只见寄青面部青白得怕人，大醉之后，满脸会呈现着憔悴之色。秋水到此，亦不觉怜惜起来，眼眶儿一红，几乎淌下泪来，心中暗想：今天自己和春冰这样亲热情景，怎不使他心里感到难堪，但是表哥待我虽好，究竟还未谈及婚约问题，即使我和春冰订婚，也没有对他不住。他要如怨恨我是个朝三暮四爱情不专一的女人，这实在是冤枉我的。我不是早说过吗，自己性命若没有春冰相救，世界上就没有我这一个人，知恩报恩，这是一个人应该如此，否则真比禽兽都不如了。不过我对于表哥，非郑重解释不可，况且表哥亦是个明理的人，他一定会原谅我的苦衷，同时我希望他切不要为了这事而灰心，因此坠入了悲哀的环境。世界上女子可多着啦，只要为人端正，哪儿会找不到一个相当配偶吗？何况表哥本长着一表人才的品貌呢。假使表哥能觉悟，这当然双方都是幸福的事，即使他别有怀抱，那我也没有分身的办法，总算尽过我的责任，也对得住自己的良心了。

秋水想到这里，也不回自己卧房去，叫醒红桃，喊她仍回太太房中去睡，今夜预备自己服侍他，因为他的所以酒醉，是为了我。况且去年有一次，自己病时，曾也给我陪了一夜，这是在医院里，不过今夜我当然也得尽这份儿义务。秋水待红桃走后，她便坐在沙发上，望着寄青淡白的脸儿，呆呆地出神。室内四周是静悄悄的，一些儿声息都没有，只有壁上的时钟嘀嗒嘀嗒地不停走着，一分一刻……敲子夜十二时了，一会儿，又敲一点钟了，直到敲两点钟的时候，秋水朦胧中忽听有人含糊地喊要茶，慌忙睁开星眸，仔细一听，这叫声正从寄青口中发出来，想来他人已清醒一些，觉得有些口渴了，因忙从沙发站起，在桌上倒一杯开水，坐到榻边，挽起寄青头项，让他喝了半杯。寄青这时并没开眼睛，喝完了，把头一放，早又沉沉睡去，秋水遂也仍回沙发上去躺着。这样一连四五次，秋水刚合眼，就听喊茶要水，直到四点敲过，这回寄青喝茶后，忽然伸手摸着秋水的柔荑，软绵而阴凉，心中一惊，便睁开眼睛，见是秋水在旁服侍，一时便呆了起来，良久，方奇怪地道：

"咦，咦，表妹，现在是什么时候了？"

"现在四点敲过了，再过一个多钟点，天就要亮哩。"

秋水见寄青此刻脸色略有红润，便告诉着说。但自己这时倒真疲乏得了不得，伸手按在嘴上，连连打呵欠。寄青听了，"啊呀"一声，便在炕榻上坐起道：

"这是怎么说？我自己喝了一个醉，倒劳表妹一夜未睡，这叫我如何对得住你呀？"

秋水听了，微微一笑，把手背抬到眼皮上，揉擦了一会儿，又向寄青凝眸望着道：

"表哥，且别说这些话，我先问你，昨夜你为什么故意要喝得这样大醉？要知道伤了身子是你自己的，别人可受不着痛苦啊。"

寄青听表妹这样说，脸儿一阵通红，长叹了一声，却是低头不答，忽又抬起头来，望着秋水淌泪说道：

"唉，我以为昨夜这样大喝，能够醉死了，倒也是件痛快的事。"

"表哥，你这话错了，你是一个有理智有作为的少年，我觉得你不应该说出这话。要知道舅爹舅妈只有你这一点骨血，他俩老人家在天之灵，满望你在社会做出一番轰轰烈烈的事业来，替他俩老人家扬眉吐气，这才是正理。怎么倒说出这样消极的话？你要明白，死要死得有价值，死得没有名目，恐怕死后不但不能给人家表示同情，还要受人家的唾骂哩。"

寄青听了这话，倒也不禁为之愕然。表妹既然不爱我，那倒也

204

罢了，为什么还要再来向我教训一顿？难道我的所以要说死，是自己欢喜的不成？那不还是为了你吗？唉，假使我真醉死的话，也就是你虽没有叫我死，我终由你而死啊。寄青心里这样想着，可是却并没有说出口来，只管呆呆地怔着。秋水却又接下去道：

"表哥，我想什么事情大家还是坦白来说一说好，我和表哥平日的感情，不能说坏，的确我是很爱表哥的，但是我在夏季里那天，我是遭灭顶之祸了，假使我没有被春冰救起的话，那么表哥怎么办呢？难道也跟着我一块儿死吗？这似乎太令人笑话了。表哥，倘若你处身在我的地位，对于一个感情很好的表哥，和一个救自己性命的人儿，那么你怎么样呢？受恩于人，表哥，你也总知道有报答两字吧，所以从这一点说来，你要原谅我并不是个得新忘旧的女子。爱情这样东西，虽然有甚于比吃饭还要紧，但到底是件私事，假使为爱情而自杀，这的确是很没有价值，何况在这个年头儿，是更会给外界人士唾骂的。所以我劝你千万要想得透彻些儿。譬如我这个人是被水淹死了，那么你要爱我，又打哪儿去爱起呢？我是为了舅爹舅妈只有你一点骨血，同时我和你感情本来很好，因此不怕你的憎恨，来向你忠告。我知道表哥是个很智慧的人，你一定能够了解我的意思，明白我的苦衷，你要晓得世界上的女人，并不是我秋水一个，比我秋水更好的女子也不知有几千几万，像表哥这样人才品貌，怕还找不到一个好模样儿的表嫂吗？假使你能听从我的话，大家努力跑上光明的大道，这是彼此都极幸福的事，虽然我们实际上不能得到夫妻的爱，但是我和表哥精神上是永久相爱着的。否则你若一心地自愿坠入悲哀的陷阱，这不但你对不起舅爹舅妈，而且也对不住你自己，也许同时你还有些儿对不住我……表哥，你到底觉得我的话对不对？你说什么醉死的话，我觉得你也真太犯不着了啊。"

寄青呆呆地听秋水说出这一番话来，觉得表妹这人真也痛快极了，顿时恍然大悟，把头儿点个不停，握住了秋水的手，说道：

"表妹，你的话说得爽快，我明白了，我知道了，欲除烦恼须学佛，各有因缘莫羡人。对啦，我又何必羡人呢？表妹，我真感激你，同时我敬祝我们两人永远相爱。不过你放心，我绝不会有什么闹自杀的事情发生，我很愿意听从你的忠告，消除心头的悲哀，好好地为事业而努力……"

寄青说到这里，忽然眼皮又红起来，把她握着手，待放不放的神气，颤声地接着道：

"我想我们虽然是……不过一个表兄妹间对于握手的亲热，还可能的吧……表妹，我知道你是个多情的人，我很感激你，累了你整整一夜没睡，这我显然是担着抱歉，现在请你回房去安置了吧……"

寄青放了秋水的纤手，一阵无限辛酸的悲哀，激动了他空虚的心灵，止不住那满眶子的眼泪，扑簌簌地占有了他的两颊。秋水听了这话，瞧了这情景，不能不动心，眼皮也早已润湿了。但她再也说不出一句安慰的话，慢慢地离开了榻边，移步跨出了书房，眼角边终于也涌出一点晶莹莹的泪水来。

寄青既然被秋水说穿了，倒也死了这条心，便依然沉沉睡去。这一睡，直到吃午饭才醒来，红桃端脸水给寄青洗漱，寄青悄悄问道：

"你家小姐可起来了没有？"

红桃摇了摇头，一面把皮鞋给他擦好，一面答道：

"今在是星期日，小姐昨夜又睡得迟，现在是不会起来的，太太问表少爷醉后身体觉得怎么样。"

寄青一面洗脸，一面觉得站着的那两条腿软软的，但这也不必告诉人家，遂摇了摇头，洗漱完毕，穿好衣服，便走到上房里来，见姑爹、姑妈、萍妹正在吃午饭，红桃又添了一副杯筷，盛上一碗饭。秋萍笑着嚷道：

"表哥，我好比——南来雁——失群——离——散——"

寄青知道她是在学自己醉后的情景，忍不住也笑了，遂和秋萍旁边坐下。闵太太指着他笑道：

"你这孩子真也憨了，一个不会吃酒的人，怎能这样大喝？以后千万自己要小心才好，酒这样东西到底是伤身子的。"

寄青口里虽然答应着是，但心里却暗暗叹口气。我的苦痛，又岂是你老人家所知道呢？伯祥偏还要讲几个前辈因喝酒而误事的人来做个例子，寄青也只好唯唯。吃毕饭，寄青觉得自己的醉实在太厉害，想起自己一个同学在广福医院做助医，倒不妨向他要些醒酒的药水，喝了也许能使身体无损。寄青想定主意，便告别出来，坐车到广福医院里去。

天下的事情，凑巧起来也真凑巧，寄青从广福医院出来的时候，在大门口齐巧会和春冰、红蕉相遇。当时大家都"咦"了一声，寄青感觉的是最奇怪，怎么春冰会伴瘦鹃来瞧医生？春冰和瘦鹃怎样认识？是个什么关系？假使早认识的话，为何那天在安乐宫里，春冰竟一些儿没有提起？寄青心中既然有这许多疑问，一时自然说不出话来，倒是春冰开口问道：

"胡先生，真巧，昨夜你醉得如何了，难道也在诊治吗？"

"不，我瞧一个朋友，夏小姐病了吗？"

红蕉略点了点头，向他微微含笑。春冰虽然觉得今天被寄青发现了自己和红蕉的秘密，他一定要向秋水作为进攻自己的目标，但这原是无可避免的事情，况红蕉待我如此情分，自己究竟舍谁纳谁，还是一个疑问，那也就管不了许多。病人是当不住那样久站的，所以春冰和寄青点了点头，便扶着红蕉自管走了进去。寄青眼望着不见了他俩的后影，兀是呆呆地站着出神。他心中奇怪极了，别的问题不要去说了，单拿春冰伴着瘦鹃进医院诊治，那两人的感情和交谊绝不是平常所做得到的，难道两人已实行同居了吗？不过想着瘦鹃落落寡合的脾气，又岂是随便跟人糊涂的吗？假使她能同春冰含糊，她自然也能和姓马的发生关系，为什么她对姓马的倒有这样坚强的意志，况且姓马的钞票也要较春冰多上万倍哩。这究竟是怎么一回事呢？寄青在广福医院门口足足立了十多分钟，猛可两手一拍，连说："是了是了，这个表妹倒不能上他的大当呢。"原来寄青心里以为瘦鹃一定是春冰的妻子，因为经济不足，所以瘦鹃就上舞场去伴舞。怪不得那天自己告诉姓马的追求瘦鹃的话时，春冰就有些儿脸红的样子。再说一个舞女，她要如没有丈夫的话，任你怎样意志坚强，有人热烈追求，哪有个不动情吗？况且姓马的脸蛋也并不坏。不过瘦鹃这女子这样忠于她的丈夫，不为金钱所诱，这的确倒是难得，简直是不可得。反之瞧春冰的存心就不好了，他既然有这样美丽一个好妻子，为什么还要恋恋于秋水？假说不曾订婚，他难道想在表妹身上转个野心念头吗？不过表妹是何等样人，她岂肯含糊的吗？那么将来这件重婚案子，法律怎能让他逃过，这岂不是害了表妹的终身吗？虽然表妹昨夜已和我做恳切的表示，但我既已知这个消息，绝不能坐视。寄青想到这里，越想越确，同时他的眼前复现了一丝光明的希望，立刻坐车，便急急赶到闵公馆来。

寄青低了头，向闵太太上房里走去，当他一脚跨进小院子里的时候，他忽然又停止了步，心里又起了一个感想，觉得这件消息，自己绝不能向姑妈告诉，万一猜测是错误的，那在表妹心中想来，终以为是自己妒忌造谣，要破坏他们的爱情，表妹她不是要瞧轻我的人格了吗，这样我真变成劳而无功反遭怪了。仔细想来，这件事还是先和表妹自己去说为妥当，不过也不能太肯定，终叫表妹自己到处留心探听是了。于是寄青转了一个身子，匆匆到秋水的卧房来，小芸在外间见了，便向内喊道：

"小姐，表少爷来了。"

"请里面来坐吧。"

有了秋水这样一句话，寄青便走进房去。只见秋水身穿一件茶绿丝绒夹衫，对镜正在梳洗。见了寄青，把那手巾在嘴唇一抿，丢在面盆内，便回过身子，望着寄青，态度如常地说道：

"表哥才起来吗？今天身子可觉得有什么疲乏吗？"

寄青望了秋水一眼，只觉表妹脸蛋白里透红，粉嫩得吹弹可破，不过这时原不是欣赏秀色的机会，遂在袋内取出一瓶药水，笑道：

"我是早已起来了，连医院里醒酒药水都拿来哩。"

秋水听了，不觉扑哧一笑，抿了嘴低声道：

"喝醉了，再喝药水，那真何苦来呢。"

秋水说着，和寄青都在百灵桌边坐下来，小芸送上一杯牛奶、一盆香蕉饼干。秋水问寄青可要喝些，寄青摇了一下头，生恐这时告诉，要令她这杯牛奶喝不完，因待她喝完了牛奶，方才告诉道：

"表妹，我刚才出去就得了一个关于你的消息，不过你听了，不要误会我是造谣。因为昨夜你刚刚恳切地向我表示后，今天我就给你这个消息，倒好像我是故意破坏你们，所以我在未说之前，先郑重声明，我若存心不良，做那卑鄙的手段，绝无好结果的。我实在为了表妹终身幸福计，所以特地又赶回来告诉你。陆春冰他是已有妻子的人了。"

秋水正在拿手巾抹嘴，骤然听了这个消息，那好像是个晴天霹雳，心中大吃一惊，手儿一松，那手巾早已跌落在地，情不自禁地早急急问道：

"你这话可真？你这话可真？"

"这是千真万真的，我一些不是虚话。他的妻子你道是谁，说出来你也认识，原来就是这个安乐宫的舞女夏瘦鹃呀。"

秋水听了，愈加奇怪。春冰在雪园见面时，就告诉并不曾订过婚，哪里就有妻子了呢？不过表哥既然说得这样认真，想来也绝不是事出无因，遂又问道：

"那么表哥怎样知道的？夏瘦鹃既然是他妻子，那天舞场中怎的一些儿都没有说起呢？"

寄青听了，遂把自己在广福医院门口瞧见的情形，向秋水告诉了一遍，又正色说道：

"照这样亲密的情景瞧来，除了夫妻、情人、兄妹之外，恐怕再没有第四种关系人可说了吧。假使是兄妹，那么春冰当然是公开宣布了，而且也不会一个姓陆，一个姓夏。假使是情人，春冰会伴她去诊治，这痛快地说一声，他们一定是同居了。所以我猜他们是夫妻，还是因为他们俩人有相当的人格……"

寄青说到这里，又把自己的猜测以及推敲，细细向秋水解释一遍，并又道：

"假使春冰和瘦鹃并不是夫妻，或者另有他种关系，那春冰的人格也就可想而知了。表妹，你要明白，我是个性直口快的人，对于表妹有不利的事情，我绝不能藏在肚里不告诉你。不过话又得说回来，这种的事实，一半是真确的，一半还是我的猜想。但是他和瘦鹃同赴医院是事实，在安乐宫假装不相识也是事实。有这两点，终觉得可疑。表妹听了这消息后，也千万别忧愁，只是你往后细细再打听是了，表妹，你要知道，我是始终爱你的一个人……"

寄青说到这里，便站了起来，又向秋水说声再见，他便匆匆走了。秋水也没有回答，更没有送他，把头慢慢低了下来，忽然两条玉臂伏在桌上，脸儿向手臂上一枕，暗暗啜泣起来。她这一哭不打紧，倒把外间进来的小芸弄得呆住了，一面给她拾起地上的手巾，一面摇撼着她的肩儿说道：

"咦，小姐，你好好儿的这是干什么啦？表少爷给你怄气吗？"

秋水听小芸这样说，心中暗想，自己真也太痴心了，这也值得哭吗，因抬起头来，说道：

"没有什么，表少爷是不会给我怄气的，你给我再倒盆脸水吧。"

小芸知道小姐娇养已惯，生成有个怪脾气，她哭当然有她的不如意处，这也不必多问，遂答应一声，自去倒了水来。秋水便重新洗了脸，薄施了脂粉，坐在梳妆台前的锦垫圆凳上，手托香腮，呆呆地出神。她心中一层层地思索，春冰是个诚实的少年，至于和舞女发生关系，这大概不会的吧？但是今天表哥所见到的是事实，这绝不能虚构的，即使是造谣，将来终有水落石出的一天。那表哥的人格不是要完全破产了吗，照表哥刚才的猜测和推敲，翻来覆去，真也是想得周到了。虽然不能完全肯定，但到底有不少可疑点。假使他真是个这样没人格的少年，那总算我瞧错了人。不过这事究竟不能作准，最好要到他家里去瞧个仔细，那么谁是谁非，就可立见分晓了。想到这里，秋水忽然又忆起在雪园初次谈话的时候，我曾问他府上在哪儿，他却不肯告诉我，只说了报馆的电话，这样看来，莫非其中就有些蹊跷吗？直到现在，我还仍不知他住在哪儿呢，那我这人真也糊涂得可怜了……秋水一阵心灰，那泪忍不住又滚了下来。

秋水东思西想，这时一颗芳心乱得如麻一般，一会儿肯定春冰是个没人格的少年，一会儿又觉得不会的，其中一定另有其他种种原因。假使要知道详细的话，实在非到他家里去瞧一瞧不可。秋水想定主意，她便到电话间去，打到报馆找春冰说话。谁知报馆里人回答，说春冰下午请假半天，秋水心中这就肯定表哥并没说谎，因连忙又问他家住在哪儿，那边回答说住在六马路宝善坊十五号。秋水得了这个地址，心里暗喜，便说了一声谢谢，将听筒搁上，就回房来拿了一只皮夹，披上一件网眼绒线马夹，又到上房里去告诉妈，说出外买些儿东西，她便急急坐车到六马路宝善坊去了。

秋水到了宝善坊，找到了十五号的门牌，敲门进去。就见一个胖妇人开门出来问找谁，秋水含笑说道：

"请问太太，这里可有一位报馆办事的陆春冰先生吗？"

"有的有的，今天他刚巧在家，楼上亭子间便是，请小姐上去是了。"

秋水说了一声谢谢，便轻轻地摸索到楼上，见亭子间的门正开着，可是房内却没有人。秋水恐怕不是春冰的家，所以在房门口疑惑了一会儿，后来瞥见那张单人写字台上，放有春冰一张半身小影，这才相信的确是春冰的卧房，遂大胆走了进去，把皮夹放在桌上，心中暗想，他人到哪儿去了，且等他一会儿再说。秋水在桌边坐下，她便细细向房中打量起来，房中用具虽然简单，并不考究，却是收拾得很清洁。秋水这时最注意的就是房中有没有女子用的物件，可是找了许久，却一件没有，而且床上也只有一只枕头，上绣"卧薪尝胆"四个大黑字，这就可见春冰平日所抱的志向了。秋水觉得没有什么可疑的地方，随手就在台上拿起一本书来翻。不料刚翻了两页，就见书本中掉下一张笺纸来。

第九回

有女怀春爱成三角
抱君逃火奋不顾身

秋水在房中等候春冰，一个人殊觉无聊，遂把桌上书本拿来翻翻，谁知里面掉下一张笺纸来。秋水拾起一瞧，见是六首绝句，遂把它念了一遍，心里觉得非常奇怪，这六首绝句中，暗嵌着四个人的名字，一个是自己，一个是春冰，一个是瘦鹃，但是这个红蕉又是谁呢？秋水凝眸沉思，却终是想不出来，遂把第一首又念了一遍道：

盈盈秋水接长天，江上红蕉水也怜。
一样多情抛未得，春愁黯黯不成眠。

单拿这一首来说，已有三个人的名字，末了两句，很可证明这个红蕉是和我一样多情，因此弄得春冰反而愁得不成眠了。但这个红蕉到底是怎样一个女子，莫非就是瘦鹃吗，这倒也未可知。第二首"萍水相逢客里身"他不是说心中也很感动吗，可见他对于我实在也并非没情。第四首中有"舞罢归来惹恨长，如此生涯浑似梦"这不是明明在说夏瘦鹃吗，可见春冰瘦鹃的确有密切关系，不过猜他们有糊涂的行为，那实在是冤枉人家了。照这六首绝句中细细推敲起来，春冰竟有三个女朋友，而这三个女朋友虽然阶级不同，对他多情则一，所以春冰自然要委决不下了。瘦鹃虽然个是舞女，但绝非庸俗脂粉可比，这我是亲眼瞧见过的，就是在春冰第三首诗中，亦很可明白。"同是天涯沦落人，孤芳独抱出风尘"，想来瘦鹃和春冰身世是一样可怜，所以亦不免惺惺相惜了。不过这里尚有一个疑问，春冰和瘦鹃怎样认识？是不是比我早，还是比我迟？那天安乐宫中为什么春冰不去和她跳舞？同时瘦鹃为什么问我说这位先生是谁？当时我还冒认表哥。这样想来，春冰一定亦是知道的，那我真好难为情啊。但是难为情虽然是难为情，叫春冰心中也好明白我对他一片的真情爱了。因为如此，所以春冰才有"一样多情抛未得"之句，可见红蕉就是瘦鹃无疑了。秋水想到这里，觉得自己亦无须等春冰回来的必要了，因为我的所以到他家来，无非要探听春冰和瘦鹃的如何关系，现在不见他人，先见他诗，这好像是他的代表，把他心事完全都告诉了我，就是他对于秋水和红蕉实在一个抛不了。这样他当然一时里不会和谁订婚，只要自己待他不错，将来自然有圆满结果。秋水这样一想，也就心平气和，把诗笺仍旧夹在书本里，意欲回身走出。不料就这个时候，只见春冰匆匆从楼上下来，见了秋水，倒是一怔，便连忙和她手儿握住，"咦"了一声，笑道：

"真想不到你这时会来。"

"我给你电话，报馆里人说没有来，我恐你有什么不舒服，所以问明了地址来望望你。"

秋水把自己突如其来的意思解释了，春冰向房中四周转了转，连忙开了窗子，搓了搓手，这态度显然有些儿窘。秋水抿嘴笑道：

"陆先生，你别忙呀。"

"这样小的地方实在见不来客，闵小姐，我们还是外面去坐会儿怎样？"

秋水听他这样说，好像他家里有什么秘密，怕被自己发觉般的，心里这就有些疑惑，倒反而索性坐了下来，淡淡地道：

"陆先生这话奇怪，我诚意来拜访你，不管你家里再小上十倍，我还得坐一会儿，你怎么尽催我到外面去，你敢是讨厌我吗？"

春冰真想不到这位小姐有这样直率，倒忍不住笑了起来，一面拿热水瓶倒了一杯茶，亲自送到秋水面前，一面赔笑说道：

　　"闵小姐，你这是哪儿话？既然你不嫌地方小，就请喝杯儿开水，我敢讨厌你吗，你快别生气。"

　　秋水瞧他又这样说了，心里不免荡漾了一下，这就瞅他一眼，嫣然笑了。但她立时又平复了笑脸，正着脸色道：

　　"我不希望听你这些虚伪的话。唉，也许像我这样的人，还够不上资格给你做朋友吧？"

　　春冰听她说到这里，忽然又低下头来，心里暗想：今天她来得突兀，说话也含有骨子，她不是来拜访我，竟是和自己来闹气了。不过事情终不会没有原因的，莫非寄青已把自己和红蕉的事向她告诉了吗？那么她显然是喝醋来了。唉，秋水这样一个贵族小姐，竟这样专心爱着我一个贫穷的人，那的确真也不可多得。因移过一只凳子，在她旁边坐下，温和地说道：

　　"闵小姐，你今天这几句说的话，简直叫我一句都回答不出。总之，我以后终不和你客气是了。"

　　秋水听他虽然说一句回答不出，不过就在这末一句话中，竟是完全答复了自己，而且他显然是向自己屈服，在一个情人面前，能够有这样成绩，这可说是胜利了。不过仔细想来，真也不好意思，今天明明好像和他是来喝醋一样了，所以一个女子，不管是新派还是旧式，终是痴心的多。现在听他这样低声下气地说着，虽然自己委屈是消了，可是若立刻回复了原状，那一个女孩儿在情人面前，显然是驯服得像头羔羊，而且是未免太失了姑娘的身份。不过不理睬他吧，那么难道还和他生气不成，这就难了。但秋水原是个聪明的人，眸珠一转，就有了主意，微抬起了头来，轻声儿说道：

　　"过分的客气，不免带着虚伪，譬如你到我家里来，我也叫你到外面去坐，那你心里有什么感想？"

　　"我不是早承认错了吗？你就别生气吧。"

春冰用了这样的软功，当然叫秋水再也忍不住哧地笑了。两人彼此呆了一会儿，房中显然是复归于沉寂，若老是这样静默下去，这也没成话。春冰先笑道：

"我没有病，倒叫你关心着我，又劳你走一趟，叫我心里很是感激。闵小姐，这我并不是虚伪话……"

秋水不等他说完，背转了身子，早已笑起来，虽然是没有笑出声，但瞧着她两肩一耸一耸，可见是笑得那份儿有劲。春冰见她一会儿娇嗔，一会儿稚气，心里感到有趣，也就忍俊不禁。一会儿，秋水又回过身来，收起了笑容道：

"那么陆先生有什么贵干呀？没有事终不会请假的吧？"

其实这种事也无追究之必要，现在秋水既然要把它当作一件事情谈，那当然是有意思的，假使我不坦白地告诉，倒反使她疑心我们有什么苟且的行业。春冰这样一想，便笑着说道：

"我这人就喜欢管闲事，因为后楼有个人她病了，她是一个孤苦伶仃的女子，所以我把她送到医院去诊治，而且在医院门口，我们还碰着胡先生呢。"

秋水对于他这样爽快地告诉出来，倒出乎意料之外，就"哦哦"响了两声，点头道：

"陆先生真是个挺热心的人。"

"热心两字不敢当，我以为人类应有互助的义务。说起这个女子的身世，或许你也会同情，她叫夏红蕉，是宝山县人。她的爸妈都在乱离的时候溺死了，她和一个邻居王大嫂总算是得庆更生，千辛万苦地来到了上海。你想，一个仅仅只有十七岁的女孩子，叫她拿什么来过活好呢？所以万不得已，她是上了火山，但她却有坚强的意志、伟大的精神，来应付她那不良的环境，对于这一点，我很表示钦佩。当然一个柔弱的女子，能够不被金钱所诱惑，这是一件不容易的事，所以有时候我亦会警醒她几句，假使能够给她有个好的收场，那总也是令人感到一件痛快的事。"

秋水听他这样说，心里虽然有些儿不受用，不过他说的是第三者的客观的立场，也许他真是一个热心的人，否则他也不会把我从游泳池里救起来了，因微笑说：

"陆先生说的夏红蕉，莫非就是安乐宫里的夏瘦鹃吗？"

春冰听她这样问，心里倒是一怔，她如何知道？这个我倒不能直爽回答出来，假使说是的话，那么在安乐宫游玩，寄青谈及瘦鹃时，自己为什么绝对没有谈起，因迟疑了一会儿，假装含糊道：

"这个我倒不曾知道，红蕉就住在楼后，假使你认识她的话，不妨去瞧瞧她。"

秋水到底也不能肯定春冰究竟是真的不知道呢，还是假作含糊，不过从他第六首诗中那句"瘦尽鹃魂夜夜啼"里瞧来，他是假作含糊的成分多。但他也有他的苦衷，这些不能不原谅他，便微微一笑道：

"她既然病着，就有许多不便，今天不必瞧她，但在我想来大概是不会错的吧。"

春冰瞧她意态，并没有十分的不高兴，心里觉得这位姑娘的脾气很不可捉摸。不过自己既然对于两者之间，都是极坦白无愧，那也管不了许多了。两人因为都想着心事，房中就又沉寂了一会儿，春冰见时已黄昏，遂开口说道：

"闵小姐，时候不早，我家里是没备什么菜，想请你到外面馆子里吃些，你想怎样？假使你愿意在这里的话，那么就去叫些菜来也得。"

秋水知道他后面两句，是生恐自己又要不高兴，这就可见他在我面前说话，真亦小心得可怜了。因此不忍难为他，便站起来含笑点头。春冰见她答应了，心里好像放下一块大石，两人便很高兴地出去了。

自从这一天谈话以后，秋水对于春冰的行动，自然很加以注意，同时待他的热情，较前更为进步。秋水对于春冰住的地方，自然也

217

晓得春冰的经济并不十分好，所以打电话约春冰去玩时，所有的花费都是秋水会钞，并且还常探他口气，每月够不够使用。春冰是个性气高傲的人，当然表示谢绝。寄青见表妹和春冰的感情依然很好，他便常到安乐宫去向瘦鹃探听和春冰是什么关系。瘦鹃误会他有什么使自己不利的举动，因为他假使传扬出去，说自己是个有拖车的舞女，那么自己的收入也许会一落千丈，所以也正色地回答，是个很平常的邻居罢了。寄青探听不出什么意外的消息，当然不好再到秋水面前去说春冰的坏话，因此把对前途的一线光明复又暗了下去，也只好死了这条心，口念"各有因缘莫羡人"了。

光阴如箭，日月如梭，梧桐叶落，篱外菊残，早已到了雨雪纷飞寒冬的天气了。这天春冰在报馆里接到秋水的电话，说请春冰到家里吃冬至夜饭，春冰在闵公馆里早已变成一个熟客，自然连连答应。待五点敲后，春冰赶到闵公馆，寄青亦在，还有秋水几个同学，所以很为热闹，大家猜拳行令，喝了一个痛快。春冰也有七八分醉意，他便先告别回来。到了家里，在楼梯上碰着红蕉齐巧下来，两人就在亭子间的门口站住了，红蕉望着春冰的脸蛋儿，轻声儿地问道：

"陆先生，你喝了酒吧，脸儿通红的，快去睡吧。"

红蕉一面说着话，一面已拉着春冰到亭子间内。她把手中那只黑漆皮夹在桌上一放，先把春冰厚呢大衣脱了，去挂在衣钩上。春冰因为被冷风一阵吹，头脑更晕，就和衣在床上倒下。红蕉见他醉得厉害，便倒杯开水，让他喝了一半。春冰含糊地道：

"夏小姐，谢谢你，你自管去吧。"

春冰了这句话，竟已酣然睡去。红蕉只好拿条被儿给他盖上，望着他红红的脸儿出了一会子神，轻轻叹了一口气，暗说了一句竟会醉到这个模样，方才拿起桌上皮夹，给他掩上了房门，匆匆到安乐宫舞厅里来。

红蕉今天到安乐宫，时候是比往日晚了一些，只见自己座位后面台子旁已坐着一个西服少年，正是马子平。他见红蕉坐下，便立刻笑嘻嘻站起来求舞，并且点头先招呼道：

"夏小姐，你今天晚些儿了，我已等了你大半天。"

瘦鹃因为子平半年来在自己名下，实在已花费了不少钱，同时他亦改变方针，不像以前那样油腔滑调，所以瘦鹃听候调遣的也不得不待他客气一些，遂含笑答道：

"今天我家里有些儿事，对不起，叫你久等了。"

"没关系，夏小姐，今天是冬至夜，过了今夜，我们是都要长一岁了。"

瘦鹃见他有一搭没一搭地说着，也没回答他，只向他微微一笑。子平因为知道这位姑娘脾气古怪，自然不便多说，就搂着她纤腰，默默地跳舞了。

悠扬的爵士音乐声中，那时间是更流动得快，一霎那间，早又是十一点了。子平见跳瘦鹃的舞客都仰首而待，单等音乐声起，众人大有争先恐后的光景，因此他又拿出阔少爷的脾气，买了舞票，带瘦鹃出去。这把几个跳瘦鹃的舞客都气得目瞪口呆。但其间也有心中欢喜的，你道这是什么缘故？原来舞女给舞客带出去，其余舞客跳的舞都可以不给舞票，那么几个贪小便宜的刮皮朋友不是都乐得揩油的吗？

子平和瘦鹃出了安乐宫舞厅，便坐了一辆汽车，开到大陆饭店，乘了电梯，到三楼三百十四号房间，子平把门叫侍役开了，请瘦鹃进内。瘦鹃见子平伴自己到旅馆来，心中不觉一怔，但既然到此，自然万事都见机而行是了，想来他亦不敢吞了我。瘦鹃遂很从容地走进房里。子平先把自己的大衣脱了，然后拉着瘦鹃的衣袖，给她把豹皮大衣也脱去。侍役前来冲了茶，子平便吩咐他拿上两客大餐、两瓶白兰地。瘦鹃听了，忙道：

"马先生，我不喝酒，拿一瓶也嫌多，你要两瓶干吗？"

"那么就拿一瓶吧。"

侍役答应自去。子平请瘦鹃坐在桌边，先给她斟一杯茶，送到她的面前笑道：

"夏小姐，请喝茶，今天我真高兴……"

"今天你为什么高兴，难道除了今天，是天天不高兴的吗？"

瘦鹃问人家的话很有趣味，而且带有些幽默，往往使人难以回答。子平咽了一口唾沫，耸了两耸肩膀，笑道：

"我自从遇到了夏小姐以后，天天心里就高兴，不过今天是特别兴奋，因数半年以来，我和夏小姐出外同游的次数倒也不少，不过每次都是你指定地点的，今天你竟毫不过问地随我到这里来，哈，这不是令我要大快乐而特快乐了吗。"

"哦，原来如此……"

子平见瘦鹃这样回答一句，她那脸上顿时收起了笑容，这态度有些冷若冰霜，使人不免心惊胆寒，因此子平便又不敢再说什么了。这时侍役把酒和玻璃杯拿上，开了瓶盖，倒了两杯，子平拿一杯送到瘦鹃面前。一会儿菜亦上来，子平把杯举起，向瘦鹃一照，笑道：

"夏小姐，怎么啦，快大家来喝一个满杯吧。"

"马先生，对不起，我酒一些儿不能喝，你自己喝吧。"

子平听她这样说，便把自己杯中一饮而干，伸手把瘦鹃面前一杯拿来，倒一半到自己的杯里，然后把半杯又送过去，微笑道：

"一杯喝不了，半杯总能够的吧？"

瘦鹃见他这样盛意，再也不好意思拒绝，只好接了过来，点头谢了声。子平忽然见她又变为十分温柔的神情，心里乐得什么似的，因此把那瓶酒也就一杯一杯地尽向肚里倒。瘦鹃这时也把半杯的白兰地喝完。子平醉眼模糊，见她两颊白里透红，嫩得差不多吹弹可破，眉如春山隐，眼如秋波横，樱桃小口中的粒粒雪齿洁白无比。最倾人的是苹果颊儿上一掀一掀的酒窝，这副娇媚的姿态，真令人有些儿想入非非。子平瞧得馋涎欲滴，恨不得扑了过去，把她一口吞下肚里，便嬉皮笑脸地说道：

"夏小姐颊上的酒窝儿这样深，照理是很会喝酒的，不要你做客吗，能不能赏我个脸儿，再喝半杯？"

子平说着，把手伸过去拿她杯子。瘦鹃把杯子放过一边，摇了摇手，笑道：

"会喝酒的人，自己讨也会讨的，哪里肯做客的吗？我真不会喝的。时候也不早了，不要戒了严，对不起，我要回家了。"

瘦鹃说着，身子已是站了起来。子平趁势握住她手，早已走到她面前，憨憨地笑道：

"夏小姐，今夜是难得的吧，戒严有什么要紧，就宿在这儿不可以吗？我还有许多的话要和你商量哩。"

瘦鹃听了这话，不禁柳眉倒竖，杏眼圆睁，娇声叱道：

"你这是什么话！马先生，你也是个读书明理的学生子，你应得尊重你自己的人格！"

子平本来就要用强，把她抱到床上去再说，今听瘦鹃这样责骂自己，脸上本是红的，这就更加涨得血喷猪头一般通红。他就扑的一声，竟用软功夫来向瘦鹃跪了下去，同时在袋内摸出一叠钞票，塞到她的手里去，央求道：

"我的好人，半年来真把我想死了，老实说，我没有一刻不在想你。我是一个没有娶过妻子的人，我真心爱你，我自然可以把你正式娶去。我的好妹妹，今天是冬至夜，我们先来付一次定钱，做一次交易，这是值得纪念的……妹妹，你答应我吧，我绝不用强迫手段来为难你，我当然要尊重自己的人格，我知道你是一个多情的女子，一定会可怜我的痴心，救我今夜的饥渴。妹妹你瞧吧，这儿是一百元钞票，我先给你去买些儿东西吧……"

瘦鹃听了这话，气得浑身乱抖，脸儿由红变成了铁青，两手冰冷，咬紧了银齿，咯咯作响，半晌方气出话来道：

"放屁！你当我怎等样人？你以为一个女子做伴舞生活，是变相卖淫的职业吗？哈哈……你这浑蛋，真太侮辱我们女界同胞了，你

221

拿你的几个臭铜钿就可以来压迫我们女性了吗？你梦想，你梦想！我今天给被你等压迫的女性吐气，你这人面狼心的衣冠禽兽……"

瘦鹃说到这里，她气得再也骂不下去，把那叠钞票就向空中一抛，推倒子平的身子，拿起沙发上自己的大衣，便发狂般地夺门奔了出去。

瘦鹃一口气跑到了马路上，跳上了一辆街车，只把手指向左一点，她直气得一句话都说不出来。车子到了弄口，瘦鹃付去车钱，她也不瞧给他的是什么，倒是车夫喊着道：

"小姐，这是一张一元钱的钞票啊。"

可是瘦鹃并不理会，她好像失神般地奔到大门口，开门进内，复又砰的一声关好，身子背了大门倚着，定了一定心，可是那心却像小鹿般地乱撞。瘦鹃刚才凭她一股勇气，只觉全身热血沸腾，这样一阵子奔跑，却一些儿不觉得。此刻停步下来，既然已到了家里，她那两只腿儿竟软得一些没有气力，同时全身更颤抖得厉害，娇喘不止。

瘦鹃约莫站有五分钟那么久，方才稍许恢复了她原有的姿态，一步挨一步地走进客堂。当瘦鹃步到客堂背后扶梯时，突然瞥见灶间里冒出一团一团浓烟，慌忙探出头去一瞧，只见浓烟中一片血红的火光已直窜出来。瘦鹃这一吃惊，真非同小可，那一颗芳心顿时又别别乱跳，全身又抖了起来，两脚走在扶梯上哪儿移动得一步，她两手扑在梯级上竟是爬了上去，一面又没命地大喊道：

"啊呀，不好了！火，火，火烧了！大家快起来呀……"

瘦鹃一面大喊，一面已奔到自己房中，将所有细软一切，统统藏在身上的大衣里。这时王大嫂早已醒来，一见瘦鹃面色灰白，大喊火烧，慌忙从床上跳起，披上衣服，挟了刚脱下的大衣，尚欲拿取别的物件，瘦鹃把她手一拉，早已奔下楼去，说道：

"大嫂子，你别吓糊涂了，逃性命要紧呀。"

两人跌跌撞撞地奔到楼下，这时前楼厢房等众房客都已纷纷起来，大家逃出大门，有的早已打电话到救火会去。这时瘦鹃见众房客都在，独不见春冰，猛可理会，他今夜是醉倒在床上了，心中这一急，真比自己没有逃出来还难受。她心中下了一个决心，把大衣脱下，交给王大嫂手里，自己身子便向里面直奔。王大嫂急得上前一步拖住，发急道：

"啊呀，红蕉，你发疯了，刚才你叫我逃性命要紧，怎么你还奔进火堆里去呀。"

"别拉，别拉，陆先生还没下来……"

瘦鹃嘴里发急，把王大嫂的手儿摔去，便没命似的奋勇奔进。灶间里的火势已直冒到扶梯上来了，浓烟更扑面地卷来，这回瘦鹃心里反而一些不觉害怕，很快地奔进亭子间里。幸亏亭子间的地板是水门汀制造，所以火势没有穿上，可是脚踏地上，已是热得发烫，室中烟雾弥漫，闷热得头晕。瘦鹃见床上春冰兀是酣然熟睡，她连连把他身子乱推，一面已是急得哭出声来喊道：

"陆先生，陆先生！火啊，火啊，快醒吧！"

春冰怎经得她这样附耳大喊，早已醒了过来，一听瘦鹃大声叫火，又见房中浓烟满布，心中大吃一惊，连忙翻身坐起，无奈醉后气力没有，身子竟是摇摇不停。瘦鹃急得不管一切，伸手就把春冰身子半抱着扶下去。谁知刚出房门，扶梯早已着了火，浓烟中一片通红火光，向上直卷了过来。两人"啊呀"一声，脸色顿时变成死灰，但烈焰向上直冲，煨得两人肌发生疼，只得又退回房中。春冰急得哭起来道：

"红蕉，红蕉，我害了你了……"

瘦鹃听春冰这样说，一面紧搂着春冰身子，一面亦淌下泪来道：

"陆先生，你别说这些话，我与你生则同生，死则同死，倒也不枉我俩相识了一场……"

春冰听她竟是视死如归，毫无怨恨，心中这一感激，直把他痛哭起来。假使自己不醉的话，可以抱着她跳楼，现在自己气力全无，这可怎么好呢？难道我俩人真要同葬火窟了吗？这时浓烟一层一层裹着火光卷上来，同时又听得"当当当当"救火车声音不绝而来。瘦鹃见救火车虽来了，但我们两人已绝无生望，想来急也无用，她便拉着春冰到窗口边，透换空气，一面反嫣然笑起来道：

"陆先生，我们同死得好，大家到另一个世界去做朋友吧。"

"夏小姐，这火到底是怎样起的呀？"

瘦鹃听了，遂把自己怎样发觉火烧，怎样大声叫喊，怎样拉王大嫂下楼，因不见陆先生，所以又奋身上来叫喊的话告诉一遍。春冰听了，把瘦鹃脸捧来，偎着痛哭道：

"红蕉，我真害了你了……"

瘦鹃方欲安慰他，忽然瞥见下面救火员拿了皮带管救火，这就大喊救命，只听救火员在下面喊道：

"快跳下来吧，火势已延蔓得穿顶了。"

春冰、瘦鹃听了这话，正在无法，猛可听得哗啦一声响亮，亭子间的地板竟已坍了下去。两人慌忙攀住窗栏，那下面火头已向上冒来，春冰、瘦鹃直吓得魂飞魄散。两人遭此绝境，觉得跳下去也是死，不跳下去也是葬身火窟，与其葬身火窟，倒不如跳下去再说，向窗口上毅然一滚，竟直跌了下去……

第十回

寝食难安受恩莫报
踌躇满志止水不波

　　一线曙光从黑漫漫的长夜里破晓，东方的朝阳已由地平线渐渐地上升，反映在蔚蓝的晨空中，呈现出无限美好的色彩。满园子里的树枝儿上，站着三三两两的小鸟，一会儿在竹林里盘飞，一会儿在枝头上歌唱，吱吱喳喳地在清晨静悄悄的空气中流动，倒也清脆得悦耳动听。

　　朝阳由血红而变成了淡白，由地平线而升到高空，温柔的光线普照着整个的大地，人们对它都发生了无限的好感，它悄悄地照进了玻璃窗子，透过了白纱的帷幔，晒临到睡在床上拥着锦被的少女。脸颊儿是映得红润润的可爱，细黑的长睫毛连成一条线，嘴角边还露着一丝笑意，很明显她被温和的阳光吻吮在额上，是感到了无上的安慰和适意，正在领略她美妙甜蜜的好梦呢。

　　就在这悄悄无声的当儿，从房外走进一个十五六岁的婢子来，手里拿着一份报纸，轻手轻脚地放在那少女床头的旁边。谁知她正欲回身退出，忽听那少女"嘤"了一声，竟是醒了过来，纤手揉了揉星眸，悄声儿问道：

　　"什么时候了，小芸?"

　　"八点半钟，报纸放在旁边。"

　　小芸这样回答着，身子依然走了出去。秋水从床上坐起，两条玉臂向上一伸，连连打了两个呵欠，似乎她感到了一些寒意，撩过睡衣披上，伸手拿过报纸，就倚在床栏上，翻开来瞧。起初看了些国际消息，觉得和前几天差不多，没有什么重大变化，后来又翻阅国内时事，正聚精会神的时候，忽然小芸又走进房来说道："小姐，面水我已给你端进来了，快些起来吧。"秋水点了点头，懒洋洋地不说什么，眼睛依旧注视在报纸上，当她看到了本埠新闻，只见一则火警消息，使她注意的是"六马路宝善坊"六个字，心里不免一跳。遂瞧着念道：

六马路火警
青年男女跳楼　险做火里鸳鸯

昨夜十二时二十分，本埠六马路宝善坊十五号突然起火，幸发觉尚早，经救火员奋力施救扑灭，仅毁住宅两幢，估计全部损失数额约在二万元左右。十号亭子间内，住有青年男子一人，名陆春冰，是夜适饮酒过多，沉醉未醒。当有邻女夏红蕉恐渠葬身火窟，竟冒险奔入，竭力喊救，奈火已燎原，冒穿屋顶，两人情急，跳楼逃命，竟受重伤，当由捕房车送广福医院救治，能无生命危险，容再续志。

秋水瞧完了这一段新闻，花容顿时失色，"啊呀"一声惊叫起来，立刻跳下了床，连喊"糟了糟了"，这把刚从房外端脸水进来的小芸倒吃了一惊，忙着问道：

"小姐，你做什么啊，怎样急法？"

"小芸，你快把我大衣拿出来，我有事要出去呢。"

秋水说着，早把小芸手中端的脸盆水拿过，放在面汤台上，急急漱洗完毕，穿上旗袍和革履，伸手把灰背大衣取过，挽在臂弯，立刻匆匆奔到上房。只见妈还靠在床栏上，没有起身，秋水慌张地叫道：

"妈，你快把洋箱钥匙拿来，我要两百元钱急用，唉，我真害

226

他了。"

闵太太大清早就被女儿这没头没脑地说了这两句话，一时弄得目瞪口呆，半晌说不出一句话来，良久方急问道：

"咦，水儿，到底为了什么事呀？你也该说个明白才对。"

秋水这才知道自己是急糊涂了，但想着春冰生死未卜，那眼皮儿早红了起来，便告诉道：

"妈妈，陆先生昨晚不是在我家喝醉了酒回去吗，谁知道他住的地方偏偏烧了火，今天我报上瞧见，陆先生是已受了重伤，现在广福医院里救治。妈，这不是我害了他吗？我此刻就要去瞧他，妈快把钥匙拿来，让我好去付医药费，叫他们竭力救治呢！"

闵太太见秋水连跳着脚，知道她急得厉害了，今听春冰被火烧伤，也是着急，慌忙取出钥匙。秋水接过，开了洋箱的门，伸手取了一叠钞票，也来不及再关洋箱的门，竟是飞步奔出去了。在客厅上齐巧碰着车夫小王，因立刻叫他备车，急速开到广福医院里去。

秋水到了医院，问明春冰、红蕉现住何处，知道是三等病房，秋水遂急忙递付两百元钱，说把两人立刻移到特等病房，自己也跟着进去。只见春冰躺在病床上出神，秋水早已抢步奔上前去，叫了一声陆先生，接着那眼泪便滚了下来。春冰见秋水盈盈泣下的神情，倒反而微笑着道：

"医院里把我忽然移到这儿来，我问是谁的主意，他说一个姓闵的小姐吩咐，我就知道是你了。闵小姐，你别伤心，医生说是没有性命的危险，倒是这位小姐的伤比我厉害得多，你是怎样知道的呀？"

"我在报上瞧见的，陆先生，我害了你了，这叫我怎样对得住你！你伤在哪儿呀？夏小姐要不要紧呢？"

"闵小姐，你别说这些话，你又不是神仙，就知道我家要火烧了吗。我和夏小姐的伤都在腿上，她在右边，我在左边，她比我厉害，听说恐怕要成残疾，其实我对于夏小姐，真对不住她呢。"

春冰说着，便把红蕉怎样奋不顾身救自己的话，向秋水告诉了一遍。秋水听了，心里既感激又妒忌，感激的是红蕉把自己爱人救出了；妒忌的真是为了这样，倒造成了两人生死之交，报上好多事的，偏还要载什么"险做火里鸳鸯"的标题呢。因此心里更觉有阵莫名的伤心，那泪忍不住又扑簌簌掉下来。春冰哪里知道她的心事，还以为她尚在担着抱歉，因把她手儿拉来，轻轻地抚着道：

　　"闵小姐，医生说只要半个月就好了，你快不用伤心哩。"

　　秋水听春冰这样安慰自己，心里实在非常感激，频频点了点头，明眸脉脉地含着无限的柔情蜜意，凝望着春冰，轻声儿道：

　　"陆先生，你的伤能给我瞧一瞧吗？"

　　"你要瞧也瞧不到，因为是用夹板夹着，再说瞧了也徒然使你难受罢了，闵小姐，还是不要瞧吧。"

　　春冰望着她微微地笑，秋水感动极了，两手捧着春冰的手儿，只是温柔地抚摩着。两人相对这样地望了许久，春冰心里不免又记挂着红蕉，因低低说道：

　　"这次的事，我真对不起夏小姐，万一她成了残疾，那叫我心里是怎样地抱歉呢？唉，她的伤不知如何了……"

　　在一个超过友谊的女人面前，说出了这几句话，那使对方的心里当然感到了一种不快，但到底为什么要不快乐，这恐怕她自己也不明白，总之，男女之间的确含有不可思议的神秘。不过秋水是个明理的女子，她的思想绝不是完全属于侧面的，在她心里有了不快之后，不到一分钟之间，她的脑间立刻有了另一个感觉：春冰这次若不是红蕉冒死相救，恐怕春冰是早已葬身火窟，所以春冰对于红蕉自然是感恩不尽，他不管自己吃醋不吃醋，对我说出这些话，那就是显出春冰是个有血性的真心人。在过去自己落水被救起的事情回想起来，我不是和春冰同样地感着恩吗？春冰的救我，自有相当的把握，而红蕉的救春冰，完全是奋不顾身。春冰固然难得，红蕉更是不可得，我应该可怜她同情她才对，岂能够再为自己之私情，

228

而和她角逐情场吗？我现在把儿女婚嫁之事丢开，春冰爱我也好，不爱我也好，他既是我的救命恩人，现在他有困难，我应该是要报答他的。秋水心中存了这样一个主意，她便心平气和，从此绝不谈及儿女私情，她亦知道春冰有些不放心红蕉的伤，因含笑说道：

"陆先生，你放心，夏小姐这样好心的人，天爷也绝不忍给她作残疾的。我想她伤是不会妨碍她的行路，此刻我给你代去瞧瞧她吧。"

春冰再也想不到秋水会说出这些话来，心里自然很感到她的态度大方。秋水早已站起身子，到隔壁病房里来了，只见看护正在给她喝药水，红蕉的眼光望到了秋水时，脸上顿时显出了惊奇。秋水微笑道：

"夏小姐，你还认识我吗？"

"哦，哦……你莫不是闵小姐吗？我们好久不见了。"

秋水在她床边坐下，很亲热地握着她手，点了点头，低声道：

"真的好久不见，夏小姐，我真敬佩你有这样的勇气，把陆先生从火里救出，同时我心里也真有说不说的感激……"

红蕉听了这话，倒是一怔，我把陆先生从火里救出，怎么倒要你来代陆先生向我感激？据陆先生告诉我，你也不过和陆先生是个朋友罢了。红蕉脸部的发呆神情，秋水也早已理会过来，觉得这句话说得不大妥当，因忙又补充一句道：

"我们彼此都是很好的朋友，听到陆先生、夏小姐遭火灾，心里自然十分焦急，等我赶到医院，知道两位都没性命的危险，这实在是很令我感到庆幸的事。夏小姐的伤现在可感到什么疼痛吗？陆先生他虽然自己亦受伤，但他实在非常记挂你。"

红蕉听她又这样说，知道她是刚从陆先生病房那边来的，人家这样美意来慰问自己，当然不能不表示谢谢的意思，遂说道：

"多谢闵小姐的看望，我的伤经医生上了麻药，此刻倒也不觉什么痛苦。哦，刚才有看护把我移到这里，恐怕就是闵小姐的主意吧？

唉，我这人糊涂，还不曾向闵小姐道谢哩。"

"夏小姐，请你别说这些话，我和陆先生是朋友，陆先生又和你是朋友，彼此不都是朋友吗？再说我和你在过去也曾有谈过一次话，当时就很钦佩你，后来在陆先生口里知道了你的身世，那更使我非常同情你……"

红蕉听自己身世已由陆先生告诉了她，心里好生奇怪，忙问道：

"哦，原来陆先生把我一切告诉了你，闵小姐，我却还没知道你的芳名哩。"

"我的草字叫秋水，夏小姐，说起我和陆先生的认识……"

秋水说到这里，忽见外面又奔进一个少妇来，见了红蕉，连喊着道：

"红蕉，红蕉，你现在到底怎样了？"

"王大嫂，我的伤想来是不要紧的，你从哪儿来呀？"

两人这样一说，就把秋水的话儿打断。王大嫂自己穿了大衣，臂上又挽了红蕉的豹皮大衣，瞧见了秋水，不免呆了一呆，方才把大衣放在椅上，叹了一声道：

"唉，那边我去瞧过了，烧完了……"

秋水知道这位王大嫂定是她的邻居，瞧她欲语还停的神气，也许是碍着自己，因便站起身子，和红蕉说声再见，便自到春冰病房里去。王大嫂待秋水走后，便坐在床沿边，悄悄道：

"红蕉，昨天夜里真也不幸极了，你这人真太热心，为了救人家，险些把自己性命都送了，我真替你担了一夜心事呢。"

"谢谢你，大嫂子昨夜睡旅馆吗？"

王大嫂听了，脸儿微微一红，支吾了良久，笑了一笑，方才告诉她道：

"我的事情也不瞒你，昨天我在舞场里，那姓毛的又来了，他说我们交情亦有一年了，你难道还不相信我这个人吗，在他的意思，预备下月初一那日在浦东同乡会参加集团结婚，并且他还给我一个一千元的存折。我见他用情很是恳切，因此就答应了他，谁知当夜我家竟烧了火，我因为旅社没处借，就赶到他的家里去。他见了我，当然感到万分惊异，我也老实告诉了他，他听了，劝我别怕，把他的床让给我睡，他自己睡在沙发上。我见床里果然尚有一个五岁的孩子，从这一点瞧来，他的确是个好人，往后我便要住到那边去。妹妹将来出院，若没处安身，只管来找我是了，住址是白克路寿禄里四号。妹妹，你大衣里的首饰存折，我都给你用手帕包着，现在你藏好了吧。"

王大嫂说完了这一篇话，把自己袋内一包手帕塞在红蕉手里。红蕉听了，方才知道王大嫂已是安身有所，听她这份儿美意，心里既为她欢喜，又非常感激，因握着她的手儿，摇撼了一阵，笑道：

"大嫂子，恭喜你，到了那天，可别忘了请我喝酒，可是……也许我的伤，不会就好，恐怕不能够亲自来道喜，这是要请你原谅的。"

红蕉虽然是在伤中，但她还是浮着娇媚的微笑。王大嫂红晕了脸儿，也忍不住低头咪咪地笑了。

这一天，王大嫂在医院里吃过午饭，方才回去。秋水却整天伴在春冰的病房中，直到晚上九点敲过，春冰见她仍不回去，兀是呆坐在沙发上出神，便向她叫道：

"闵小姐，你已来一整天了，我很感谢你，现在时候不早，伯母在家恐怕要心焦，你请放心回去吧。"

秋水听了这话，便站起身来，又坐到春冰的床边，望着他恳切地道：

"陆先生，刚才我已打电话回家去关照过了，说今夜住在医院里不回家了。"

春冰听她这样说，心里觉得过意不去，遂阻止她道：

"闵小姐，这儿自有看护服侍，我瞧你还是回去好。"

"看护总不能够老服侍你一个人，要茶要水到底不便。我现在又

231

不读书了，反正左右无事，就让我尽些儿互助义务，难道你不允许吗？"

"不是那样说，我觉得不敢当……"

"唉，我自从给你从游泳池中救起，我心里实在没有一刻不感激你的大恩，现在不过尽了这些儿义务，你就说不敢当，这叫我还说什么好呢？再说这次你要不是酒醉的话，当然是不会沉沉酣睡，那么火烧了，你也早就从容走出，更何用夏小姐来喊你，以致使你们都受了伤？追其原因，都是为我而起，叫我心里怎能得安？今陆先生又说这话，我心中实非常难受，唉，我真是个不祥人，害苦了你俩……"

秋水自己也不知道到底为什么伤心，只觉鼻子里有股悲酸，那泪竟簌簌地滚下来。春冰急忙伸手向她嘴上按去，但却又缩了回来，叹了一口气，说道：

"你也不用说这些话，叫我听了，心里不也难受吗？凡事都有一个数，酒是我自己喝下去，又不是你灌我的，为什么你老说自己不是呢？闵小姐，你千万不用伤心，人生在世，原是都空虚的，所以我劝你想透彻些儿。我经过了这场危险，我完全是死里逃生，因此我倒明白了许多，像我们这样青年，沦落在这形成孤岛似的上海，终究不是个事，应该起来奋斗一下子才是。"

春冰这话中，很明显的他是在劝秋水，对于儿女情爱的事瞧得淡些儿。当然春冰和秋水都是个绝顶聪明的人，各人肚里都曾深切地考虑，觉得在这一幕三角恋爱之下，实在很不容易告一个结局，三个人循环地有了一个恩字。秋水既受了春冰的救命大恩，在秋水要把自己身子来报答春冰，愿结为永久的伴侣，这在她的意思，原不能说她错，总之，是女子的一片痴心。现在春冰又受了红蕉的救命之恩，而红蕉待春冰又是这样痴情得可怜，春冰若和秋水结合，红蕉当然是感到了失望，在她内心必定是无限痛苦，也许使她有陷入悲惨的结果之可能。这样以德报怨，春冰是万万不肯做。假使和红蕉结合，那秋水在今天言语中已很可以明了，她亦正因为恐怕自己失败，所以动没动那泪就会淌下来，这叫春冰瞧了，又怎能忍心，岂不是心中要感到左右为难了吗？一个青年，若没有女朋友，他就会感到生活太简单，可是像春冰有了这样两个多情貌美的女朋友，他不但心里得不到一些快乐，而且还添了不少的愁闷。一个人到了事情不能排解的时候，他的思想立刻会积极起来，所以春冰要说人生在世是都空虚的话了。在他意思，就是劝秋水不要伤心，也许自己伤势好了，要到别处去玩一下。

秋水听了，却并不回答，只管淌着眼泪。照理像秋水这样明理的女子，她既然知道自己和春冰，以及春冰和红蕉，虽然都一样有生死之交，不过却有不同的分别，这分别是我受恩于春冰，而红蕉却是施恩于春冰，这样瞧来，自己多半是失败，在白天里她心里早已感觉到，同时她还存心有要让步的意思。不过爱情这件东西的确是神秘的，所谓是最小气不过的东西，假使一个人会想明白能够对自己情敌让步的话，那这个人根本就不会谈恋爱。每个人都有自私的心理，还有一种成功的希望，倘若有人要破坏他的成功，他一定会起来反抗。这在恋爱范围中说，就是角逐情场。试瞧鹿死谁手，就是谁得到最后胜利，无论谁都有一股勇气，假使没有勇气的话，那简直不成为人。所以秋水虽然知道，但到底心有未甘。不过她亦明白春冰的苦衷，因此是只好诉诸于眼泪了。

春冰见她泣个不停，瞧了她着雨海棠般的脸蛋儿，更感到了楚楚可怜，抚着她的纤手，忍不住也落下一点眼泪来。

两人默默地对泣了一会儿，秋水猛可理会自己也真太糊涂了，他受了伤，怎好再叫他伤心，纤手忙去擦着自己的眼皮，同时又丢给春冰一方绢帕。

"闵小姐，帆布床铺在哪儿呀？"

就在这个当儿，院中老妈子端一张帆布床来，秋水慌忙收束眼泪，站起来叫她铺在西首的壁旁。一会儿，老妈子又端进一只净桶，

233

放在墙角里。秋水因时已不早，恐劳春冰伤神，遂道晚安去睡。这夜秋水并没睡着，听春冰时有呻吟之声，她一会儿问茶，一会儿问痛，起来有十多次之多。

光阴似流水般地逝去，匆匆之间，不觉已过了二十多天，春冰的伤势已经痊愈，开步如常。秋水心里当然非常欢喜，但是在春冰自己心中，却是非常伤心。原因是红蕉的伤势还没有好，据医生告诉，至少非两个月不可，而且恐怕还要稍许有一些跛足的现象。当春冰知了这个消息后，他是痛心极了，他望着红蕉老是哭，但是红蕉却还安慰他不要伤心，春冰对于她这份儿的深情，当然是感得感无可感了。

春冰出院了，秋水劝他到她家里去住，并说对于红蕉住院一切费用，她能完全负担。春冰听了，非常感激，但对于自己到她家去住，却是婉言谢绝了。他在广福医院附近租了一间后楼，在旧货铺子里买了两张木床以及桌椅等零星物件。春冰的意思，必须以自己的力量来供养红蕉的生活，报答她的救命大恩。

日历一页一页地撕去，一转眼间，又是半月。春冰这天从报馆出来，便匆匆到红蕉那儿来看望，这也是他的日常工作。红蕉拉着春冰的手，说道：

"陆先生，我现在是好得多了，这儿每天开销恐怕要五六块钱，这到底是太花费了。闵小姐这样慷慨，虽然我很感激，但我觉得和她并非知交，心里过意不去。我想明天出院了，暂时先和你住在一处，往后待我腿儿完全好了，再想办法吧。"

不知怎的，春冰一见红蕉，她就会淌下泪来，今听她这样说，眼皮早又红了一道。

"夏小姐的意思很不错，我们亦不愿多花费人家的钱，不过夏小姐说什么暂住一起的话，我心里非常伤感。你的恩情，不足言谢，春冰今后能多活一天，就是你的所赐。人非草木，夏小姐这样，我若不报答你的终身，我还能算是个人吗？"

春冰偎着红蕉的脸儿哭了。红蕉听了这话，心里得到了无上的安慰，她知道春冰是属于自己的了，她那清瘦的脸颊虽然挂满了辛酸的悲泪，但她终于微微地欣慰笑了。

红蕉也出院了，搬回到家里去休养。春冰早出晚归，夜里又伏案写稿，以便生活上得到一些补助，每至深夜，孜孜不倦。红蕉见他太劳苦了，心里感动得不知如何是好，常常哭着苦谏，但感经济的困苦，实有长安不易居之感慨。秋水亦时常来探望红蕉的伤，知他们艰苦，屡次以资济助。春冰虽感她的情，但他透彻了施恩不望报是理应如此，受恩而不报是对不起良心，当然秋水的一片深情，是只好辜负她了。

第十一回

踏雪探春悲酸世界
留书作别菩萨心肠

暗沉沉的一盏十五支光电灯下的斗室中，空气是静悄悄地包含着阴森森的严寒。室中的一切，是都像死去那样的沉寂和悲凉。

北风紧紧地一阵一阵吹送，在万籁俱寂的子夜中，除了远处播扬过来一片锣鼓喧天的乐声，和了几响砰砰隆的高声外，是只有房东太太房中那架收音机里的唱片之声了。显然这情景是到了大年夜，谁也不能不想在这仅仅只有一次的除夕中找些儿快乐。但是同时一个大年夜的到临，人们虽然有欢喜的，感到悲哀的却也未尝没有。这没有什么稀奇，都因为社会上的人生阶段是太以复杂了。

春冰坐在桌子的旁边，借着那一盏微弱的灯光，埋头疾书。他的脑海里只集中了一个思想，当然外面种种的乐声不会渗进他的耳鼓，他所听到的是只有笔尖摩擦在纸上，发出了瑟瑟的音调。

"陆先生，不要写了吧，好休息了。"

西首的床上，红蕉倚在床栏旁，发出了细微央求的声音。春冰觉得她的催促已是第三次了，话声有些儿颤抖，假使自己再不停止，也许能增加她的伤心，遂放下了钢笔，两手搓了搓，向嘴里呵了一呵，显然手儿有些冻僵。

"夏小姐，我就睡了，你坐着干吗？也快躺下来睡吧。"

春冰回过头去，虽在微弱的光芒下，瞧到红蕉清瘦的两颊，那含着的眼泪却是分外晶莹，这好像是雨后的一朵梨花，引起了春冰

236

无限的爱怜。默默的悲哀渗透了他善感的心灵，移动了他沉重的脚步，去握住了红蕉柔凉的玉臂。

"夏小姐，怎么好好儿的又伤心了？唉，我总觉得太对不住你……"

"不，不，陆先生，你误会我了。我怎能忍心为了自己，而累你这样地劳苦……"

春冰的眼皮红了，满颊是纵横了辛酸的眼泪，他抚着红蕉的纤手，恳切地说道：

"你说这话……你真叫我太心痛了，士为知己者死，你真可称是我第一知己，奋不顾身，舍命相救，这不是一件容易的事吧。现在我固然平安无恙，可怜叫你倒成了残疾。假使是一个有心肝人的话，他的心里是如何地感动啊？夏小姐，我们环境虽然是太恶劣，但要在社会上谋生存，是非这样埋头苦干不可。我敬爱的夏小姐，我觉得我俩的生命是已合并在一处了，这就是你所说的生则同生、死则同死的一句话。请你放心，我是你最忠实的一个……"

说到这里，觉得以下两字很不容易加上去。说丈夫吧，我们根本还不曾订过婚；说朋友吧，那显然是不十分亲热。春冰凝望着红蕉，忽然伸开了两手，把她身子紧紧地抱住，柔和地叫道：

"你……你是我今夜生命中最亲爱的一个人……"

红蕉的芳心是兴奋极了，同时她感动极了，她那明眸里的热泪只管扑簌簌地滚下来，但她自己也不知道那泪究竟是悲是喜，她觉得心里感到的是一阵无限的痛快。她两手环着春冰的脖子，微抬了脸颊，柔和的目光含有万分的感激，凝视着春冰，低声儿道：

"谢谢你，但是我不能让你一个人劳苦，我现在已好了许多，明天我也得去找些儿事干。"

春冰听了，把她的脸儿亲热地偎着道。

"你别说孩子话了，即使你真的痊愈了，我也不愿你到外面去啊。我是一些儿也没有感到劳苦，我见了你，我心里感到一种安慰，我想人生在劳苦中得到收获，那才是真正的幸福。而且我相信，往后大家一定有好日子过。假使我能常见到你的笑容，那我一切的疲劳便都会消失去。夏小姐，你能不能对我笑一笑呀？"

春冰两手按着红蕉的肩胛，向她凝眸地望，红蕉于是挂着眼泪嫣然笑了。春冰见她眉儿一扬，眸珠在长睫毛里一转，酒窝就掀了起来，这样妩媚的娇态是几个月来不曾见了，今天在十分伤心之后，那一笑是更觉得倾人好看。

"妹妹，妹妹，啊，你不知允许我这样地称呼吗？"

春冰抱着红蕉的身子，他心中欢喜得发了狂。红蕉见他这样狂热的神情，当然小心灵中是有了一种说不出的得意。

第二天的早晨，春冰被一阵爆竹声惊醒，睁眼忽见红蕉在房中靠着桌边摸索。这倒把他吓了一跳，立刻跳下床来，扶着红蕉的腰肢，急道：

"哟，你怎么起来了？拿什么东西吗？唉，你不会喊我吗？"

"不，你放心，我已好多了，我不拿什么，我在房中慢慢儿试步。你急得这样做什么，咻，你还不曾穿上衣服哩，受了凉可怎么好？"

红蕉笑盈盈地说着。春冰见她不像有什么痛苦样子，心里倒是感到了一阵喜欢，遂忙又跳上床去，一面穿衣服，一面笑问道：

"你觉得走起来怎样？"

"老是睡着也不好，从今天起，我要常在房中活动活动，那么才会好呢。痛是没有痛了，只不过骨节有些儿硬着模样。"

红蕉瞟着春冰一眼，又嫣然笑起来。春冰见她这样高兴，这就忍不住向她脸上望了一会儿。原来她起来已是洗过脸，梳过妆，头发是光滑滑的，粉颊上似乎还涂上一圈淡淡的胭脂，显出红润润的那么可爱。猛可地会，今天是新年，她表示要踏上新生命的大道，所以今天起来走动，忍不住笑起来道：

"我这人糊涂，今天是新年啦，我还没向你恭喜哩。"

红蕉听了，秋波脉脉地望着他，扑哧的一声笑道：

"大家彼此别客气吧。"

她说完了这句话，不知怎的，那脸蛋儿顿时又浮起两朵桃花，低下头来。春冰却没有理会到，自管跳下了床，扶着红蕉的胁间笑道：

"我给你做'司的克'，就在房中这样走上一圈，你能不能够？"

红蕉听他说"司的克"，忍不住又好笑起来，遂慢慢儿地跟着春冰一步一步地挨着走。春冰连问痛不痛，红蕉摇了一下头，两人心中都觉得非常欢喜。

黄昏的时候，春冰要煮些点心吃，红蕉遂取了几条年糕，拿刀一片一片地切着。春冰点着了洋风炉子，把一只锅子搁在上面，倒了一些花生油，两人一面谈着话，一面做着事，倒也颇觉快乐。忽然春冰指着窗外道：

"你瞧，天空飘起雪花来了。"

红蕉回眸向窗外望去，只见天空是阴沉沉的，西北风吹得很紧，果然搓棉般的雪花飞舞在满空，说道：

"怪不得天气又转冷了许多，身子有些寒噤噤的。"

"那么你披上一件绒线衣。"

春冰说着，便在床上拿起红蕉的绒线短大衣，给她披上。就正在这时候，忽听一阵皮鞋声，从门外推进一个少女，身穿灰背大衣，正是秋水。两人想不到秋水这时候会来，都"咦"了一声，忙招呼道：

"闵小姐，外面雪很大吧，想不到你会来，请坐，请坐。"

秋水进来时候，只见红蕉一手做着事，春冰却亲自给她穿衣，真宛如一对小夫妻模样，心里不免有所感触，遂含笑点头。一面脱了大衣，一面说道：

"我来的时候，雪还不曾落哩。夏小姐的伤处，现在可大好了？"

春冰慌忙替她接过大衣，放在床上。红蕉倒了一杯茶，放在秋

239

水面前，笑道：

"好得多了，谢谢你老关心着我，喝杯茶吧。"

秋水道了谢，伸手接过，便在椅上坐了下来。春冰说道：

"她也只有今天起来，大概今天是新年，心里高兴，在房中走动走动。"

"假使没有什么痛苦的话，是应该起来走走的。"

秋水嘴里虽然这样回答，心里实在有说不出的悲酸。春冰这种口吻，简直完全承认红蕉是他的妻子一样，单说一个她字，是多么明显的表示呢。春冰见她脸色仿佛有无限哀怨，而且是清瘦了许多，心里当然有无限的感慨，遂又搭讪着道：

"我们有一星期多不见了吧？老伯和伯母都好？本想前来问候，不知什么忙，却是抽不出空。"

"谢谢你，爸妈都很好，当然一个人有一个的事情，就是我不是也好多天没来拜望你……们了吗？"

秋水说到"你们"两字，那眼皮儿竟是红了起来，大有盈盈泪下的神气。春冰觉得她这话中，虽然也是实心眼儿的话，但到底不免含有些儿怨恨的成分，这就望着狂飞的大雪，轻轻叹了一口气。红蕉却静静地一声儿不响，只管动手做炒年糕的工作。等年糕炒好了，装了一盆，摆好三副匙筷，向两人望了一眼，却都是呆呆出神，因叫道：

"闵小姐，没有什么好的点心，请吃些儿吧。"

"我在家里刚吃了来，别客气，你们自己吃好了。"

"那么多少该吃些儿，难道客人不吃，主人家就好意思先吃吗？"

红蕉这一句话，是更触动了秋水的伤心，但自己原是来做客的，岂可显露出失魂落魄的样子来呢？于是她竭力镇静态度，含笑坐了过来，大家握起筷子吃了。秋水当然是勉强吃了几筷，少不得应个景儿。春冰不知为什么，本来肚里是感到很饿，此刻却再也吃不下去。红蕉瞧了，似乎有些理会，叹了一声，竟放下筷子，亦不吃了。

遂倒盆脸水，大家擦了一把手巾。室中显然是静得沉寂，悄悄地一些儿没有声息。大家抬了头，望着那棉絮般的雪花，都感到有阵莫名的凄凉。

天空是更灰暗下来，雪花被风吹得飘得非常纷乱，秋水这时的芳心，更是乱得麻线一般地错综。住在家里的时候，很想到这里来望望他们，但既然来了，心中就感到还是住在家里的好。她觉得这样无聊地呆坐，实在是太没有意思了，因此便站起披上大衣，向两人告别，她不等两人回答，身子已匆匆地走下楼去。春冰这才意识到外面的雪是正下得大，情不自禁地追下去叫道：

"闵小姐，外面风雪正大，我给你去讨辆街车吧。"

"我自己理会得，你不用客气吧。"

秋水已是跨出了大门，但自己的手儿却被身后追出来的春冰拉住了，因回过头来，淡淡笑道：

"外面风真大得很，你别送吧。"

"闵小姐……"

春冰眼圈儿红润了。秋水辛酸极了，她再也忍不住滚下一点泪水，但她竭力又镇静自己态度，低声儿说道：

"不用说了，你的苦……我知道是了……"

"我明天向老伯和伯母来贺年……"

两人喉间都哽咽着，秋水摔脱了他的手，匆匆地走了。春冰眼望着秋水的倩影从雪缝中模糊去，他那满眶子的热泪，止不住地大颗儿地又滚了下来。

第二天，春冰到闵公馆去贺年，伯祥并没在家，闵太太和秋萍娘儿俩在上房里抹骨牌玩。秋萍见了春冰，便叫道：

"陆先生，好久不见，你近来忙吧？"

春冰向闵太太贺了年，便在旁边沙发上坐下，笑着道：

"也忙不了什么，萍小姐，你姐姐出去了吗？"

"姐姐嘛，昨天回来，不知怎的，夜饭也没有吃就睡了。刚才我去瞧她，她说有些儿不舒服，躺在床上没起来。"

春冰听了，哪有个不知的道理？秋水一定是十分伤心，而又是非常怨恨我。昨天我不是和她说明今天来吗，她推病不见，当然她也有她的痛苦。唉，事无两全，徒唤奈何。这时红桃端上银耳茶、果盒盘，闵太太和他谈了一会儿，寄青亦来了，和春冰见面，两人握了一阵手。寄青也知道春冰近来和秋水一些情形，这在他心里自然非常喜悦，所以对春冰谈话中语多讽刺。春冰颇觉坐立不安，便告别先走。秋萍悄悄跟出来问道：

"陆先生，你这样性急干什么？要不到我姐姐房中去会一会儿？"

"你姐姐睡着，怕有些不便，萍小姐，回头请你代我向她问好吧。"

秋萍含笑点头，遂匆匆到姐姐房中来。只见姐姐闭眼假寐，因悄悄告诉道：

"姐姐，陆先生来过了。"

"现在走了吗？有没有问起我？"

"他见了我，第一句就问姐姐出去了吗，我说有些不舒服，他叫我代为问好，便回去了。"

秋水听了，点了点头，忽见寄青也走进来，问表妹有什么不适意。秋水恐他絮絮多缠，便应酬了几句，向秋萍说道：

"妹妹，你伴表哥到妈房中去坐一会儿吧。"

寄青知道表妹下逐客令了，只好和秋萍怏怏地回上房里去。秋水微闭着眼睛，心中一层一层地细想，觉得春冰他实在并没待我错，他实在是有万不得已的苦衷。想起来还是自己的不好，假使去年不叫他来吃冬至饭，那他也绝不会喝醉酒，既不会醉酒，他自然不用红蕉舍命相救，这岂不是自己在成全他们一对吗？默默的悲哀一阵阵渗进了她破碎的心房，忍不住又滚滚地掉下泪来。

光阴匆匆地过去，不知不觉地又过了一个月光景。秋水这天倒又想着了春冰和红蕉，遂又匆匆地到他家里去。春冰没有在家里，红蕉坐在床边结绒绳，两人一见，便忙招呼，红蕉给她倒了杯茶，微笑道：

"闵小姐，今天怎么倒有空？哦，是星期六，下午没有功课吧？"

"不错，夏小姐腿伤可完全好了，陆先生不在家吗？"

"腿儿终算完全好了，陆先生每天是要五点敲过才能回来。"

秋水点了点头，觉得亦没有什么话可以说，遂在桌上翻了一会儿书本，忽然翻出一部稿纸来，因回眸向红蕉望着道：

"夏小姐，陆先生夜里还要写稿吗？那真太辛苦了。"

"唉，可不是，我虽然劝他早些休息，可是他有时往往还要写到深夜一两点不肯停手哩。"

红蕉眼皮儿一红，长长叹了一口气，慢慢低下头来。秋水心里非常忧愁，蹙了蛾眉，自言自语道：

"一个人的身体又不是机器，白天里已辛苦了一整日，夜里应该是休息的时候，他现在竟要到一两点钟睡觉，这怎能够熬得住，积劳所以致疾……"

说到这里，也叹了一口气。红蕉心里难受极了，一阵酸楚，那眼泪夺眶而出。秋水在皮夹内取出一叠钞票，放在桌上，拉起红蕉的手儿，低声儿道：

"夏小姐，陆先生的经济我是知道的，他若这样劳苦下去，生命恐怕不能长久。我的想法，在爸爸行里给他找一个比较收入好一些的职业，现在这儿我带来一百元钱，暂时先使用吧。至于写稿到这样夜深，还请夏小姐婉言劝阻他才好。"

红蕉对于她这一个的举动倒出乎意料之外，含了满眶的眼泪，竟是望着她呆住了。秋水见她好像十分惊讶的意态，便叹了一声，说道：

"夏小姐，你觉得我这人有些奇怪吧，但是我说出一个原因给你知道，也许你会晓得我这一些帮助，实在是理应如此，分内之事。夏小姐，我告诉你对于我和陆先生认识的开始吧。这是去年的夏季里，我和妹子到大陆游泳池去游玩，不料我本是个不识水性的人，偶一不慎，竟沉下水去，当时妹妹就大喊救命，后来把我救起的就是这个陆先生。你想，我受了陆先生的救命大恩，对于这些儿事，不是应该如此吗？"

红蕉这才恍然大悟，秋水所以对春冰这样关心仗义，其中原来还有这样一段事实，忍不住"哦"了一声，说道：

"原来如此，闵小姐这份儿美意，我自当代为转达，想陆先生一定是非常感激。以后还请闵小姐多给陆先生一些儿安慰，因为我替陆先生前途着想，实在也非常忧愁哩。"

红蕉这几句含有深意的话儿，秋水一时里当然理会不到，两人又闲谈了一会儿，秋水方告别回去。傍晚春冰回来，红蕉把秋水一百元钞票交给他，并告诉秋水的一番美意。春冰叹了一声道：

"我们已花费了她许多的钱，虽然我曾救过她性命，但见义勇为乃是人类应有的义务，我岂能够为了这事，而常接受人家的金钱？"

春冰这几句真性流露的话，谁知红蕉听了，心里更引起了一层误会。当夜，红蕉睡在床上，哪儿合得上眼，心里只是想着救人性命乃是人类应有的义务，这话不错，我的所以舍身相救，不也是分内之事吗？秋水显然是春冰的情人，她一片痴心，定有终身报答的意思。像她这样富家千金，肯醉心春冰，终身相托，这在春冰当然也是乐而接受。谁知春冰又被我所救，我知道春冰是个有血性的男儿，他为了良心问题的驱使，只好忍痛改变了他爱的方针，毅然冷淡了秋水，一心欲和自己结合。在他所以肯舍彼而纳我，这他不也是为了报答我吗？但是秋水每一次来，她脸上老是这样地显着哀怨的颜色，同时春冰也会愁眉苦脸，这很明显的，两人实在是为了我，而使他们硬生生地离开，这叫我如何能忍心？况且我本是个飘零的孤苦女子，现在又成了残疾，即使嫁了春冰，不但不能帮助他一些家庭上生产的合作，而且是更增他肩头儿上的重担。就是秋水今天所说，这样白天工作，夜里写稿，生命恐怕不能长久。唉，我怎能眼瞧着一个被自己敬爱的青年，而还是为了自己，陷他到幻灭一路上去呢？秋水是个多情美貌的女郎，学问财力要比自己强上十倍，她若和春冰结合，春冰一定能得到一条光明的大道。这样瞧来，我实在不应该为了自己，而丧失春冰的幸福。我为春冰的前途计，我应得决心离开他，牺牲个人的残躯，成全他俩一对美满姻缘，那究竟也是令人感到一件痛快的事。红蕉既然打定了这个主意，也就安心地沉沉睡去。

第二天黄昏的时候，天空又飘着细碎的雪片，春冰从报馆急急回家，在里门口的时候，遇见了秋水。秋水笑着叫道：

"陆先生，刚从报馆回来吗？"

"闵小姐，昨天夏小姐告诉我，对于你这份儿美意，我实在很有些儿不好意思。因为我受你的资助已经是算不清楚……"

"陆先生，你别误会，救性命尚且是人类应尽的义务，那么周济金钱当然更是人类分内之事了。区区之数，你又何必挂在心上？今天我的来意，是告诉你一个消息，昨天我回家听爸谈起行中秘书因病辞职，现在尚乏其人，我想这是一个绝好的机会，所以就把陆先生向爸爸介绍。爸爸一听是你，当即满口答应，月薪大概六十元吧，收入比较好些，所以我急急来告诉你了。"

两人一路说，一路已走到家里，春冰骤然听有这样一个好职位，把秋水手儿紧紧握住，脉脉地向她凝望了一会儿，却是感激得一句话都说不出来。秋水非常感触，险些掉下泪来，慌忙镇静了态度，勉强笑道：

"陆先生，我们快到楼上去告诉夏小姐知道吧，也好叫她心里喜欢呢。"

于是两人到楼上房中，谁知一脚跨进，却不见红蕉在房里，春冰心中大吃一惊。因为红蕉的腿伤并没十分痊愈，她会走到哪儿去呢？秋水眼尖，早已瞥见桌上留有一信，"哟"了一声，向桌上指去。春冰也已瞧到，心头怦怦乱跳，立刻把信笺抽出，和秋水并头念道：

春冰先生：

我突然地给你这一封信，我晓得你心中一定很奇怪，不但奇怪，而且恐怕还要怪着我的不别而行吧？其实人生的聚散原没一定，天下无不散的筵席，俗语所谓"千里搭长棚，终有尽的"这一句话，就是我们现在的景象了。

我们自认识以来，觉得你我的环境是一样恶劣，你我的身世是一样悲哀。环境的不良，须得出全身力量去奋斗，身世的可怜，更得博一个同情去安慰。这两句话，我原是推己及人，随心所发，您先生总也不见得以为不对吧？

谁知失意人偏逢着失意的事，屋本是漏的，夜里一定更要遭着暴风雨。这不是天心待遇的苛酷，天原是一个茫茫没知识的空气，它绝不会有意反对着我们的失意人，可是事实上不就是这样？天啊，你真也可恼极了。比方你我的境况，眼前已到了困苦万状的程度，天实在应得可怜我们，使我们挣扎的两颗小心灵得到小小的一个安慰。庶几黑暗的大海里，微微放着一线光明，那漂海过渡的一叶扁舟，方才有到达好望角的希望。现在既压迫以生活的羁绊，又遇到了不幸的火灾，仿佛大雪之上加以浓霜，我虽然不是个天，但我心总不忍眼瞧着一个好好有用的青年无辜地葬身在火窟里，断送他如火如荼的未来生命。这我是极端地向天反对，万万不能再向天忍受着，所以我便不顾一切危险，蹿身火中，定要把你救出来了，方才得安此心。

现在你我虽然受了伤，但比较身儿熬油，骨儿化炭，当然已是一万分的幸运了。我在这里，所以又要向你做最后的安慰，就是劝你千万不要心灰，还得宝贵你的身躯，奋斗到底，打开了一条血路，踏上了光明的大道。

你是个有理智有夙慧的青年，当然用不着我再三地苦劝。写到这里，我觉得这些全是一篇废话，像您先生这样聪明过人，将来定可预卜是一个福慧双修的人，我恨自己不能长侍左右，充一个役使捧砚的弟子。我命苦，我福薄，因此我更不能不羡慕着闵小姐。

　　闵小姐她的确是一个天上的安琪儿，而且也是您先生生命中唯一的一个安慰者。您瞧了我这两句，我晓得你一定要疑心我有其他的意思了，其实我是赤裸裸地句句都是真心话。那闵小姐的环境不是很充裕着经济吗？一个人在社会上好像是一条鱼，那经济就是鱼的水，鱼离水必死，人非经济也不活。闵小姐当初身遭灭顶祸殃，若没有你努力相救，想彼一生的幸福，早已消灭尽绝。闵小姐固不可一日不纪念你，但你也当刻刻地忘不了她，因她和你实已造成一个不可分离的状态。在闵小姐知恩报德，事固磊落光明，但在受报的人，若漠然无动于衷，这使报德的人当然是大失所望，恐怕天下的人也要笑你是个不近人情的人了。

　　我眼前正处在这个局面之下，成人之美，人有同心。我不能因我一人，障碍着你们无上美满的一段姻缘。我所以毅然不别而行，我并不是一个太上忘情的人，事难两全，情贵专一，想你我的一片深情，亦只好大家待诸来世再聚首吧。我决计不怨你的薄情，但你也当谅我的一番苦心啊。不多说了，请你自爱，兼爱着闵小姐。我在此还祝着你们俩此后的光阴，更比着如鱼得水还快乐呢。再会吧，我亲爱的陆先生。

薄命的人夏红蕉手上

即日

春冰念完了这封信，脸儿顿时变成了灰白，大叫了一声"啊呀"，身子早已奔下楼去。外面的风是刮得紧，雪下得大，春冰不管一切地向前奔，满地上是白茫茫的一片。春冰发狂似的大喊：

　　"红蕉，红蕉……"

第十二回

秋水姻缘若离若合
春冰心事亦苦亦甜

春冰如醉如痴地大喊红蕉，其实马路上除了白漫漫的一片雪地外，哪儿有一个人影子呢？秋水知道春冰心中不免是受到一重刺激，这样失魂落魄地向雪地中狂奔，也许能够发生意外的惨剧。秋水心中激动了一阵可怜他的爱心，这就不管一切，好像在运动场上比赛田径一般没命地向前追上去，向他腰间紧紧地抱住，口中颤抖地发出了悲切的叫声：

"陆先生……你定一定心神，要找红蕉回来，也得慢慢儿地设法，你现在奔到哪儿去……奔到哪儿去啊……"

春冰骤然回过头来，一眼瞧到了秋水满含着泪珠的粉颊是惨白得可怜，卷曲的云发盖上了雪花，更引起心中的悲凉。但他模模糊糊地实在有些误会了，他只当秋水就是红蕉，脸上显出惊喜交集的神态，猛可地把秋水脸儿捧来，紧紧偎在自己的颊边，眼中迸出大颗儿的热泪。

"我的红蕉，你绝不能走的，你绝不能走的，闵小姐可怜，你更可怜，我绝不能为了个人的幸福，使一个救我的恩人而陷入了悲惨的境遇。我的红蕉，你是一个残疾的人，你一个人能到哪儿去生活？我苦不要紧，在世界上做人，我知道唯有从艰苦中努力，才有光明大道。红蕉，你走了，我良心怎能够一日安？红蕉，你原谅我，我和闵小姐是个纯洁的友爱，她是一片痴心，为了要报答我。其实像

249

我这样的青年，也不足以恋恋不舍啊。她前途自有光明的大道，幸福的乐园，这我可以不必替她忧愁。红蕉，你是一个残废的孤苦弱女子，我实在不能丢了你。红蕉，别伤心，人生本是苦味的多，但是在苦中，我相信也能发现幸福的乐园。你不要走，你快跟我回家去吧！"

一阵阵悲哀渗入了秋水创痛的心灵，她明白春冰并不是对自己无情，他实在是个有理智有血性的好青年，他的眼中没有贫富的分别，他只认清了情理两个字，而决定了亲红蕉远秋水的意志。他的思想是对的，但是红蕉毅然地留书作别，她实在是为了自己几句话，她真是个世界上最慈爱的人。不过我自问良心，昨天对她所说的话，实在并非有意打击，可怜我一片痴心，不也是为了要报答春冰吗？我的所以爱春冰，间接还不是爱红蕉一样吗？可是红蕉太好了，太慈悲了，她情愿牺牲自己，来成全我俩，但这叫春冰良心如何能安，可见他神经实在受了很深的刺激。为了我个人，而使他们两人都陷入悲惨的境地，那我秋水真变成世界上一个大罪人了。

风是发狂般地怒吼，雪是搓棉似的狂飞，秋水的眼泪和雪花混合在一处，一直向颊下淌。她万分伤心地扶着春冰一步一步地走。她不敢向春冰表明我不是红蕉，她为的是怕春冰内心更受了重大的刺激，她只觉得自己眼中淌下的泪水，滴在地下雪堆上，是显出了那么晶莹的鲜艳。

"啊，你不是红蕉，你是秋水……我的红蕉哪儿去了？哟，我的红蕉呢？她是个孤苦的弱女子呀，我太对不住她，我非去找她回来不可！"

秋水扶着春冰到了房中，春冰两手扳着秋水的肩胛，凝眸向她呆望了一会儿。他猛可意识到眼前站着的并不是红蕉，于是他回转身子，又要向楼下奔。

"唉，陆先生，你且定定心神，这时你到哪儿去找啊？"

秋水抱住春冰，她呜呜咽咽地哭了。春冰似乎神志有些清醒，觉得自己这样情形，未免是使她心里太难堪了。他明白红蕉已在雪地里不知去向了，和自己进来的是秋水，拖自己回来的也是秋水，红蕉可怜，秋水可怜，我春冰更可怜啊！

"闵小姐，我对不住你，但是你本是个绝顶聪明的姑娘，你原谅我的苦衷……闵小姐……你可怜我的……难处……"

春冰捧着秋水泪人儿似的粉颊，他也跟着呜咽哭了。他万分伤心地倒在床上，口中喃喃地自语：

"红蕉，可怜的红蕉，茫茫的大地，何处是你的归宿地？鸟儿也有巢，你呢……你呢……"

秋水望着灰暗的天空，狂飞着粉白的雪片，春冰的自语送进秋水的耳鼓里，她眼前呈现了一幕幻象：白漫漫的一片雪地，红蕉满颊挂着眼泪，一步挨一步地徘徊，何处是她的归宿，她是雪地的孤鸿啊！无限的同情激起了无限的悲哀，她伏在桌上，终至凄凄切切地哭起来。

夜色笼罩着大地，春冰在模糊中惊醒，只见秋水依然坐在床边垂泪饮泣。室中亮了一盏黄豆大的微弱灯光。狂风仍旧不停地怒吼，雪片打在玻璃窗子上，还发出嗒嗒的声响。春冰的目光渐渐望到了桌上，热水瓶、玻璃杯、药水瓶……紊乱地陈列了满桌。于是他才意识到秋水在自己昏沉过去的时候，她已给自己请来医生诊治过，心头激起了一阵无限的感激，情不自禁地伸过手去，握住了她的纤手，没有开口，先涌上一颗晶莹的泪水。

"闵小姐，你的恩情……实在叫我不足言谢……唉，我太幸福了，竟会遇到了两个裙衩知己。但是太幸福终究要变成太烦恼了，闵小姐，你的心你的情，我心中永永远远记着你是了……"

"陆先生，你别说这些话，同时你也千万别伤心。我心里的确非常爱你，但我又绝不忍心来爱你。陆先生，你是一个富于热血的好青年，我绝不能为了自己的私意，来阻碍你一生的前途。同时我也绝不怨恨你的薄情，从今以后，我有了彻底的谅解。请你好好养息，不要自伤身子，明天我代你去登报招寻，想红蕉可怜你的苦心，她也许会回来的……"

"闵小姐……你……"

春冰的泪水又从眼眶子里淌下来，他抚着秋水嫩白的纤手，感动得再也说不下去。秋水空虚的心灵已失却了现实的安慰，她竭力镇静态度，但是她内心的创痛胜过了一切的一切，无论如何止不住那辛酸的悲泪扑簌簌地滚了下来。

找寻红蕉的启事已有了半个月之久，但依然是杳如黄鹤，石沉大海。春冰知道红蕉她是决意地牺牲自己了，心里感到她的慈爱过人，因此也愈觉得非常悲痛，对月长叹，背灯垂泪，春冰没有一刻不记挂着红蕉的归来。

春冰脱离了伏案的报界生活，踏上了银行的职业，收入是宽裕了许多，想着今天的安闲，更不得不想起可怜的红蕉，于是他心头又激起无限的伤悲。春冰哭了，秋水陪着淌泪，她始终绝不曾劝慰过春冰一句。春冰如果哭不停，她也会陪着哭过去，直到春冰收了泪，她方才说了一句："到外面去散会儿心吧，也许天可怜的，会碰着红蕉吧。"这种情景，无论如何不能不叫春冰无动于衷吧？

秋水既然这样天天地伴着春冰，当然春冰每在万分伤心之余，到底还得到一些儿安慰。秋水所以这样对待春冰，也可算是万分热情地报答了春冰的救命大恩，秋水自然不能说她错。春冰为了红蕉的出走，精神上受了极深的刺激，几乎发了狂，登报找寻，甚至于天天痛哭。春冰的待红蕉，良心上实在也可以说得过去，春冰自然也不能说他错。红蕉因了春冰的负担太重，听了秋水说的"这样劳苦下去，生命恐怕不能长久"的话，她不忍极了，她为了春冰的前途计，竟毅然地留书出走，红蕉此举，自然更不能说她错。

大凡一个人对于伤心的事，虽然是天天不能释然于怀，但一月二月地过去，日子久了，自然也会淡了下去，何况春冰身旁还有这样一个热情美貌的秋水时时地陪伴，刻刻地安慰。当初虽然是漠然不能动情，即是秋水，亦并非有爱素作用，日子久了，要红蕉回来的希望是断绝了，春冰的心究竟不是铁石制造，对于秋水的深情厚谊，岂能不动心吗？何况两人本有热烈的爱情基础呢？

和暖的阳光照临着大地上的万物，微微的春风吮吻着宇宙中的一切，一切的万物，都在春的季节里蓬蓬勃勃生起来。对对的蛱蝶，在百花丛中翩翩地飞舞；双双的燕儿，在白云间回环地追逐；嬉春的女士，就在这个时候纷纷地活动了。

这是一条弯弯曲曲的溪流，两岸种着一排排的垂柳，春风微微地吹送，柳絮翻起一层层的绿波，中间杂着几株红桃，在阳光照临之下，更觉鲜艳得动人。这是富有诗情画意的丽园之一角，红男绿女，携手偕行，每个人的脸上无不笑意生春，真不知世界上有什么的烦恼了。

春冰身穿浅灰的西服，秋水身穿妃色软绸的单衫，外罩白哗叽的大衣，两人臂挽臂儿，默默地临着溪流的岸边，一步一步地踱着。

"陆先生，这儿一块大石好清洁，我们坐会儿休息好吗？"

秋水发觉那株柳树下有一块大青石，春冰点了点头，两人并肩坐了下来。秋水的娇靥是那么鲜艳，灵活的眸珠绕过无限媚意的俏眼，脉脉地向春冰瞟了一眼，微微地露齿嫣然笑了。但她又觉得难为情，立刻回过脸儿去，纤手攀着垂下来的柳条，凝眸望着那淙淙的溪流，粉颊上自然地浮现了一丝得意的娇笑。春冰瞧着她那种娇媚不胜情的意态，心里不免荡漾了一下，拉过她嫩白的手儿，温柔地抚摩了一会儿。

四周是悄悄的，一些儿声息都没有，天空蔚蓝的一色，但微风轻轻地吹动，那朵朵白云也会慢慢地驶来，一会儿聚拢，一会儿散开。他默默地凝视着下面一片青青的草地，好像在沉吟的模样。就在这个静寂的当儿，对面沿溪长长的水草丛中，瑟瑟的一声，钻游出一对绿绿羽毛的小鸳鸯来。秋水回眸瞧见，芳心一阵快乐，这就扑哧一声笑出来。

"闵小姐，你笑什么呀?"

"你瞧吧，这一对小鸳鸯，在大自然的怀抱里是多么逍遥啊。"

春冰望着她微微笑了。秋水既说出了口，倒又害起羞来，红晕了两颊，慢慢低下了螓首，望着自己那双湖色高跟的脚尖出神。

"闵小姐，我想起一件心事来了。"

"什么心事，你说出来吧。"

秋水慌忙又抬起粉颊，蛾眉含颦，明眸凝视，雪白的牙齿微咬着殷红的嘴唇。这态度显然是带着怀疑，生恐他又提及了旧事，但春冰说出来的，谁知是出乎她的意料之外。

"上星期日，我到你的家里来，你不是出去买物吗? 你妈妈曾和我谈对于你我的婚姻问题。"

"这话可真的吗? 那你怎样回答呢?"

无限的喜悦掺和无限的羞涩，激动了她处女难为情的心理，两颊是更加地红晕了，秋波水盈盈地盼着春冰。但没有一分钟的时候，她立刻又臊得垂下了头。春冰半环抱她的纤腰，抬起她的粉颊，两人四目相对，凝望了良久，都嫣然笑了。

"我骗你干吗? 论理像你等我这样的恩情，真叫我永世不能忘怀，唉，你实在待我太好了。"

秋水听他这样说，倒又引起往日种种的委屈，不觉长长叹了一口气，低声儿说道:

"女子终是痴心的多，想在四个月之前，我恐怕不能听到你这几句话吧?"

春冰见她眼皮儿一红，竟是淌下泪来，因把她脸儿偎到自己的颊上，用手抹去她的眼泪，轻轻地道:

"你还怨恨我吗? 但我也有说不出的苦衷啊。过去的事儿别谈吧，这学期你不是可以毕业了吗? 我的意思……就在那时候，我俩来举行一个订婚礼吧。"

这几句话儿听进在秋水的耳里，真是又喜又羞，乐得心花儿都朵朵开了，眉毛儿一扬，乌圆的眸珠在长睫毛里转了转，脉脉地瞟着春冰，频频点头，情不自禁地破涕嫣然笑了。这一笑，在春冰的眼里瞧来，更觉得妩媚可爱，忍不住把她脸颊儿捧了过来。秋水的身子趁势便斜倒在他的怀里，胸部是微微地起伏，口脂微度，吹气如兰。春冰是陶醉了，他低下头去，嘴儿凑到她殷红的唇上，两人终至于甜甜蜜蜜地吻住了。

夕阳像喝醉了酒，涨红着脸儿，它剩下的一片余光反映在蔚蓝的天空中，浮现着无限美好的色彩，和暖的春风吹动着柳絮，纷纷地飞舞，掠拂着两人的脸儿，更有一种无限的快感。两人的嘴儿好像都含有黏性的胶水，良久，良久，忽然扑通一起水花的飞溅，这才把两人惊觉过来。慌忙回眸望去，原来绿绿羽毛的两只小鸳鸯已游到他们的岸边来，正在戏着水呢。这情景瞧在两人的眼中，是更感到万分的兴奋与得意。

秋水回眸向春冰瞟了一眼，忍不住又嫣然笑了。这笑中七分是喜悦，三分不免还含有些儿羞涩的成分，不过脸部上有了羞涩和喜悦的成分，那当然是更娇媚得倾人。

暮色已笼罩着大地，眉毛儿般的明月，从烧过似的天空中探出头来。春冰挽着秋水的玉臂，慢步地踱出了富有诗情画意的丽园，两人的心里都充满了无限的得意。这是值得纪念的一天，在各人的脑海里，永远永远印上了一个不可磨灭的影象。

这是一个春天的黄昏，春冰和秋水共游丽园后的第七天，春冰正从闵公馆里出来。因为秋水前两天受了些儿感冒，今天已好得多了，春冰颇觉安心，匆匆地走回家去。

春冰站在电车的站头，抬头望着那边走来一个卖夜报的孩子，遂伸手去摸分币，正欲叫喊，忽然瞥见卖报孩子的身后走着一个少女。这给春冰最注意的是那少女走路有些跛足，仔细一瞧，顿时"啊呀"了一声，早已飞步奔了上去。那少女似乎也已瞧到了春冰，慌忙回身躲避，但春冰已拦住她的去路，只叫了一声：

"红蕉，我找得你好苦呀……"

眼皮儿一红，早已掉下泪来。红蕉淡淡笑了笑，脸儿涨得通红，嗫嚅着：

"陆先生，近来得意吧？"

春冰听了这话，还以为自己和秋水的爱情她已完全明白，心中这一急，不觉双泪直流说道：

"红蕉，你太不应该了。我登报找寻你这么多天，我不相信你会一天没瞧见，快快地跟我回去，我要问你，这几个月你到底在什么地方呀？"

春冰不征她的同意，早已拉着她步到对面一家汽车行，急急坐车回家。红蕉还以为仍是旧址，谁知却是个公寓模样，里面焕然一新，与前大不相同，心里早已明白一半。春冰却把红蕉一把抱住，先哭了起来，这倒出乎红蕉的意料之外，一时亦勾引起无限的伤心，忍不住躲在他的怀里呜咽了。两人哭了一会儿，红蕉觉得自己被他抱着不雅，因推开他的身子，手背揉擦了一下眼皮，微咬着嘴唇，明眸里含着无限柔和的目光，低声道：

"陆先生，请你原谅我的苦心，我是为了你的前途，所以才这样做的。你现在的环境，不是果然好了吗？"

沉痛的悲哀似江潮般地澎湃，惶恐的羞惭刺痛了鲜红的良心。春冰难受极了，他骤然奔到红蕉的面前，握住了她的手，哭道：

"红蕉，红蕉，你说这句，我死无葬身之地了……"

"陆先生，我失言了……但是我实在不忍心为了自己而阻碍你的前程……"

春冰停止了哭，正色地道：

"我不愿听你再说这话，你假使再说这一句，那么就请你先把我打死了吧。你快告诉我，你这几个月可曾受过苦？"

红蕉见他这样说，叹了一声，便告诉他道：

"我自那日走后，便找我的王大嫂去，她自己和一个姓毛的结婚

256

了，我在她家住了一星期，由姓毛的介绍我到曹公馆里做保姆，专司教管小孩的工作，事情简单，并不感到劳苦。主人曹先生是一位慈善家，他在苏州筹设惠爱孤儿教养所，需要教员和办事人员，都很殷切，他见我粗通学问，承他器重，叫我赴苏充任幼稚班教员，我恐怕却之不恭，所以业已答应，准定明天动身。你在报上刊登访我的广告，我固然看见，但我不忍来和你相见，以免使你多增忧戚。不过今天在无意中与你忽然道路相逢，也是天赐之巧，阳关话别，即在斯时。陆先生，此刻我还有些儿事，立即便要回去，将来和你再会吧。"

红蕉说毕了话，便向春冰微微一笑，倏忽地回身走了。春冰立刻抢步上前，把她拉住，连忙说道：

"红蕉，你慢慢儿去，我愿和你生死相共，要走大家一起走。"

"什么，你能走吗？你走到什么地方去呢？"

红蕉站住了脚，惊奇地问。

春冰沉思了一下，便道：

"我从前本来在我叔父创办的贫儿教养院里办事，对于慈善事业很愿担任。刚才你不是说过你们的孤儿院中很需要人吗？假使蒙你不弃，替我介绍教员一职，既可使你我朝夕相处，共事一堂，又可达到我服务慈善和教育事业的大愿，那岂不是十全十美的事吗？"

这时红蕉心花怒放，因为春冰的话实在使自己太兴奋了，遂说道：

"你愿意和我同行，只要我向主人介绍一下，原极便当。但你有一位如花如玉的秋水姐姐，你能舍得她吗？"

春冰毅然道：

"这是什么话？我绝对要和你共尝甘苦，所谓情之所钟，金石不移。秋水虽是富家女郎，可是妹妹是我救命的大恩人，照事实而言，和你在天愿做比翼鸟，在地愿为连理枝，那么我对她还有什么留恋呢？"

说着，他就到写字台边坐下，取过信笺，提笔簌簌地写了一信，拿给红蕉道：

"妹妹，我这封信是寄给闵小姐的，你不妨一看，便可明白我的心迹了。"

红蕉接信看了一遍，心中很替秋水悲哀，玉容未免黯然。春冰却说道："妹妹，孟子有言：鱼，我所欲也，熊掌，亦我所欲也，两者不可兼得，舍鱼而取熊掌者也。如今我因感激你待我的深恩，难舍难分，则我唯有稍稍委屈了闵小姐。然而闵小姐昔日曾与他表哥相恋，本已名花有主，所以我此次离开她，简直可以解除了我拆散他人婚姻的罪孽，你以为对吗？"

"是的，我觉得你的意见也不错。"

红蕉笑着说，春冰走到她身边，握住了她的纤手，在默默无言中，两人紧紧地抱住了。约莫经过三分钟，彼此方才放开。当下春冰叮嘱红蕉回到了曹公馆，必须向主人推荐，不可遗忘。红蕉连说此事我可以保证成功，绝不致成为泡影，你准备明天出发好了。春冰聆言，不胜快乐，娓娓而谈，直到九点钟敲过，才互相道别。

次日上午，红蕉到春冰的寓所中，说介绍职位的事已和主人谈妥，他也很表欢迎，我俩可乘今天三点钟的快车赴苏。春冰获此佳音，喜溢眉宇，向红蕉称谢不已。就在这天三点钟开往苏州的快车中，这一对历尽忧患的青年男女，从车厢中开始度着他俩形影不离的生活了。

春冰和红蕉在午后离别了上海，他给秋水的一封信，却在晚上方寄到了闵公馆。事情是凑巧，邮差到闵公馆的大门口，寄青齐巧从里面出来，他把信接来一瞧，见是春冰给秋水的，心里倒是一怔，两人天天见面，什么话不好说，怎么反通起信来？想来这事定有蹊跷。因忙三脚两步的奔到秋水房中来。小芸说小姐在园子里散步，寄青忙又到园子来，只见秋水坐在池塘旁的石栏上，昂着头凝望那碧空中的一轮皓月，呆呆出神。她瞥眼瞧见寄青，便站起问道：

"咦，表哥不是回去了吗，怎么又来干吗？"

"表妹，我在门口接到春冰给你的信，所以又来了。"

秋水芳心忐忑一跳，慌忙拆开，抽出信笺，借着月光，低低念道：

秋水女士文几：

　　昨日走谒兰闺，骤睹芳容瘦削，私问小芸，方知为我憔悴，心中忧煎，不可言状。仆本病渴，重蒙垂青，自维天涯恨人，不敢有辱淑女。前在大陆池边，无意中曾一为援手，原不期女士之长悬心头，谁知视天梦梦，竟作萍水缔交之由，人海茫茫，忽动女士图报之心。仆有何德，敢负盛情？用是追随左右，益深知己之感，周我贫乏，情逾骨肉之深。本无所恩，报过于投，私心惴惴，愧不能安。正拟粉身碎骨，仰答云谊，何期焦头烂额，几葬火窟。幸鹃女热心，舍身相救，进退维谷，左右为难。今者憔悴蕉心，已沉沦于苦海，一泓秋水，亦彷徨于泪天，仆也何心，胡能忍受？

　　第念女士神仙中人，超尘脱俗，自多雀屏之选，明珠投暗，深惭茑萝之托。筹维再四，遗憾万千，迫不得已，陈述苦衷。前拟订婚之约，唯有期以来生，偕老之盟，愿以俟诸再世。仆非负心无情人，因红蕉环境，非女士比，红蕉身世，无女士优，此在红蕉留书中，女士曾目睹之，从知红蕉不可一日无春冰，而春冰亦不可一日忘红蕉，忘红蕉大德不可也。想女士贤明，定能鉴及。去留等于虫沙，得失无损毫末，留之不足为荣，去之不足为辱。女士视仆，慎勿以得失为念也。我本不祥人，误人又复自误，汝真多情女，自爱想能爱人。

　　嗟乎，秋水绿波，我怅意外良缘，春冰履薄，汝体个

259

中苦况。每念羁人状厄，难忘贤女情多，既造因于今生，当收果于来世。仆为此言，谅非愿闻，明知女士为我而恨长，又虑红蕉为我而泪竭，顾此失彼，得夏忘秋，仆诚自知罪矣。奈知罪而无法自赎，亦唯有以徒唤负负耳。所望贤达如妹，赦其罪，怜其遇，不情之请，降格相宥庶可焉。抑有言者，席丰履厚，怀才尊荣，女士固谢家宝树也，人孰不欲好逑之。异日风流快婿，乘龙佳客，执笔画眉，正不乏人。视仆碌碌，何啻敝履？故仆之不得侣女士，命也；女士之不获亲仆，亦命也。无一非命，还希谅解。仆言尽于此，女士其疑心乎？女士疑我必挈红蕉过优游之岁月，享闺房之快乐，其实不然也。盖仆与红蕉，业已决定同赴姑苏从事教育，前荷老伯栽培，弃我华东一职，即请转陈，另聘贤达。盛情辜负，没齿不忘。回首乡关，无限惆怅，待后归来有日，拟再走前奉谒，以报盛德于万一。诸希珍重，伏维亮察。

负疚人陆春冰挥泪拜书
四月五日

这好像是一个晴天霹雳，秋水骤然瞧完此信，顿时两眼晕花，身子竟向后倒去。寄青在旁也早已明白，慌忙把秋水抱住，柔声唤道：

"妹妹，妹妹，人各有心，何苦如此呢……"

秋水竭力镇静态度，无限的悲哀渗入了她空虚的心灵，含着满眶的悲泪凝望着。碧天如洗，万里无云，一轮皓月，无限清华。丽园里富有诗情画意的一条清溪边，一幕无限兴奋甜蜜的旖旎风光，清清楚楚地宛然呈现在眼前。秋水禁不住那晶莹莹的泪水，占有了她的满颊，她茫茫然地自语道：

"这是一个梦啊！甜蜜的梦，辛酸的梦，永远不可磨灭的梦啊！"

夜风是一阵一阵地吹送，四周是悄悄的，静得一些儿没有声息。除了秋水悲酸的抽噎，寂寞的空气中，犹流动着寄青亲热的呼声：

"妹妹！妹妹！"

附　　录

从鸳鸯蝴蝶派谈到冯玉奇小说

裴效维

　　《民国通俗小说典藏文库·冯玉奇卷》将收录冯玉奇的百余种小说作品，此举极其不易。现在，我愿以这篇文章给出版者呐喊助威。尽管我人微言轻，但我毕竟是一个中国文学的研究者，为鸳鸯蝴蝶派说些公道话是我的责任。

　　冯玉奇是一位鸳鸯蝴蝶派作家，因此我们要想了解冯玉奇，必须首先厘清有关鸳鸯蝴蝶派的一些问题。

一、何谓鸳鸯蝴蝶派

　　鸳鸯蝴蝶派作家平襟亚在《关于鸳鸯蝴蝶派》（署名宁远）一文中对鸳鸯蝴蝶派的来历说得很清楚：

　　　　鸳鸯蝴蝶派的名称是由群众起出来的，因为那些作品中常写爱情故事，离不开"卅六鸳鸯同命鸟，一双蝴蝶可怜虫"的范围，因而公赠了这个佳名。

　　　　　　　　　　　　——载香港《大公报》1960 年 7 月 20 日

　　可见鸳鸯蝴蝶派并不是一个有组织有宗旨的小说流派，而是因为当时流行的言情小说多写一对对恋人或夫妻如同鸳鸯蝴蝶般相亲相爱，形影不离，因而民间用鸳鸯蝴蝶小说来比喻这种言情小说，那么这种言情小说的作家群当然也就是鸳鸯蝴蝶派了。这种说法应该是可信的，因为民间常用鸳鸯和蝴蝶来比喻恋人或夫妻，很多民间文学作品中不乏其例。这一比喻非常形象生动，但并无褒贬之意，因此不胫而走。

传到新文学家那里，便加以利用，并赋予贬义，作为贬低对手的武器。但新文学家对鸳鸯蝴蝶派的界定并不一致，大致有两种看法。

一种看法认同民间的比喻说法，即将鸳鸯蝴蝶派小说局限为通俗小说中的言情小说，将鸳鸯蝴蝶派局限为言情小说作家群。鲁迅是这种看法的代表，他在 1922 年所写的《所谓"国学"》一文中说："洋场上的文豪又作了几篇鸳鸯蝴蝶派体小说出版"，其内容无非是"'卿卿我我''蝴蝶鸳鸯'"（载《晨报副刊》1922 年 10 月 4 日）。又于 1931 年 8 月 12 日在社会科学研究会做了《上海文艺之一瞥》的长篇演讲，其中对鸳鸯蝴蝶派小说更做了形象而精辟的概括：

> 这时新的才子 + 佳人小说便又流行起来，但佳人已是良家女子了，和才子相悦相恋，分拆不开，柳阴花下，像一对蝴蝶、一双鸳鸯一样。

——连载于《文艺新闻》第 20、21 期

此外，周作人、钱玄同也持这种看法。周作人于 1918 年 4 月 19 日在北京大学文科研究所小说研究会做《日本近三十年小说之发达》的演讲中，就说现代中国小说"还有《玉梨魂》派的鸳鸯蝴蝶体"（载《新青年》第 5 卷第 1 号）。次年 2 月，周作人又发表《中国小说里的男女问题》（署名仲密）一文，认为"近时流行的《玉梨魂》，虽文章很是肉麻，（却）为鸳鸯蝴蝶派小说的鼻祖"（载《每

266

周评论》第 5 卷第 7 号)。与周作人差不多同时，钱玄同在 1919 年 1 月 9 日所写的《"黑幕"书》一文中也说："人人皆知'黑幕'书为一种不正当之书籍，其实与'黑幕'同类之书籍正复不少，如《艳情尺牍》《香闺韵语》及'鸳鸯蝴蝶派小说'等等皆是。"(载《新青年》第 6 卷第 1 号) 这种看法后来被人称之为"狭义的鸳鸯蝴蝶派"看法。

另一种看法却将鸳鸯蝴蝶派无限扩大，认为民国年间新文学派之外的所有通俗小说作家都是鸳鸯蝴蝶派，他们的所有通俗小说都是鸳鸯蝴蝶派小说。这种看法的代表人物是瞿秋白和茅盾。瞿秋白从小说的内容方面来扩大鸳鸯蝴蝶派小说的范围，他在《财神还是反财神》一文中说，"什么武侠，什么神怪，什么侦探，什么言情，什么历史，什么家庭"小说，都是鸳鸯蝴蝶派小说 (见人民文学出版社 1953 年 10 月版《瞿秋白文集》)。茅盾则从小说的形式方面来扩大鸳鸯蝴蝶派小说的范围，他在《自然主义与中国现代小说》一文中认定鸳鸯蝴蝶派小说包括"旧式章回体的长篇小说""不分章回的旧式小说""中西合璧的旧式小说""文言白话都有"的短篇小说 (载 1922 年 7 月《小说月报》第 13 卷第 7 号)。这种看法后来被人称之为"广义的鸳鸯蝴蝶派"看法，而且逐渐成为主流看法，以致后来的文学研究者都接受了这种看法。

新文学家不仅在鸳鸯蝴蝶派的界定问题上分成了两派，而且在鸳鸯蝴蝶派的名称上也花样百出。如罗家伦因为徐枕亚等人好用四六句的文言写小说，便称其为"滥调四六派"(见署名志希的《今日中国之小说界》，载 1919 年《新潮》第 1 卷第 1 号)，但无人响应。郑振铎因为《礼拜六》杂志为鸳鸯蝴蝶派的主要刊物之一，便称其为"礼拜六派"(见署名西谛的《新文学观的建设》一文，载 1922 年 5 月 21 日《文学旬刊》第 38 号)。这一说法得到了周作人、茅盾、瞿秋白、朱自清、阿英、冯至、楼适夷等人的响应，纷纷采用，以致使用频率越来越高，知名度越来越大，终于成为鸳鸯蝴蝶派的别称了。于是"鸳鸯蝴蝶派"和"礼拜六派"两个名称便被新文学家所滥用。如郑振铎在《新文学观的建设》一文中称"礼拜六派",而在《〈文学论争集〉导言》一义中却称"鸳鸯蝴蝶派"(见上海良友图书公司1935年10月出版的《新文学大系·文学论争集》卷首)。还有人在同一篇文章里既称鸳鸯蝴蝶派,又称礼拜六派。如阿英在1932年所写的《上海事变与鸳鸯蝴蝶派文艺》一文中说:张恨水的所谓"国难小说",与"礼拜六派的作品一样,是鸳鸯蝴蝶派的一体","充分地说明了鸳鸯蝴蝶派的作家的本色而已"(见上海合众书店1933年6月出版的《现代中国文学论》)。

茅盾在20世纪70年代觉得统称鸳鸯蝴蝶派或礼拜六派都不合适,于是提出了一个折中的看法,他在《紧张而复杂的生活、学习与斗争(上)——回忆录(四)》中说:

> 我以为在"五四"以前,"鸳鸯蝴蝶派"这名称对这一派人是适用的。……但在"五四"以后,这一派中有不少人也来"赶潮流"了,他们不再老是某生某女,而居然写家庭冲突,甚至写劳动人民的悲惨生活了,因此,如果用他们那一派最老的刊物《礼拜六》来称呼他们,较为合式。

——载1979年8月《新文学史料》第4辑

事实是该派在"五四"前后没有根本变化,都是既写言情小说,又写其他小说,将其人为地腰斩为两段,既显得武断,又无法掩盖当时的混乱看法。

这些混乱的看法导致后来的文学研究者无所适从:或沿用"鸳鸯蝴蝶派"的说法(如北大本《中国文学史》和《中国小说史稿》、复旦本《中国文学史》和《中国近代文学史稿》等);或沿用"礼拜六派"的说法（如山东师院本《中国现代文学史》等）；或干脆别出心裁地称之为"鸳鸯蝴蝶—礼拜六派"（见汤哲声《鸳鸯蝴蝶—礼拜六小说观念的价值取向及其评价》，载《苏州大学学报》1992年第2期）。这可真算是中国小说史上的一出有趣的滑稽戏了。

二、如何评价鸳鸯蝴蝶派

鸳鸯蝴蝶派的开山作品是1900年陈蝶仙的言情小说《泪珠缘》，因此鸳鸯蝴蝶派应该是指言情小说派，这也就是后来的所谓"狭义的鸳鸯蝴蝶派"，但被新文学家扩大为"广义的鸳鸯蝴蝶派"，实际上也就是民国通俗小说派。

鸳鸯蝴蝶派与同时期的"南社"不同，既没有组织，也没有纲领，而是一个在思想倾向和艺术风格上大体相同或相近的小说流派，连"鸳鸯蝴蝶派"这一招牌也是别人强加给它的。然而客观地说，鸳鸯蝴蝶派确实是一个产生过巨大影响的小说流派。在"五四"以前的近二十年间，它几乎独占了中国文坛；在"五四"以后的三十年间，虽然产生了新文学，但新文学只是表面上风光，而鸳鸯蝴蝶派却一派兴旺发达景象。我对"广义的鸳鸯蝴蝶派"做过不完全的统计：该派作家达数百人，较著名者有一百余人，所办刊物、小报和大报副刊仅在上海就有三百四十种，所著中长篇小说两千多种，至于短篇小说、笔记等更难以计数。在此前的中国文学史上，还没有哪个文学流派有过如此宏大的规模，产生过如此巨大的影响。

鸳鸯蝴蝶派由于规模宏大，又处在历史的一个巨变时期，其成员的确鱼龙混杂，其作品也良莠不齐，但总体来说，它形象地记录了中国二十世纪前五十年的历史，为中国读者提供了丰富的精神食粮，对中国小说的传承起过积极作用，因此应该给予充分的肯定。

鸳鸯蝴蝶派小说已经不是中国传统通俗小说的复制，而是一种改良的通俗小说。在形式方面，它既采用章回体，也采用非章回体，甚至采用了西洋小说的日记体、书信体等，至于侦探小说则更是完全模仿自西洋小说。在艺术手法方面，受西洋小说的影响非常明显，如增加了人物形象和景物描写，结构与叙事方式也趋于多样化，单线和复线结构并用，第三人称和第一人称叙述法兼施，还采用了倒叙法和补叙法。在内容方面，鸳鸯蝴蝶派小说已经扩大了描写范围，反映了当时社会生活的各个方面，甚至已经紧跟时事，及时反映当前的社会现实，被称为"时事小说"。如李涵秋的《广陵潮》描写辛亥革命，而他的《战地莺花录》则描写五四运动，这种及时反映当时发生的重大政治事件的小说，与多写历史故事的古代小说完全不同，显然是一大进步。鸳鸯蝴蝶派的言情小说，也不同于古代的才子佳人小说，而是一种新才子佳人小说。古代的才子佳人小说因面对森严的封建礼教，只能写才子与佳人偶尔一见钟情，以眉目传情或诗书传情的方式进行交流，最后皆是有情人终成眷属的大团圆结局。而这种大团圆结局完全是人为的：或出于巧合，或由于才子金榜题名，皇帝御赐完婚，这就完全回避了封建包办婚姻的问题。而民国年间的封建礼教已经在一定程度上松绑，尤其像上海、北京等大城市得风气之先，恋爱自由和婚姻自主思想已经渐入人心。因此有些鸳鸯蝴蝶派的言情小说也突破了古代才子佳人小说的窠臼，才子佳人已经敢于"相悦相恋，分拆不开，柳阴花下，像一对蝴蝶、一双鸳鸯一样"。其结局也不再全是有情人终成眷属的大团圆，而是"有时因为严亲，或者因为薄命，也竟至于偶见悲剧的结局……这实在不能不说是一个大进步"（鲁迅《上海文艺之一瞥》，连载于1931年7月27日、8月3日《文艺新闻》第20、21期）。言情小说由大团圆结局到悲剧结局的确是一个大进步，因为前者是回避封建包办婚姻礼制，而后者是控诉封建包办婚姻礼制。而这一进步的开创者是曹雪芹和高鹗，他们在《红楼梦》里所写的婚姻差不多都是悲剧。因此胡适称赞《红楼梦》不仅把一个个人物"都写作悲剧的下场"，而且最后"作一个大悲剧的结束，打破了中国小说的团圆迷信"

（《〈红楼梦〉考证》，见 1923 年亚东图书馆版《胡适文存》）。可见鸳鸯蝴蝶派的言情小说在一定程度上继承了《红楼梦》开创的爱情婚姻悲剧模式，因而具有相当的反封建意义。我们可以徐枕亚的《玉梨魂》为例加以说明，因为该小说被新文学家指为鸳鸯蝴蝶派的代表性作品。

《玉梨魂》的故事很简单——清末宣统年间，小学教员何梦霞与年轻寡妇白梨影相爱，但两人均认为他们的这种行为是不道德的。为了得到感情的解脱，白梨影想出个"移花接木"的办法，即撮合何梦霞与自己的小姑崔筠倩订了婚。然而何梦霞既不能移情于崔筠倩，白梨影也无法忘情于何梦霞，结果造成了一连串的悲剧——白梨影在爱情与道德的激烈冲突下郁郁而死；崔筠倩因得不到何梦霞之爱而离开了人世；白梨影的公公因感伤女儿、儿媳之死而一病身亡；白梨影的十岁儿子鹏郎成了孤儿。何梦霞为排遣苦闷，先赴日本留学，继又回国参加了辛亥武昌起义（即辛亥革命），壮烈牺牲。

《玉梨魂》不仅描写了一个爱情婚姻悲剧，而且不同于一般的爱情婚姻悲剧。一般的爱情婚姻悲剧都是由封建势力造成的，即由包办婚姻造成的；而《玉梨魂》所写的爱情婚姻悲剧，其原因却是何梦霞和白梨影自身的封建道德。他们既渴望获得恋爱自由和婚姻自主的权利，又不能摆脱封建道德和封建礼教的束缚，两者激烈冲突，造成三死一孤的惨剧。从而揭露了封建道德和封建礼教的影响力是多么巨大，它已深入人们的骨髓，使其不能自拔。因此，它的反封建意义比一般的爱情婚姻悲剧更为深刻。

其实，新文学阵营也不是铁板一块，虽然大多数新文学家对鸳鸯蝴蝶派全盘否定，但也有少数新文学家态度比较客观，他们对鸳鸯蝴蝶派也给予一定的肯定。鲁迅是其中最突出的一位，他不仅认为某些鸳鸯蝴蝶派的悲剧言情小说是"一大进步"，而且不同意某些新文学家对鸳鸯蝴蝶派消极影响的夸大其词。他说：

至于说他流毒中国的青年，那似乎是过虑。倘有人能为这类小说所害，则即使没有这类东西也还是废物，无从挽救的。与社会，尤其不相干，气类相同的鼓词和唱本，国内非常多，品格也相像，所以这些作品也再不能"火上添油"，使中国人堕落得更厉害了。

——《关于〈小说世界〉》，载《晨报副刊》
1923 年 1 月 15 日

这种客观的观点与前述周作人无限夸大鸳鸯蝴蝶派作品能使国民生活陷入"完全动物的状态"乃至"非动物的状态"的观点形成了鲜明对比。当抗日战争爆发后，鲁迅更提倡文学界的抗日统一战线，主张团结鸳鸯蝴蝶派一起抗日。他说：

我以为文艺家在抗日问题上的联合是无条件的，只要他不是汉奸，愿意或赞成抗日，则不论叫哥哥妹妹，之乎者也，或鸳鸯蝴蝶都无妨。但在文学问题上我们仍可以互相批判。

——《答徐懋庸并关于抗日统一战线问题》，
载《作家》月刊第 1 卷第 5 期

鲁迅不仅提倡团结鸳鸯蝴蝶派一起抗日，而且主张新文学派与鸳鸯蝴蝶派在文学问题上"互相批判"，这种平等对待鸳鸯蝴蝶派的度量，也与那些视鸳鸯蝴蝶派如寇仇，必欲置诸死地而后快的新文学家形成了鲜明对比。

对鸳鸯蝴蝶派给予肯定的不只鲁迅，还有朱自清和茅盾。朱自清认为供人娱乐是中国传统小说的特点，因此不赞成将"消遣"作为罪状来批判鸳鸯蝴蝶派小说。他说：

> 在中国文学的传统里，小说……更是小道中的小道，就因为是消遣的，不严肃。不严肃也就是不正经，小说通常称为"闲书"，不是正经书。……鸳鸯蝴蝶派的小说意在供人们茶余酒后的消遣，倒是中国小说的正宗。
>
> ——《论严肃》，载《中国作家》创刊号

茅盾也承认鸳鸯蝴蝶派小说也"写家庭冲突，甚至写劳动人民的悲惨生活"。他还从艺术性方面对鸳鸯蝴蝶派小说给予一定肯定。他认为鸳鸯蝴蝶派的有些长篇小说"采用西洋小说的布局法"，如倒叙法、补叙法，以及人物出场免去套语、故事叙述"戛然收住"等等，这一切是对"旧章回体小说布局法的革命"。还认为鸳鸯蝴蝶派的有些短篇小说学习了西洋短篇小说"截取一段人生来描写，而人生的全体因之以见"的方法："叙述一段人事，可以无头无尾；出场一个人物，可以不细叙家世；书中人物可以只有一人；书中情节可以简至只是一段回忆。……能够学到这一层的，比起一头死钻在旧章回体小说的圈子里的人，自然要高出几倍。"（《自然主义与中国现代小说》，载1922年7月10日《小说月报》第13卷第7号）

鲁迅、朱自清、茅盾毕竟属于新文学派，因此他们对鸳鸯蝴蝶派的肯定是有限的。我们应该摆脱成见与束缚，从中国文学史的角度，对鸳鸯蝴蝶派做出客观公正的评价。

三、如何看待冯玉奇的小说

我们澄清了以上有关鸳鸯蝴蝶派的三个问题，等于为介绍冯玉奇的小说提供了一个坐标，也等于为读者提供了一把参照标尺。读

者用这把标尺，就可自行评判冯玉奇的小说了。

冯玉奇于 1918 年左右生于浙江慈溪，笔名左明生、海上先觉楼、先觉楼，曾署名慈水冯玉奇、四明冯玉奇、海上冯玉奇。据说他毕业于浙江大学（一说复旦大学）。1937 年九一八事变后寄居上海，感山河破碎，国事蜩螗，开始写作小说以抒怀。其处女作为《解语花》，由上海春明书店出版。出版后旋即由东方书场改编为同名话剧，演出后轰动一时。那时他才十九岁。由此一发而不可收，至 1949 年 7 月《花落谁家》出版，在短短十来年时间里，他创作的小说竟达一百九十多种，平均每年近二十种，总篇幅应该不少于三千万字，只能用"神速"来形容。这时他只有三十一岁。近现代文学史料专家魏绍昌先生（已去世）所编《鸳鸯蝴蝶派研究资料（史料部分)》（上海文艺出版社 1962 年 10 月出版）开列的《冯玉奇作品》目录只有一百七十二种，也有遗珠之憾。不过我们从这一目录中仍可确定冯玉奇是一位以写言情小说为主的通俗小说作家，因为在一百七十二种小说中，言情小说占有一百二十二种，其他小说只有五十种：社会小说三十四种、武侠小说十四种、侦探小说两种。

冯玉奇不仅是一位写作神速且极为多产的通俗小说作家，还是一位热心的剧作家和剧务工作者。早在他二十六岁（1944 年）时，就担任了越剧名伶袁雪芬的雪声剧团的剧务，并为之创作了《雁南归》《红粉金戈》《太平天国》《有情人》《孝女复仇》五大剧本，演出效果全都甚佳。在他二十七到二十八岁（1945～1946）时，又与他人合作，前后为全香剧团和天红剧团编导了《小妹妹》《遗产恨》《飘零泪》《义薄云天》《流亡曲》等二十多个剧本，演出效果同样甚佳。可见冯玉奇至少写过十几个剧本。

冯玉奇一生所写的小说和剧本总计不下两百五十种，总篇幅可能达到四千万字以上，是名副其实的"著作等身"，是当之无愧的中国最多产的作家，号称多产的同派小说家张恨水也难望其项背。当时的文学作品已是一种特殊商品，冯玉奇的小说如此畅销，其剧本演出又如此轰动，这足可以证明其受人欢迎，这就是读者和观众对冯玉奇的评价，它比专家的评价更为准确，也更为重要。遗憾的是，我们无法看到他的剧作和三十岁以后的作品，也不知其晚景如何，卒于何年。

从冯玉奇的生活年代和创作时段来看，他显然是鸳鸯蝴蝶派的后起之秀，所以尽管他作品如此之多，影响如此之大，而同派的老前辈却很少提到他，这也是"文人相轻"的表现之一。

按说要介绍冯玉奇的小说，应该将其全部小说阅读一遍，但我没有这么多时间，也没有这么大精力，因而只向中国文史出版社借阅了《舞宫春艳》《小红楼》《百合花开》三种，全都是言情小说。因此我只能以这三种言情小说为例加以介绍，这可能会犯以偏概全的错误，因此只能供读者参考。

《舞宫春艳》写了两个纠缠在一起的爱情婚姻悲剧故事：苏州富家子秦可玉自幼与邻居豆腐坊之女李慧娟相恋，由于门第悬殊，秦可玉被其父禁锢，二人难圆成婚之梦。不幸李慧娟生下了一个私生女鹃儿，只好遗弃，自己则郁郁而死。鹃儿被无赖李三子收养，长大后卖到上海做伴舞女郎，改名卷耳。中学生唐小棣先是爱上了姑夫秦可玉家的婢女叶小红，不料叶小红失踪，于是移情于卷耳，但无钱为卷耳赎身，两人感到婚姻无望，于是双双吞鸦片自尽。

《小红楼》的故事紧接《舞宫春艳》：曾经被唐小棣爱过的叶小红的失踪，原来也是被无赖李三子拐卖为伴舞女郎，小棣、卷耳自杀后，小红才被救了回来，并被秦可玉认为义女。经苏雨田介绍，与辛石秋相识相恋而订婚。同时石秋的姨表妹巢爱吾也爱石秋，但石秋既与小红订婚在先，便毅然与小红结婚。爱吾为了摆脱难堪的地位，离家出走，下落不明。石秋奉父命赴北平探望二哥雁秋，在火车站被人诬陷私带军火，被军人押到司令部。可巧爱吾此时已成为张司令的干女儿兼秘书，便设法救了石秋一命。但张司令强迫石秋与爱吾结婚，二人既不敢违命，又固守道德，便以假夫妻应付。

后来石秋回到家里，终于与小红团聚。

《百合花开》写了两个紧密相关的爱情婚姻故事：二十岁的寡妇花如兰同时被四十二岁的教育家盖季常和十八岁的革命青年盖雨龙叔侄俩所爱，而盖季常的十六岁侄女盖云仙又同时被三十六岁的银行家杨如仁和十九岁的革命青年杨梦花父子俩所爱。经过许多曲折后，终于两位长辈让步，盖雨龙与花如兰、杨梦花与盖云仙同场结婚。

由以上简单介绍可知，冯玉奇的这三种小说共写了五个爱情婚姻故事，其中两个是悲剧结局，三个是有情人终成眷属。这正如鲁迅所说："有时因为严亲，或者因为薄命，也竟至于偶见悲剧的结局……这实在不能不说是一个大进步。"其次，这三种小说的五个爱情婚姻故事，倒有四个是三角爱情婚姻故事，但它们的情况并不雷同。唐小棣、叶小红、卷耳的三角恋是一男爱二女，辛石秋、叶小红、巢爱吾的三角恋是两女爱一男，而盖季常、盖雨龙、花如兰和杨如仁、杨梦花、盖云仙的三角恋更为异想天开，竟然都是两辈嫡亲男人（叔侄、父子）同爱一个女子。可见冯玉奇极有编故事的才能，从而使作品更具吸引力和娱乐性。又次，这三种言情小说的描写极为干净，没有任何色情描写。除了秦可玉与李慧娟有私生女外，其他人都非礼勿言，非礼勿行。如辛石秋与叶小红因婚礼当天石秋之母去世，为了守孝，新婚夫妻在百日之内没有圆房。而辛石秋与姨表妹巢爱吾为了对得起叶小红，虽被张司令强迫成亲，却只做了几天假夫妻。

从表现形式和艺术手法来看，我觉得冯玉奇的小说与当时新文学的新小说都受了西洋小说的影响，基本相同。譬如：两者都突破了传统小说书名的套路，不拘一格，尤其采用了一字书名和二字书名，如冯玉奇有《罪》《孽》《恨》《血》和《歧途》《逃婚》《情奔》等；而巴金有《家》《春》《秋》，茅盾有《幻灭》《动摇》《追求》。两者的对话方式也突破了传统小说的套路，灵活自如：对话既可置于说话者之后，也可置于说话者之前，还可将说话者夹在两句或两段话之间。至于小说的结构法、叙述法与描写法，更是差不多的。譬如人物描写不再是"沉鱼落雁""闭月羞花""倾国倾城"之类的千人一面，景物描写也不再是"落红满地""绿柳成荫""玉兔东升"之类的千篇一律，而加以具体描绘。这里随便举一个例子：

> 小红坐在窗旁，手托香腮，望着窗外院子里放有一缸残荷，风吹枯叶，瑟瑟作响。墙角旁几株梧桐，巍然而立。下面花坞上满种着秋海棠，正在发花，绿叶红筋，临风生姿，可惜艳而无香，但点缀秋色，也颇令人爱而忘倦。

这是《小红楼》对莲花庵一角的景物描绘，虽然算不上十分精彩，但作者通过小红的眼睛描绘了院中的三样东西——风吹作响的"枯荷"、巍然挺立的"梧桐"、正在开花的"海棠"，从而衬托出莲花庵幽静的环境，曲折地表明了时在秋季。频繁使用巧合手法是冯玉奇小说的显著特点，可以说把所谓"无巧不成书"用到了极致。巧合手法有助于编织故事，缩短篇幅，增加作品的吸引力等，但使用过多则时有破绽，有损于作品的真实性。冯玉奇的某些小说也采用了章回体，但只是标题用"第×回"和对偶句，"却说""且听下回分解"之类的套语已不再经常出现，因此并非章回体的完全照搬。况且章回体并非劣等小说的标志，它在我国小说史上发挥过巨大作用，产生过杰出的四大古典小说。因此用章回体来贬低冯玉奇的小说，也是毫无道理的。

冯玉奇的小说也有明显的缺点。它们与其他鸳鸯蝴蝶派小说一样，主要注重小说的娱乐性，而忽视小说的社会性和艺术性，因此没有产生杰出的作品。他是南方人而小说采用北方话，加之写作速度太快，无暇深思熟虑，导致语言不够流畅，用词不够准确，还有许多错别字和语病。还有使用"巧合"法太多，有时破绽明显，这里不再举例。

总而言之，冯玉奇既不是"黄色"和"反动"小说家，也不是杰出小说家，而是一位勤奋多产、有益无害的通俗小说家，他应在中国小说史尤其是中国现代小说中占有一席之地。

2017 年 6 月 4 日于北京蜗居

图书在版编目(CIP)数据

春残梦断·秋水红蕉／冯玉奇著. — 北京：中国文史
出版社，2018.3

（民国通俗小说典藏文库·冯玉奇卷）

ISBN 978 - 7 - 5034 - 9974 - 6

Ⅰ. ①春… Ⅱ. ①冯… Ⅲ. ①长篇小说 – 小说集 – 中国 – 现代 Ⅳ. ①I246.5

中国版本图书馆 CIP 数据核字（2018）第 010072 号

点　　校：殷忠玲　　袁　元
责任编辑：牟国煜

出版发行：**中国文史出版社**
网　　址：http://www.chinawenshi.net
社　　址：北京市西城区太平桥大街 23 号　邮编：100811
电　　话：010 - 66173572　66168268　66192736（发行部）
传　　真：010 - 66192703
印　　装：廊坊市海涛印刷有限公司
经　　销：全国新华书店
开　　本：720 × 1020　1/16
印　　张：18　　　　字数：229 千字
版　　次：2018 年 3 月第 1 版
印　　次：2018 年 3 月第 1 次印刷
定　　价：53.80 元